suhrkamp taschenbuch 5010

AF178284

Friedeward liebt Wolfgang. Und Wolfgang liebt Friedeward. Sie sind jung, genießen die Sommerferien, fahren mit dem Fahrrad die weite Strecke ans Meer und reden stundenlang über Gott und die Welt. Sie sind glücklich, wenn sie zusammen sind, und das scheint ihnen alles zu sein, was sie brauchen. Doch keiner darf wissen, dass sie mehr sind als beste Freunde. Es sind die 1950er-Jahre, sie leben im katholischen Heiligenstadt, und für die Menschen um sie herum, besonders für Friedewards strenggläubigen Vater, ist ihre Liebe eine Sünde. Käme ihre Beziehung ans Licht, könnten sie alles verlieren.

Als sie zum Studium nach Leipzig gehen, finden sie dort eine Welt gefeierter Intellektueller, alles flirrt geradezu vor lebendigem Geist. Und sie lernen Jacqueline kennen, die ihnen gesteht, dass sie eine heimliche Beziehung zu einer Dozentin hat. Gemeinsam tauchen sie ein ins geistige Leben der Stadt. Und da reift in den drei Freunden der Plan: Wäre es nicht die perfekte »Tarnung«, wenn einer von ihnen Jacqueline zum Schein heiraten würde?

Christoph Hein, geboren 1944 in Heinzendorf/Schlesien, aufgewachsen in Bad Düben bei Leipzig, lebt als freier Schriftsteller in Berlin. Er wurde mit zahlreichen Preisen ausgezeichnet.

Zuletzt erschienen: *Glückskind mit Vater* (st 4760), *Trutz* (st 4864) und *Gegenlauschangriff* (st 4993).

Christoph Hein
Verwirrnis

Roman

Suhrkamp

Erste Auflage 2019
suhrkamp taschenbuch 5010
© Suhrkamp Verlag Berlin 2018
Suhrkamp Taschenbuch Verlag
Alle Rechte vorbehalten, insbesondere das der Übersetzung,
des öffentlichen Vortrags sowie der Übertragung
durch Rundfunk und Fernsehen, auch einzelner Teile.
Kein Teil des Werkes darf in irgendeiner Form
(durch Fotografie, Mikrofilm oder andere Verfahren)
ohne schriftliche Genehmigung des Verlages reproduziert
oder unter Verwendung elektronischer Systeme
verarbeitet, vervielfältigt oder verbreitet werden.
Druck: CPI – Ebner & Spiegel, Ulm
Umschlagfoto: Emma Hardy
Umschlaggestaltung: Hermann Michels und Regina Göllner
Printed in Germany
ISBN 978-3-518-47010-7

Verwirrnis

Daran will ich mich später erinnern.

Friedeward Ringeling – und da waren sich selbst seine engsten Freunde einig – war ein Original, ein kostbares Relikt aus der Welt der Großmütter, der Kutschen und Hauskonzerte, einer Zeit, in der die *Toilette* nicht einen Abort bezeichnete, sondern Gegenstand des öffentlichen Interesses war und mal mehr, mal weniger Bewunderung hervorrief.

Er war jederzeit korrekt gekleidet, keiner der Freunde konnte sich, wie sie einräumen mussten, daran erinnern, ihn je unrasiert oder auch nur ohne Krawatte gesehen zu haben. Auch in seiner Wohnung hatte ihn keiner je nachlässig gekleidet angetroffen, selbst dort trug er einen Schlips, dessen Farbton offensichtlich auf das Jackett abgestimmt war, und die Freunde spotteten, er würde gewiss mit einem ausgehfähigen Pyjama ins Bett steigen, um bei einem Brand oder einem Einbruch angemessen bekleidet zu sein.

Wenn er in Gesellschaft sein Jackett ablegte, erkundigte er sich zuvor bei den anwesenden Frauen, ob sie einverstanden seien, dass er ein wenig ungezwungener am Tisch sitze. Dieses antiquierte Gebaren belustigte manche der Frauen, andere hingegen fühlten sich geehrt und lobten ihrem Partner gegenüber Friedewards feine Manieren. Von Zeit zu Zeit zeigte sich der ein oder andere weibliche Gast jedoch auch irritiert über sein Verhalten, waren doch nicht alle Frauen mit den überkommenen Sitten früherer Generationen vertraut. Sein Benehmen war ihnen eher lästig, immer wieder führte es zu Missverständnissen, die Friedeward oder seine Freunde mit langwierigen und ermüdenden Erklärungen aus der Welt zu schaffen suchten, meist jedoch vergeblich.

Friedeward jedoch war überzeugt, dass das Aufgeben gewisser Verhaltensregeln zu einem Kulturverfall führe und schließlich zu einer Rückkehr in eine vorzivilisatorische Barbarei, und hielt daher mit wilder Entschlossenheit an ihnen fest. Entschieden und unbeirrt stand er für sie überall dort ein, wo er sie leichtsinnig geopfert sah oder sie nur noch nachlässig beherzigt wurden. Ihm erschien es als eine Pflicht der älteren Generation, mit gutem Beispiel voranzugehen und den Jüngeren einen zivilisierten Umgang miteinander vorzuleben.

Er war ein edler Mensch. Diese aus der Mode gekommene Zuschreibung entsprach ihm vollkommen. Aber er war auch ein Mann, der mit seinem Schicksal haderte – und mit sich selbst.

Friedeward Ringeling wurde auf den Tag genau sechs Jahre vor dem Beginn des Zweiten Weltkriegs, am ersten September 1933, in Heiligenstadt, einer Kleinstadt im Eichsfelder Landkreis, als Sohn eines Englischlehrers und einer Krankenpflegerin geboren. Er besuchte das Staatliche katholische Gymnasium, das kurz zuvor und auf Anordnung der nationalsozialistischen Behörden in Staatliche Oberschule für Jungen umbenannt worden war. In den Fächern Deutsch und Englisch wurde er von seinem Vater unterrichtet.

Pius Ringeling war ein Veteran des Ersten Weltkriegs, der sich als Siebzehnjähriger im Januar 1918 freiwillig beim Deutschen Heer gemeldet hatte und bereits zwei Monate später als dienstuntauglich ausgemustert werden musste, da er in der Frühjahrsoffensive im März 1918 im Kampf um Péronne, einer Kleinstadt im Département Somme, bei einem Einsatz von Schwefellost – einem Kampfstoff, den man auch Senfgas oder Gelbkreuzgas nannte – durch die eigene Truppe eine Vergiftung erlitt.

Nach Kriegsende stellte er, unterstützt durch seinen ehemaligen Kompanieführer, einen Antrag auf das kurz zuvor gestiftete Verwundetenabzeichen, und er bekam die Auszeichnung nicht in Schwarz, wie es ihm zustand, sondern sogar in Silber, obgleich er nur einmal verwundet worden war und das silberne Abzeichen zwingend fünf Verwundungen verlangte. Der tiefgläubige Katholik Pius, der nach dem Krieg die Fakultas für Deutsch, Latein und Englisch erworben hatte, trug diese Medaille bis zu seinem Lebensende tagtäglich, wenn auch in den auf den Krieg folgenden Staatsordnungen unter dem Revers. Er blieb bis zu seinem Tod

Monarchist, verachtete die demokratische Verfassung der Republik ebenso wie die darauf folgenden Regime der Nationalsozialisten und der Kommunisten.

Der Lateinunterricht wurde zwei Jahre vor Kriegsende sowohl an der Staatlichen Oberschule für Jungen wie im ganzen Landkreis gekürzt und ein halbes Jahr später komplett gestrichen, so dass Gymnasialprofessor Pius Ringeling – diesen Ehrentitel trug er nur wenige Jahre, denn er wurde ungebräuchlich und durch die Amtsbezeichnung *Studienrat* ersetzt – noch eine eingeschränkte Lehrberechtigung, die *kleine Fakultas*, für Chemie erwarb, um weiterhin als volle Lehrkraft beschäftigt werden zu können.

Aufgrund seiner Invalidität wurde er im Zweiten Weltkrieg nicht kriegsverpflichtet, aber Ende Januar 1945 im Aufgebot II des Volkssturms zwangserfasst und hatte jedes zweite Wochenende zur Ausbildung in einem Volkssturmbataillon anzutreten. Im März 1945 wurde der Schulbetrieb vollständig eingestellt und Pius hatte sich jeden Morgen beim Volkssturm zu melden, um Gräben auszuheben und unter der Anleitung eines älteren, beinamputierten Uhrmachers jene Waffen für das Volkssturmbataillon in Stand zu setzen, die von Truppen der Wehrmacht erbeutet worden waren.

Drei Wochen nach seinem Dienstantritt beim Volkssturm erschienen dort zwei Abgeordnete der Feldgendarmerie, die Fahnenflüchtige und Versprengte im Land-

kreis aufspüren sollten. Sie fanden heraus, dass der bein-
amputierte Uhrmacher sich nach einem Lazarettaufent-
halt unerlaubt von seiner Kampftruppe entfernt hatte
und in seine Heimatstadt zurückgekehrt war. Aufgrund
seiner an der Front erworbenen Kenntnisse hatte der
Bürgermeister ihn zum Leiter der Ortskampfgruppe
ernannt, was die Feldjäger nicht davon abhielt, den
Mann zu verhaften und ihn in einem Kellerraum des
Rathauses festzusetzen. Pius Ringeling forderte die
Volkssturm-Kameraden auf, mit ihm zum Rathaus zu
ziehen, um die Freilassung des Uhrmachers zu erwir-
ken; schließlich waren sie ohne ihn nicht in der Lage,
die erbeuteten Waffen wiederherzurichten. Diese Aktion führte zur sofortigen Verhaftung Ringelings, da
der Bürgermeister es nicht wagte, den Uhrmacher aus
dem Kerker zu entlassen, und sich hilfesuchend an die
Feldjäger wandte, die Ringeling als Rädelsführer fest-
nahmen und gleichfalls in den Keller sperrten. In der
Nacht jedoch verschwanden die Feldjäger aus der Stadt,
da die Gegenoffensive der Wehrmacht bei Struth unter großen Verlusten zusammengebrochen war und die
versprengten Soldaten der an der Offensive beteiligten
Truppenteile befehlswidrig und ungeordnet flohen. Der
Bürgermeister entschied daher, die beiden Arrestanten
freizulassen und sie zu ihrer Einheit zurückzuschicken,
nicht ohne zuvor den gesamten Vorgang genauestens
zu Protokoll zu geben.

In der Nachkriegszeit durfte Pius Ringeling weiter als Lehrer arbeiten, da Kollegen und Nachbarn bei der neuen Schulbehörde seine ablehnende Haltung den Nationalsozialisten gegenüber bezeugt hatten und die Akten im Rathaus gleichfalls für ihn sprachen. Seine Konfession und sein offen bekundeter Glaube waren der neuen Schulbehörde zwar ein Dorn im Auge, aber da unbelastete Lehrer dringend gebraucht wurden und die Mehrheit der Bevölkerung im Eichsfelder Land katholisch war und damit auch die akademisch ausgebildete Lehrerschaft, akzeptierte der kommunistische Schulrat auch den gläubigen Pius Ringeling, teilte ihm jedoch schriftlich mit, er habe sich jeder Art religiöser Propaganda zu enthalten, andernfalls würde er umgehend entlassen. Da an allen Schulen Lehrer fehlten, wurde ihm vom Kreisschulamt auf dem kurzen Dienstweg sogar die große Fakultas für Chemie erteilt, also die Lehrberechtigung für dieses Fach auch in den Abiturklassen.

Das Gymnasium war bei der Wiedereröffnung in einem Behelfsbau untergebracht, da die Rote Armee das gesamte Schulgelände besetzt und dort für Hunderttausende entlassener Kriegsgefangener und Umsiedler ein Durchgangslager eingerichtet hatte. Pius Ringeling hielt sich an die Anordnung, in den Unterrichtsstunden religiöse Themen zu meiden. Da die älteren und studierten Lehrer gläubig waren, die Neulehrer, die aus schulfremden Berufen kamen und denen man innerhalb weniger Monate den zu vermittelnden Lehrstoff beigebracht hatte, sich jedoch als strenge und pflichtbewusste Atheisten erwiesen, umging man zwar auch im Lehrerzimmer das unerwünschte Thema, besuchte aber ansonsten wie gewohnt den Gottesdienst und lebte freimütig seinen Glauben.

Studienrat Pius Ringeling war ein Mann fester Grundsätze, und diesen hatten nicht nur seine Schüler zu folgen, sondern auch seine Familie; er bezeichnete seine strengen Lebensregeln gerne als »moralisches Gebot«. Seine Frau und die drei Kinder – zwei Söhne und eine Tochter – hatten sich diesem unterzuordnen, hatten, wie er sagte, zu wissen, wo ihr Platz sei. Friedewards Mutter Wilhelmine unterrichtete Geburtshilfe an der Krankenpflegeschule des örtlichen Krankenhauses und sang in beiden Kirchenchören. Sie war eine kräftige und resolute Frau, die nicht auf den Mund gefallen war und sich bei den Kolleginnen und den Patienten durchzusetzen verstand, sich daheim jedoch klaglos ihrem Ehemann unterordnete. Sie widersprach ihm nie und stellte sich auch nicht gegen ihn, wenn er mit den Kindern allzu hart umsprang.

Für Pius Ringeling war die körperliche Züchtigung zwingender Bestandteil einer bürgerlichen, die Heranwachsenden überhaupt erst zum Leben befähigenden Pädagogik, ohne deren Grundsätze weder ziviles Verhalten noch Ehrgeiz und Leistungswille in die folgende Generation zu pflanzen und in ihr nachhaltig zu verankern seien. Sein ältestes Kind, eine Tochter mit dem Namen Magdalena, strafte er mit einem Klaps auf den Hintern oder mit einer Kopfnuss. Letztere Art der Bestrafung hatte er in seinen ersten Berufsjahren im Unterricht bevorzugt, ehe nach dem Ende des Zweiten Weltkriegs die Schulgesetze der neuen Regierung den Lehrern an ostdeutschen Schulen jede Art von körperlicher Strafe rigoros untersagten. Innerhalb des Lehrerkollegiums bezeichnete Pius Ringeling dieses Verbot als pädagogisches Fiasko, verordnet von Bürokraten, die nichts von Pädagogik – davon, junge Menschen bewusst anzuleiten – verstünden und den Schulalltag nicht kannten. Daheim und unter Freunden nannte er das neue Gesetz einen kommunistischen Unfug, eine geradezu verbrecherische Anordnung, und prophezeite dem zweiten deutschen Staat bereits in dessen Gründungsjahr seinen baldigen Untergang. Schließlich sei mit straffrei und folglich unerzogenen Kindern kein Staat zu machen.

Im Unterricht verfiel er nun auf Maßnahmen, die seiner Ansicht nach auch im Rahmen der neuen Schulgesetze zulässig sein müssten. So pflegte er aufsässige oder undisziplinierte Schüler am Ohr oder an den Haaren zu fassen, was die Schülerinnen und Schüler als durchaus schmerzhafte Strafe empfanden, was für Pius

Ringeling jedoch nicht mehr als eine herzhafte Ermunterung war. Mit Beschwerden von Seiten der Eltern musste er in all den Jahren bis zu seiner Pensionierung nicht rechnen, erschien doch fast allen Eltern in Heiligenstadt das so hochtrabend verkündete Verbot körperlicher Strafen in der Schule ebenso unsinnig wie ihm selbst. Sie waren mehrheitlich der Meinung, ein Klaps zur rechten Zeit habe einem Kind noch nie geschadet, und ohne eine schmerzhafte Verwarnung sei es weder Eltern noch Lehrern möglich, aus den Bälgern anständige Menschen zu machen.

Während sich Pius Ringeling bei seiner Tochter Magdalena mit leichteren Strafen begnügte, fielen die Strafen für die Knaben, den Zweitgeborenen Hartwig und den Nachkömmling Friedeward, härter aus. Sie wurden mit der Riemenpeitsche gezüchtigt, dem Siebenstriemer, einem kurzen Holzstück, an dem sieben je achtzig Zentimeter lange Lederstreifen befestigt waren. Das Auspeitschen galt nicht nur Pius als probates Mittel zur Erziehung und genoss beim bürgerlichen Mittelstand durchaus Ansehen. Die niederen und ärmeren Schichten griffen zur Züchtigung ihrer Kinder üblicherweise zu einem Weidenstock oder einem sonst wie geeigneten Gegenstand.

Pius' Kinder hatten sich nach erfolgter Züchtigung vor ihm aufzustellen und die immer gleiche Frage zu beantworten, nämlich die, wen diese Strafe am meisten geschmerzt habe. Laut weinend oder auch stumm, aber doch mit schmerzverzerrtem Gesicht presste das Kind dann die Worte hervor, die von ihm erwartet wurden: »Dich, lieber Vater, dich.«

Bei den Schülern war Pius Ringeling ebenso angesehen wie gefürchtet. Sie erkannten zwar seine umfassende Bildung an, hassten ihn aber seiner Brutalität wegen. Dass er die eigenen Kinder gelegentlich mit dem Siebenstriemer durchwalkte, war allen auf dem Schulhof bekannt, da Hartwig es freimütig herumerzählte. Friedeward waren neugierige Nachfragen der Klassenkameraden zu diesem Thema eher unangenehm. Hartwig jedoch sprach nicht nur unbefangen über diese Tortur, er sprach sogar gern darüber, da er seit Monaten dabei war, den Siebenstriemer zu manipulieren. Etwa einmal im Monat – wenn die Eltern für längere Zeit das Haus verließen – nahm er sich die Klopfpeitsche vor und kürzte die Lederriemen mit Hilfe des väterlichen Rasiermessers um wenige Millimeter. Er stutzte alle sieben Streifen gleichmäßig, um danach mit Spucke und einem Ascherest aus dem Küchenherd den hellen Schnittstellen den Anschein von Unversehrtheit zu geben.

Friedeward war über dieses Vergehen entsetzt und bat den älteren Bruder jedes Mal, das Kürzen der Riemen zu unterlassen. Er fürchtete, dass der Vater ihm zwangsläufig eines Tages auf die Schliche kommen würde und es für sie beide dann ein fürchterliches Donnerwetter und ein ausführlicheres Wiederschen mit der Peitsche setzen würde. Er hätte es jedoch nie gewagt, den Bruder zu verraten, hatte ihm Hartwig doch für diesen Fall eine sehr viel härtere Strafe angedroht, eine Strafe, der gegenüber eine Tracht mit dem Siebenstriemer eine lustige Rutschpartie sei.

Tatsächlich war Pius nicht entgangen, dass seine Peitsche manipuliert worden war. Etwa ein halbes Jahr nachdem Hartwig damit begonnen hatte, rief Pius beide Söhne in sein Arbeitszimmer und hieß sie an dem runden Rauchertischchen Platz zu nehmen. Dort lag, neben dem gusseisernen Aschenbecher, der gefürchtete Siebenstriemer, der gewöhnlich hinter Vaters Schreibtisch über einem Bild hing, einem Schwarzweißfoto von Pius Ringeling in Armeeuniform. Pius stellte sich hinter seine beiden Söhne und fragte sie, ob sie ihm nicht etwas zu sagen hätten. Beide schwiegen, Hartwig trotzig verbissen und Friedeward in angstvoller Spannung. Da packte der Vater die beiden Jungen hart im Nacken und schüttelte sie.

»Ich meine, ihr habt mir etwas zu sagen.«

Sie schwiegen weiterhin. Der Vater lockerte den festen Griff, ließ die beiden schließlich los und setzte sich an seinen Schreibtisch. Er lächelte böse.

»Nun gut, dann habe ich *euch* etwas mitzuteilen. Die Lederriemen sind nur noch einundsiebzig Zentimeter lang, es fehlen also neun Zentimeter, die eurer Zerstörungswut zum Opfer fielen. Ich habe es sehr wohl bemerkt, von Anfang an. Ihr Idioten habt in Physik nicht aufgepasst. Was bewirkt eine verkürzte Peitsche? Nun? – Ich will es euch sagen: Die Hiebe werden geschwinder und schmerzhafter. Und wenn ihr euch weiter an meinem Siebenstriemer vergreift, so werdet ihr eines Tages stattdessen mit dem Stock Bekanntschaft machen. Ich treibe euch eure Dummheit schon aus. Freut euch schon mal auf die nächste Tracht – und jetzt raus!«

Zwei Jahre nach Kriegsende verließen die beiden älteren Kinder ihr Elternhaus. Magdalena hatte ihre Lehre als Krankenschwester erfolgreich abgeschlossen und heiratete im Mai Karl Lehmann, einen aus der Kriegsgefangenschaft entlassenen Kaufmann, dem seit seinem Einsatz an der Front drei Finger der rechten Hand fehlten. Er war zwölf Jahre älter als Magdalena, betrieb die Buch- und Schreibwarenhandlung seines verstorbenen Vaters und hatte seine erste Frau bei der Geburt der kleinen Tochter verloren. Er betreute den Säugling anfangs mit Hilfe seiner Mutter und der Schwiegermutter, doch dann, im Oktober 1943, wurde seine Rückstellung vom Wehrdienst aufgehoben und er wurde nach einer dreiwöchigen militärischen Ausbildung zur Heeresgruppe Nord an die Ostfront geschickt. Das Mädchen blieb in der Obhut seiner beiden Großmütter.

An Karls drittem Tag an der Front rissen ihm die Kugeln einer Granatkartätsche drei Finger ab. Er kam in ein kurländisches Feldlazarett, wurde zwei Monate später jedoch wieder zu seiner Einheit abkommandiert, obgleich er als Kriegskrüppel nicht einmal als Schreibkraft zu gebrauchen war. Im März wurde seine Einheit, die zur *Heeresgruppe Kurland* gehörte, von einem Panzerbataillon der Roten Armee umstellt. Man kapitulierte kampflos und die deutschen Soldaten wurden in das Kriegsgefangenenlager 317 nach Riga gebracht. Im dortigen Kriegsgefangenenhospital 3338 erhielt Lehmann eine erste Handprothese, einen gusseisernen Haken, den er sich mittels einer Stoffmanschette anlegen konnte. Durch seine Kriegsverletzung war er im Lager nur eingeschränkt arbeitstauglich und wurde nach acht Monaten aus der Gefangenschaft entlassen.

Ende des Jahres 1945, vier Tage vor Weihnachten, erschien er in Worbis bei seiner Mutter und seiner zweijährigen Tochter Gundula. In der ersten Januarwoche erhielt er vom Rathaus die Wiederzulassung als Händler für Bücher, Papier- und Schreibwaren, und am letzten Montag des Monats konnte er sein Geschäft wiedereröffnen. Außer den broschierten und von der Militärverwaltung genehmigten Büchern bot er Schreibhefte, bedruckte Papiere und Schreibgeräte aus seinen Altbeständen an, die er zuvor sorgsam nach verbotenen Signets und Kennzeichen des untergegangenen Naziregimes untersucht hatte.

Im Juni lernte er die siebzehnjährige Magdalena kennen, als er – nach einem dreiwöchigen Aufenthalt im Universitätsklinikum Göttingen, wo ihm eine neue und brauchbarere Handprothese gefertigt wurde – zur weiteren Behandlung und Rehabilitation im Heiligenstädter Krankenhaus von der Schwester im letzten Lehrjahr betreut wurde. Sie fanden Gefallen aneinander.

Karl Lehmann bewunderte die ernsthafte und resolute Art, mit der das junge Mädchen wehleidige und störrische Patienten zu handhaben wusste und wie sie ebenso freundlich wie bestimmt dafür sorgte, dass alle die ärztlichen Anordnungen befolgten. Magdalena ihrerseits war beeindruckt, wie gelassen und gottergeben Karl Lehmann sein Schicksal hinnahm, wie er sich jedes Mitleid verbat, da andere Kameraden seiner Einheit schwerer verkrüppelt waren als er oder den Krieg nicht überlebt hatten.

Lehmann fuhr jede Woche nach Heiligenstadt, um Magdalena zu treffen, und einmal im Monat besuchte sie ihn und seine kleine Tochter in Worbis. Gundula war es schwergefallen, den aus dem Krieg und der Gefangenschaft zurückgekehrten Mann als ihren Vater zu akzeptieren und rückhaltlos zu lieben, sie war an ihre Großmütter gewöhnt, und der Krüppel mit dem Eisenhaken anstelle einer Hand ängstigte sie lange Zeit. Magdalena jedoch schloss sie sofort ins Herz und wich nicht von ihrer Seite, wann immer die junge Frau zu Besuch kam. Die Dreijährige war es auch, die zum ersten Mal vom Heiraten sprach. Immer wieder lag sie ihrem Vater und Magdalena damit in den Ohren, dass sie dann Blumen streuen wolle, und die Kleine genoss die Verlegenheit, in die sie die beiden Erwachsenen damit brachte.

Einmal erwiderte Karl seiner Tochter: »Das musst

du Magdalena fragen. Ich würde sie sofort heiraten. Lieber heute als morgen. Aber vielleicht bin ich für sie zu alt oder sie will einen Mann mit zwei gesunden Händen.«

Magdalena schüttelte heftig den Kopf und meinte, sie habe Karl und Gundula lieb, aber sie sei ja gerade erst achtzehn geworden und fühle sich noch zu jung, um sich für immer zu binden.

»Eine alte Mama will ich nicht«, erklärte Gundula, »wenn du hundert bist, dann kannst du nur noch meine Oma werden, aber Omas habe ich schon zwei.«

Ein halbes Jahr später heirateten sie. Magdalena wusste nicht, ob sie Karl wirklich liebte, ob sie tatsächlich ihr ganzes Leben an seiner Seite verbringen sollte, und sie war besorgt, weil sie nun die Stiefmutter eines nur fünfzehn Jahre jüngeren Mädchens wurde. Doch sie wollte, sie musste fort aus ihrem Elternhaus, wollte auf eigenen Füßen stehen und nicht länger wie ihre Mutter und ihre Brüder tagtäglich den Vorschriften des Vaters ausgesetzt sein und seine selbstherrliche Strenge und Gewalt erdulden müssen. Und sie wollte Karl auch deshalb heiraten, weil er sein Kind nie schlug, weil Gundula für ihn ein Engel war, wie er sagte, und er sich nicht der Strafe ewiger Verdammnis aussetzen wolle, weil er die Hand gegen einen Engel erhoben habe.

Eine Woche nach Magdalenas Auszug verschwand auch Hartwig. Er war sechzehn Jahre alt, als er heimlich die Wohnung der Eltern mit all seinen Sachen verließ. Er wählte den Zeitpunkt für sein Verschwinden mit Bedacht und brach in den Schulferien auf, als sein Vater mit anderen Thüringer Pädagogen für fünf Tage bei einem Lehrgang in Weimar war, dem damaligen Sitz der Landesregierung. Seiner Mutter erzählte er, er würde zu seiner Schwester nach Worbis fahren. Drei Tage später bekam die Mutter einen Brief von ihm, in dem er ihr mitteilte, er habe in Hamburg auf einem Kühlschiff angeheuert, auf dem er nach Nordamerika fahre, um künftig dort zu leben. Im Postskriptum merkte er an, auf dem Schiff gebe es keinen Siebenstriemer und die Prügelstrafe sei schon vor hundert Jahren abgeschafft worden.

Als Hartwigs Vater aus Weimar zurückkehrte, gab die entsetzte und völlig aufgelöste Mutter ihm noch in der Tür den Brief zu lesen. Unter Tränen brachte sie hervor, sie habe das Gefühl, nach Magdalena nun auch ihr zweites Kind verloren zu haben. Sie verstand ihren Jungen, begriff, wieso Hartwig aus seinem Elternhaus geflohen war. Auch für sie waren die Stunden, in denen sie nicht daheim zu sein hatte, die einzig glücklichen. Sie sehnte die Chorproben herbei, die Gespräche, die sie dort mit ihren besten Freundinnen führen konnte, und das ganze Jahr über freute sie sich auf den Beginn der einwöchigen Chorwerkstatt, für die der Kantor jedes Jahr einen anderen Ort aussuchte. Für acht Tage lebte sie dann mit den anderen Chormitgliedern in einem Kloster, in einem alten Schloss, das mittlerweile als Hotel genutzt wurde, oder auch in einer abgelegenen Jugendherberge. Diese eine Woche gab ihr die Kraft, den Rest des Jahres an der Seite ihres Mannes durchzustehen.

Pius Ringeling jedoch zog verächtlich die Mundwinkel nach unten, knüllte den Brief zusammen, warf ihn in den Papierkorb und sagte: »Aha, der Siebenstriemer gefiel ihm also nicht.«

Er weigerte sich, über Hartwig je noch ein weiteres Wort zu verlieren. Wann immer seine Frau von ihm sprach, schwieg er verärgert oder verließ das Zimmer. In der Schule gab er an, sein Sohn sei nach Berlin gezogen, wo er weiterhin die Schule besuchen wolle. Seine Frau und er versuchten nicht, Hartwig ausfindig zu machen, und stellten auch nicht infrage, ob er wirklich ausgewandert sei. Den Behörden gegenüber gaben sie an, ihr Sohn sei im Unfrieden fortgegangen und habe sich bisher nicht bei ihnen gemeldet, und hofften, dass weitere Nachfragen ausblieben – denn das unbegründete und nicht genehmigte Verlassen der Besatzungszone war unerwünscht und sie wollten keinen unnötigen Verdacht erregen.

Den vierzehnjährigen Friedeward bekümmerte Magdalenas Heirat und ihr Umzug nach Worbis sowie das Verschwinden von Hartwig, er vermisste die älteren Geschwister. Er war nun das einzige Kind im Haus und fühlte sich beständig kontrolliert und überwacht. Tatsächlich konzentrierte sich die Aufmerksamkeit der Eltern stärker als zuvor auf ihren Jüngsten, zumal sein Vater den Verdacht hegte, Friedeward sei in die Pläne seines Bruders eingeweiht gewesen, oder habe insgeheim gar vor, selber zu verschwinden. Da Friedeward weder daheim noch in der Schule der Aufsicht seines Vaters entging – er unterrichtete ihn in den Fächern Deutsch und Englisch –, fühlte er sich beständig unter Druck. Die anhaltende Angst vor seinem Vater nahm ihm die Luft zum Atmen. Anders aber als sein Bruder wagte er an Flucht nicht zu denken. Nirgends, an keinem Ort der Welt, würde er dem harten Griff seines Vaters entgehen, überallhin würde ihn sein misstrauischer Blick verfolgen, ihn ermahnen, ihn strafen. Das Einzige, wozu Friedeward sich aufraffen, ja, sich erdreisten konnte, war der innige Wunsch und sein allabendliches Gebet zum Herrgott, sein Vater möge endlich sterben.

Noch immer setzte Pius Ringeling zur Erziehung seines Sohnes den Siebenstriemer ein. Mindestens einmal im Quartal verprügelte er Friedeward und ließ sich anschließend wie gewohnt von ihm versichern, dass diese Lektion ihn selbst am meisten schmerze. Friedeward geriet in einen Teufelskreis: Die Angst vor dem Siebenstriemer lähmte ihn, es fiel ihm zunehmend schwerer, in der Schule dem Unterricht zu folgen, was ihm Tadel und schlechte Noten einbrachte. Zu Hause legte er – wenn auch eher unbeabsichtigt – eine Starrsinnigkeit an den Tag, die seinen Vater reizte, ihn immer wieder aufs Neue zu bestrafen. Jede Nacht murmelte er vor dem Einschlafen halblaut sein Abendgebet, Gott möge seinen Vater sterben lassen, obgleich er wusste, dass Gott ihm diesen Wunsch nicht erfüllen würde und dass es eine Sünde war, eine Todsünde, für die er Abbitte hätte leisten müssen.

Er war fünfzehn Jahre alt, als er sich zum ersten Mal auflehnte und dem Vater widersprach. An einem Freitag im November hatte ihn der Vater erneut mit der Peitsche geschlagen. Ohne eine einzige Träne und mit zusammengebissenen Zähnen hatte er die Tortur schweigend erduldet, und als sein Vater nach dem letzten Schlag den Siebenstriemer wieder an die Wand hinter seinem Schreibtisch hängte und seinem Sohn die übliche Frage stellte, sah Friedeward ihn an und sagte: »Mich, lieber Vater, mich. Nur mich.«

Pius Ringeling brauchte einen Moment, ehe er Friedewards Worte begriff. Er starrte seinen Sohn an, die Augen zu schmalen Schlitzen verengt, und mit einer raschen Bewegung riss er die Riemenpeitsche erneut vom Nagel und machte einen Schritt auf den Jungen zu. Doch dann hielt er inne.

»Vielleicht hast du recht«, sagte er, »vielleicht bist du

so vernünftig geworden, dass wir auf dieses pädagogische Instrument von nun an verzichten können. Was meinst du?«

Friedeward nickte heftig.

»Gut«, sagte sein Vater, »versuchen wir es.«

Er öffnete die rechte Tür seines Schreibtischs, zog das untere Schubfach heraus, wickelte die Lederriemen um den hölzernen Griff und steckte den Siebenstriemer in die Lade. Er legte ihn ganz nach hinten.

Tatsächlich beschränkte sich der Vater fortan darauf, seinen Sohn bei Vergehen jeglicher Art nur anzuschreien. Doch Friedewards Angst vor dem Vater schwand nicht, und wann immer dieser die Stimme drohend erhob, sausten die Lederriemen vor seinem inneren Auge furchteinflößend durch die Luft, spürte er die Schläge so schmerzhaft, als hätte der Vater die Klopfpeitsche seiner Ankündigung zum Trotz wieder hervorgeholt.

Friedeward besaß, zur Freude seiner Eltern, einen Mitgliedsausweis der städtischen Bücherei und besuchte diese wöchentlich, um die bereits gelesenen Bücher abzugeben und sich ein oder zwei neue auszuleihen.

In den beiden kleinen Räumen der Bücherei waren jeweils zwei Wände mit Bücherregalen bedeckt, im größeren standen zudem der Schreibtisch der Bibliothekarin und ein weiterer Tisch mit zwei Stühlen für die Besucher. Sie nannte diesen Raum den »Lesesaal«. Sämtliche Bücher des Bestands, die vor 1945 erschienen waren, hatte sie gemeinsam mit einem Beauftragten der Stadt gesichtet und mit einem grünen Stempel versehen, um sie damit als unbedenklich und für die Ausleihe freigegeben zu kennzeichnen.

Einige Bücher und Zeitschriften jedoch lieh Friedeward nicht aus, sondern las sie am Benutzertisch im Lesesaal. Sein Vater hätte diese Lektüren gewiss missbilligt, denn sie handelten von Amerika, von den Indianern und der Besiedlung des Landes durch immigrierte Engländer.

Friedeward vertiefte sich in Reiseberichte von Europäern über den fremden Kontinent und bestaunte wieder und wieder in Bildbänden die Berge, den Grand Canyon, die Großstädte und Wolkenkratzer. Er träumte von Amerika, davon, dass sein Bruder Hartwig dort sein Glück gemacht hatte, denn anders war für ihn sein monate- und jahrelanges Schweigen – kein Brief, keine Karte kam von ihm je in Heiligenstadt an – nicht zu erklären. Er schwelgte in Fantasien, in denen er dem Bruder folgte und im fernen Amerika sein Glück fand, auf der anderen Seite der Erdkugel, unerreichbar für seinen Vater. Er träumte davon, als Cowboy durch die Prärie zu reiten, mit braungebrannten, unerschrockenen Männern Kühe zu hüten und wilde Pferde einzufangen, mit ihnen abends am Lagerfeuer zu sitzen und im Zelt zu schlafen oder sich mit Indianern anzufreunden, mit ihnen auf die Jagd zu gehen und das wilde, ursprüngliche Leben der Ureinwohner zu führen. Und er würde seinen Bruder finden, der im Land der unbegrenzten Möglichkeiten bereits erfolgreich seinen Weg gemacht und seinen Platz gefunden hatte und der ihm beistehen würde.

Friedeward fürchtete nicht zu Unrecht, sein Vater würde misstrauisch werden, wenn er ihn bei diesen Lektüren ertappte, würde seine Pläne oder doch jedenfalls seine große Hoffnung erahnen, zumal sein Vater regelmäßig den Lesestoff des Sohnes überwachte und zu kommentieren pflegte. Friedeward war jedoch nicht nur wegen seiner heimlichen Lektüren besorgt, sondern fürchtete auch, der Vater könne aus seinen besonders guten Leistungen im Englischunterricht – Friedeward war Klassenbester und der Vater unterrichtete ihn in diesem Fach – den fatalen Schluss ziehen, der zweite Sohn wolle seinem ersten folgen. Die Furcht vor dem Vater beherrschte ihn, er spürte Tag und Nacht, in jeder Stunde seines Lebens die harte Hand seines Vaters im Nacken.

Als das elfte Schuljahr für ihn begann, wurde ein neuer Schüler in seiner Klasse aufgenommen, Wolfgang Zernick, Sohn des neuen Kantors der katholischen Kirche St. Aegidien. Der junge Mann zeichnete sich durch ein erstaunliches Selbstbewusstsein aus, ihn schien die Abwehr und das Misstrauen der Mitschüler, die sich dem Neuen gegenüber wie üblich reserviert und sogar feindselig verhielten, nicht zu irritieren. Er bemühte sich nicht um die Gunst oder gar Sympathie seiner Mitschüler, er ging seiner Wege, ohne sich um die Schulkameraden zu scheren. An außerschulischen Aktivitäten der Klasse beteiligte er sich nicht, war weder an Fußball interessiert noch wollte er Mitglied der Schulmannschaft für Hallenhandball werden, obwohl er durch seine Größe – er überragte all seine Klassenkameraden – dafür prädestiniert schien und im Schulsport rasch zu den Besten in der Klasse zählte und beim Mannschaftzusammenstellen im Sportunterricht immer zu jenen gehörte, die als Erste gewählt wurden. Stattdessen ging er dreimal in der Woche zum Musikunterricht, er spielte Klavier und Gitarre und schien andere Leidenschaften stillschweigend zu verachten.

Der Neue erregte Friedewards Interesse, er freundete sich bald mit Wolfgang an, und sie verbrachten mehrere Nachmittage der Woche zusammen. Der langgliedrige Junge imponierte ihm, er bewunderte, wie dieser sich kleidete und bewegte, ihm gefiel Wolfgangs große, kräftige Nase, die vollen Lippen und die Art, wie er seine längeren dunklen Haare immer wieder mit einer leichten und elegant wirkenden Bewegung des Kopfes aus der Stirn nach hinten warf. Friedeward eiferte ihm nach, bemühte sich erfolgreich darum, seine schulischen Leistungen zu verbessern, um Wolfgang zu beeindrucken, nahm sogar ihm zuliebe seinen Klavierunterricht wieder auf, den er zum Entsetzen der Mutter ein Jahr zuvor aufgegeben hatte. Er wollte mit dem musikalisch hochbegabten Freund mithalten oder doch jedenfalls nicht allzu offenkundig hinter ihm zurückstehen.

Friedewards Eltern gefiel der neue Freund ihres Sohnes. Dass sein Vater der in der Stadt hoch geschätzte Kantor von St. Aegidien war, stimmte Pius Ringeling zufrieden, und auch die Mutter war darüber mehr als nur erfreut, da Kantor Zernick der neue Leiter ihrer geliebten Kirchenchöre war. Wolfgang wurde von Friedewards Eltern herzlich aufgenommen und umsorgt wie ein eigener Sohn – oder vielmehr sehr viel besser, da er nie von Pius angeschrien oder gar gezüchtigt wurde. Wenn Wolfgang auf dem Flügel der Familie spielte, lauschten beide Eltern ganz verzückt und rühmten ihn, wie sie die eigenen Kinder nie für etwas gelobt hatten.

Die Freundschaft der beiden Jugendlichen wurde mit der Zeit intensiver, sie verstanden sich fast wortlos, hatten ähnliche politische Ansichten, interessierten sich für Musik und für zeitgenössische Literatur, vor allem für Lyrik, und sie grenzten sich so deutlich gegenüber allen anderen Klassenkameraden ab, dass es fast schon einem Affront gleichkam.

Auch in ihrem Äußeren unterschieden sie sich von ihren Altersgenossen. Sie achteten auf ihre Frisur und Kleidung und hatten schon so etwas wie einen eigenen Stil. Das gefiel den Mädchen. Sie bewunderten die beiden, himmelten sie gar heimlich an, auch, weil sie zu den Leistungsstärksten in der Klasse zählten – sie taten sich in Deutsch, Englisch und Mathematik hervor, aber auch im Sportunterricht und in den musischen Fächern. Friedeward und Wolfgang liebten es, aufzufallen. So streuten sie im Unterricht wie auf dem Schulhof ungebräuchliche Fremdwörter oder veraltete Ausdrücke in ihre Sätze, und es bereitete ihnen ein klammheimliches Vergnügen, die Lehrer zu beeindrucken, sei es durch ihr Wissen oder durch ihr Verhalten. Mit Vorliebe korrigierten sie ihre Lehrer auch, wobei sie sich äußerst höflich und bescheiden gaben. Manche Lehrer scheuten vor dieser Art der Bloßstellung zurück und vermieden es daher, die beiden aufzurufen.

Lediglich im Deutsch- und Englischunterricht verzichteten sie auf ihre arroganten Spielchen, schließlich wollten sie Friedewards Vater nicht reizen. Friedeward fürchtete nach wie vor die Peitsche, und Wolfgang wollte, wenn er bei der Familie Ringeling zu Gast war, nicht auf sein Verhalten im Unterricht angesprochen werden.

In den Unterrichtspausen wanderten sie zusammen über den *Konsumflügel,* wie die Schüler den östlichen Teil des Schulhofs nannten, weil ihm gegenüber der Lebensmittelladen lag. Hier war das bevorzugte Terrain der älteren Jungen. Auf der anderen Seite, dem *Kirchenflügel,* spazierten die Mädchen der höheren Klassen, während in der Mitte des Schulhofs die jüngeren Schüler miteinander spielten. Man blieb unter sich. Die Jungen starrten freilich unverhohlen zu den Mädchen hinüber, kommentierten untereinander deren Aussehen, ihre Kleidung, Frisuren und Bewegungen. Die Mädchen hingegen schauten nur selten zu den jungen Männern. Wurde eine dabei von den anderen ertappt und mit einer spöttischen Bemerkung bedacht, schoss ihr die Schamröte ins Gesicht.

Ab und an wurde die unsichtbare Grenze auch überschritten. Hatte einer der Jungen mit einem Mädchen etwas zu bereden und musste deswegen auf den *Kirchenflügel* hinüber, wurde er von höhnischen Kommentaren seiner Kameraden begleitet.

Drei Mädchen aus der zwölften Klasse gingen in der großen Hofpause regelmäßig gemeinsam zum *Konsumflügel* hinüber, in einen Bereich, der von den Treppenstufen der Schultür aus, wo die Pausenaufsicht zu stehen pflegte, nicht zu sehen war. Dort, verborgen hinter einem Mauervorsprung der kleinen Halle für die Sportgeräte, war die Raucherecke des Schulhofs, wo ein, zwei Dutzend Schüler billige Zigaretten qualmten. Wenn sich ein Lehrer näherte, gaben Kameraden ein verstecktes Signal und die brennenden Zigaretten flogen in hohem Bogen auf eine verwilderte Brache hinter dem Zaun.

Die Mädchen liefen auf dem Schulhof zu zweit oder in kleinen Grüppchen umher, eingehakt oder auch eng umschlungen, die Köpfe vertraulich aneinandergelehnt und beständig im Gespräch. Die meisten von ihnen plauderten unaufhörlich und waren offensichtlich in der Lage, den Freundinnen zuzuhören, ohne dabei den eigenen Redeschwall zu unterbrechen.

Auch die Jungen auf dem *Konsumflügel* standen zu zweit oder in vertraulichen Grüppchen zusammen, plauderten miteinander, vermieden es aber, sich zu berühren. Nur gelegentlich stupste man sich gegenseitig an. Einige freilich hatten bei einem vertraulichen Gespräch einen Arm um die Schulter oder den Hals eines Freundes gelegt, um weitere Zuhörer auszuschließen. Ab und zu geschah es, dass einer der beiden überraschend den Arm herunterzog und den Freund abrupt in den Schwitzkasten nahm. Wenn er dabei das Gesicht des anderen an seinem Mantel rieb, reizte der grobe Stoff – die Mäntel und Joppen bestanden zumeist aus umgearbeiteten Soldatenmänteln – wie ein Reibeisen Wange und Ohren.

Friedeward hatte nichts dagegen, wenn ein Schulkamerad den Arm um ihn legte, aber den Schwitzkasten empfand er als überaus unangenehm und sogar beschämend. Er wappnete sich stets innerlich, um beizeiten seinen Kopf zurückzuziehen. Bei Wolfgang allerdings war das anders. Instinktiv fühlte er, dass ihm von diesem Freund niemals eine solch alberne Zuneigungsbekundung drohte. Seine warmen braunen Augen versprachen Freundschaft und nicht Heimtücke, und seine Umarmung brachte ihm vertraute und durchaus erwünschte Nähe.

Friedeward und Wolfgang träumten von einem Leben als Künstler. Sie trugen sich gegenseitig auf langen Spaziergängen selbstverfasste Gedichte vor. In ihrem jugendlichen Hochmut zollten sie einander höchste Anerkennung, versicherten sich gegenseitig ihrer zukünftigen Bedeutung und ihres Ruhms, der einst weit über ihren Heimatkreis hinausreichen werde. Zugleich sprachen sie ihren späteren Lesern, Leuten wie ihre Klassenkameraden, jedes Verständnis für Kunst und Literatur ab.

Ihre Lektüre lieferte ihnen immer ausreichend Gesprächsstoff. Wolfgangs Tante Helena besaß eine reichhaltige Bibliothek aus der Zeit vor dem Krieg. Sie hatte ihrem verstorbenen Mann gehört, einem Maler, und sie hielt sie zu seinem Gedenken in Ehren. Mit Freuden lieh sie ihrem Neffen und seinem Freund Bücher aus und beriet sie auch durchaus kundig bei der Auswahl. So hatten Friedeward und Wolfgang neben dem Schulstoff, der die deutsche Klassik in den Vordergrund stellte, auch einige wichtige Texte der Moderne gelesen, ebenso Bücher aus der ersten Hälfte des Jahrhunderts, die zum Teil noch nicht wieder verlegt worden waren oder gegen die von den Zensoren des neuen Staates ein Druckverbot verhängt worden war, da diesen die Bücher missfielen oder sie ihre Autoren als faschistisch oder der gerade frisch gegründeten Republik gegenüber als feindlich gesinnt einstuften.

Zwei Bücher aus der Bibliothek, die ihnen Tante Helena ausdrücklich empfohlen hatte, waren zu ihrer Lieblingslektüre geworden. Sie lasen sie mehrmals, lasen einander daraus vor und konnten einzelne Sätze Wort für Wort und fehlerfrei zitieren. Es handelte sich um Thomas Manns Novelle *Tonio Kröger* und Robert Musils *Verwirrungen des Zöglings Törleß*. Von Thomas Mann hatten sie bereits Aufsätze und Romanauszüge im Deutschunterricht gelesen; von Robert Musil hatten sie nie zuvor gehört. Beide Bücher handelten von jungen Männern ihres Alters, die von ähnlichen Hoffnungen und Ängsten erfüllt waren wie sie selbst. Ebenso erwartungsvoll wie unsicher waren sie auf der Suche nach dem richtigen Weg, unentschlossen bei jedem

Unterfangen, gehemmt im Umgang mit älteren Menschen, schamhaft und verlegen in Anwesenheit von Frauen und Mädchen, unbeholfen im praktischen Leben und bei den alltäglichen Aufgaben, die ihnen als eine drohende Herausforderung erschienen, geheimnisvoll und nicht zu bewältigen.

Doch sosehr sie sich in den beiden Büchern auch wiedererkannten, so nah sie sich den Helden fühlten, so rätselhaft und unbegreiflich war ihnen doch vieles. Hatten sie gerade noch den Eindruck gehabt, eine Textstelle erfasst zu haben, so wurde sie ihnen im nächsten Moment wieder dunkel und gab ihr Geheimnis nicht preis. Die schlanken Knabenkörper, ihre Nacktheit erfreuten sie, und wenn von »dunklen Regungen« gesprochen wurde, von »rastloser Unruhe«, von einer »Welle der Scham«, fühlten sie sich ihren Helden verwandt. Sie lagen auf der Wiese, flüsterten sich gegenseitig Worte aus dem Buch ins Ohr, und eine große Ruhe überkam sie.

An den Wochenenden fuhr Wolfgang regelmäßig nach Leinefelde, einer Kleinstadt kaum mehr als vierzehn Kilometer von Heiligenstadt entfernt. Früher hatte er mit seinen Eltern dort gelebt. Er besuchte Helga, eine Cousine dritten Grades, wie er Friedeward amüsiert erklärte. Sie seien gut befreundet, meinte er, sie sei eine tolle Person, mit der er sich gern unterhalte. Und Helga sei seine Freundin.

Für die Sommerferien planten Friedeward und Wolfgang eine gemeinsame Radtour an die Ostsee. Ihre Eltern unterstützten sie bei den Vorbereitungen, halfen ihnen, ein zweites Rad auszuborgen, und Kantor Zernick gelang es sogar, über eine treue Kirchgängerin ein Zelt aus alten Armeebeständen für sie aufzutreiben, ein Offizierszelt aus dem Ersten Weltkrieg, das sehr voluminös, aber, wie die Kriegerwitwe ihm versicherte, garantiert wasserundurchlässig sei.

Am letzten Freitag im Juni erhielten sie die Abschlusszeugnisse der elften Klasse. Friedeward und Wolfgang bekamen ihre Zeugnisse von der Klassenlehrerin erst nach allen anderen überreicht. Beide erhielten beste Benotungen, lediglich drei einsame Zweier-Noten verloren sich in der stolzen Ansammlung von Einsen. Drei Tage später stiegen sie auf die überladenen Fahrräder, auf denen sie den großen Zeltsack und ihre Kleidung verstaut hatten sowie reichlich Proviant, Tee, Tütensuppen, Kloßmehl und Fleischbüchsen. Ihre Reisekasse war nicht üppig, aber durchaus zufriedenstellend. Für die mehr als vierhundert Kilometer lange Strecke bis Heiligendamm hatten sie drei Tage eingeplant. Sie wollten täglich nicht mehr als sieben Stunden auf dem Sattel sitzen, um ausreichend Zeit zu haben, das Zelt aufzubauen und am nächsten Morgen wieder zu verstauen. Auch an der ein oder anderen Sehenswürdigkeit wollten sie haltmachen.

Den ersten Tag überstanden sie wie geplant, doch zu irgendwelchen Besichtigungen waren sie nicht mehr in der Lage, sie konnten gerade noch ihr Zelt aufstellen, um sich danach auf die Luftmatratzen fallen zu lassen und sofort einzuschlafen. Ein heftiger, durch das lange Radfahren entstandener Muskelkater nötigte sie, am nächsten Tag bereits zur Mittagszeit vom Rad zu steigen und ihr Quartier aufzuschlagen, und auch an diesem Nachmittag hatten sie nicht mehr die Kraft und Lust, sich das Schloss Wolmirstedt anzuschauen. Sie stellten das Zelt auf, machten sich einen Tee und ein paar belegte Brote und legten sich, nachdem sie sich eine Flasche Bier geteilt hatten, noch vor acht Uhr auf ihre Matratzen.

Heiligendamm erreichten sie erst am fünften Tag nach ihrem Aufbruch, waren sich aber gewiss, nun genügend trainiert zu sein, um die Rückreise in drei Tagen zu schaffen, damit sie nicht noch weitere kostbare Ferientage verlören. An der Ostsee hatten sie sich bei einem Zeltplatz angemeldet und mussten nicht mehr wie unterwegs heimlich irgendwo ihr Zelt aufstellen. Da dort vor allem Familien mit kleinen Kindern Urlaub machten, war der nächstgelegene Strand tagsüber lärmig und laut, und Friedeward und Wolfgang liefen jeden Morgen nach einem kleinen Frühstück in Richtung Steilküste, wo der Sandstrand besonders angenehm war. Am dritten Tag entdeckten sie, dass zweihundert Meter weiter, wo bereits größere Steine das Liegen und Laufen im Sand beschwerlich machten, mehrere Urlauber nackt badeten und sich völlig unbekleidet am Strand sonnten. Von nun an gingen auch sie zu diesem Teil des Strands, legten sich nackt auf ihre Handtücher, sprachen über die Schule, über ihre Pläne, über das Leben, das vor ihnen lag, über ihre Träume und Ängste. Sie schwammen und tauchten, zogen sich gegenseitig unter Wasser, spielten miteinander wie kleine Kinder.

Sie bemerkten, dass sie beobachtet wurden. Die älteren Familienväter beäugten sie misstrauisch, sie befürchteten, die beiden wollten nur ihre unbekleideten Frauen und Töchter begaffen. Die jungen Mädchen blickten sich ab und an nach Friedeward und Wolfgang um. Die athletischen Jungen gefielen ihnen ganz offensichtlich. Doch Friedeward und Wolfgang kümmerten sich nicht um die anderen Urlauber, selbst für die jungen Mädchen hatten sie kaum einen Blick, allenfalls amüsierten sie sich über ihre Ungeschicklichkeit beim Ballspiel oder über ihre Ängstlichkeit beim Schwimmen und Tauchen. Sie waren ganz mit sich beschäftigt, hatten nur füreinander Interesse und genossen ihre ungestörte Zweisamkeit.

Am Ende ihrer ersten Urlaubswoche gab es am späten Nachmittag einige Aufregung am Strand. Ein halblauter Warnruf – »Achtung, Polizei!« – ertönte und wurde rasch weitergetragen. Die Urlauber konnten sich kaum etwas überwerfen, als auch schon ein Uniformierter erschien, der zwischen den Liegenden hindurchging und alle ermahnte.

»Wir sind hier nicht in Ahrenshoop. Heiligendamm ist ein Ort der Erholung und Kultur, ich dulde hier keine Schweinereien«, wiederholte er dabei immer wieder.

Die in Handtücher oder Bademäntel gehüllten Feriengäste vermieden es, den Polizisten anzusehen, sie wollten nicht auffallen. Alle wussten, dass die Freikörperkultur im Ostseebad unerwünscht war, die Belehrungen darüber lagen in den Unterkünften aus, waren auf dem Zeltplatz bei der Anmeldung zu unterschreiben und standen auf den hölzernen Tafeln vor jedem der Strandzugänge.

»Wenn das noch einmal vorkommt, haben alle hier eine Anzeige am Hals. Und das sage ich nicht noch einmal«, bekräftigte der Polizist unentwegt.

Für den Rest des Tages trugen alle ihre Badeanzüge oder Badehosen, doch bereits am nächsten Vormittag verzichteten alle wieder darauf. Zwei dickliche Herren, die unüberhörbar aus Sachsen stammten, organisierten eine Strandwache. Jeweils einer der Männer hatte für zwanzig Minuten am Ende des FKK-Strandes zu stehen und rechtzeitig beim Auftauchen des Dorfpolizisten ein Zeichen zu geben. Auch Friedeward und Wolfgang wurden von den beiden Sachsen aufgefordert, Schmiere zu stehen, was sie belustigt akzeptierten. Sie absolvierten ihre Schichten gemeinsam, schlenderten, ein Handtuch um die Hüfte geknüpft, den kleinen Strandabschnitt auf und ab.

Friedeward war von Wolfgang fasziniert, und er ertappte sich dabei, wie er ihn immer wieder und fast unbewusst betrachtete, seinen muskulösen Rücken, den schmalen Hintern, die langen, trainierten Beine. Wolfgangs Körper erinnerte ihn an jene griechisch-römischen Skulpturen, wie er sie aus seinen Schulbüchern und den Bildbänden seines Vaters kannte, an den antiken Diskuswerfer, den Dorn ausziehenden Knaben. Als er es Wolfgang sagte, erröteten beide und waren für einen Moment verlegen. Ein paar Minuten später wies Friedeward laut auflachend auf Wolfgangs erigierten Penis, er bekam einen regelrechten Lachkrampf, warf sich auf die Decke und biss in sein Handtuch, um sich zu beruhigen. Plötzlich legte Wolfgang seine Hand sanft auf seinen Rücken, Friedeward zuckte zusammen, und dann lagen beide stumm nebeneinander, rührten sich nicht, gaben keinen Ton von sich, blickten sich nicht an. Sie schwiegen gedankenschwer und atmeten vernehmlich.

Nachdem sie sich am Abend hingelegt und die winzige Lampe ausgeschaltet hatten, spürte Friedeward plötzlich, wie Wolfgang ihn berührte, der Freund strich ihm behutsam über die Schulter, streichelte seinen Hals und die Wange. Friedeward streckte beklommen seinen Arm aus, ertastete Wolfgangs Rücken und ließ seine Hand bebend über dessen Hüfte gleiten. Wolfgang begann, den Freund fester und intensiver zu streicheln, und Friedeward stöhnte auf. Sie streichelten sich erregt und zugleich vorsichtig, immer darum bemüht, den anderen nicht zu verstören, ihm nahe zu sein, ohne seine Gefühle zu verletzen. Als Wolfgang unversehens einen Samenerguss hatte, fasste er nach Friedewards Glied, der im gleichen Moment ejakulierte und sich aufstöhnend wegdrehte. Danach lagen sie beide still da und lächelten im Dunkel des Zelts vor sich hin. Irgendwann fassten sie einander an der Hand und schliefen ein.

Am nächsten Morgen beim Frühstück – sie kochten sich auf einem Spirituskocher Kaffee und aßen jeder drei am Vortag eingekaufte Brötchen vor ihrem Zelt – fragte Friedeward: »Gut geschlafen, mein Freund?«

Wolfgang nickte und grinste: »Mehr als gut.«

»Was meinst du – sind wir …?«

Er beendete den Satz nicht.

»Schwul, meinst du?«

»Sag doch nicht so etwas, Wolfgang.«

»Ich weiß nicht. Sieht so aus, oder?«, meinte Wolfgang. »Wäre das denn schlimm?«

»Für mich nicht. Aber vermutlich für meine Eltern. Ich möchte nicht wissen, was mein Vater …«

Er verstummte, ihn fröstelte plötzlich und er wandte sich ab.

»Wir sind bald volljährig«, meinte Wolfgang beruhigend, »dann können wir tun und lassen, was wir wollen. Dann kann keiner mehr über uns bestimmen, auch nicht dein Vater.«

Friedeward nickte, aber ihm war unbehaglich zumute.

»Komm schon, Friedl«, sagte Wolfgang aufmunternd und schlug ihm auf die Schulter. »Mach dir keine Sorgen. Na los, genießen wir die Ferien.«

Dass sie sich untereinander Friedl und Wölfchen nannten, hatte sich im Laufe ihrer Reise mit der Zeit ergeben.

»Stimmt schon. Du hast ja recht.« Friedeward überlegte. »Aber was ist dann das mit dieser Helga?«

»Na ja. Sie ist meine Freundin. Ich habe eben eine Freundin und einen Freund.«

»Wie? Freundin und Freund? Wie geht das denn? Ich dachte …«

»Wie das geht, weiß ich auch nicht, aber ich habe die Helga halt lieb. Und dich auch. Das ist eben so.«

»Das verstehe ich aber nicht, Wölfchen.«

»Das kommt halt vor. Nun iss dein Brötchen auf und dann lass uns zum Strand gehen.« Er grinste. »Aber halte dich zurück, mein Lieber. Unzucht ist da unerwünscht.«

Drei Tage später überraschte der Polizist die Nacktbadenden trotz aller Vorsicht. Er kam zusammen mit einem Kollegen von der anderen, unbewachten Seite, die beiden Beamten stürzten in einem halsbrecherischen Tempo die Steilküste herunter und sperrten den überraschten Urlaubern die Fluchtmöglichkeit in Richtung Heiligendamm ab. Sie verlangten von allen die Papiere und notierten sämtliche persönlichen Daten. Der Polizist, der sie bereits vor einigen Tagen verwarnt hatte, sagte zu jedem Strandgast, dessen Personalien er aufnahm: »Machen Sie sich auf eine Anzeige gefasst. Erregung öffentlichen Ärgernisses. Das wird Sie teuer zu stehen kommen.«

Friedeward und Wolfgang gegenüber sprach er überdies ein Strandverbot für den Stadtstrand aus, anderenfalls drohten eine weitere und höhere Geldbuße und ein Aufenthaltsverbot für die gesamte Ostseeküste. Sie seien hier unerwünscht und wüssten ja sicher, warum. Den Zeltplatzstrand dürften sie allerdings nutzen.

Eingeschüchtert gingen die beiden in den verbleibenden zwei Wochen tatsächlich nur zu dem Küstenstreifen am Zeltplatz und trugen pflichtschuldig ihre Badehosen. Sie lernten dort ein Mädchen kennen, eine Astrid aus Berlin, die gleichaltrig war und im September ebenfalls in die zwölfte Klasse kam. Sie sei mit ihrer ein Jahr jüngeren Schwester ans Meer gereist, um zu baden und in der Sonne zu liegen, werde aber rechtzeitig nach Berlin zurückfahren, denn in vier Wochen begännen dort die Weltfestspiele der Jugend und da könne man jeden Tag etwas erleben. Ihre Schwester Rita, verriet sie ihnen, schlafe nicht bei ihr im Zelt, sondern verbringe Tag und Nacht bei ihrem Freund, was die Eltern, die in Berlin geblieben waren, keinesfalls erfahren dürften.

»Rita ist ein Flittchen. Sie ist über ein Jahr jünger als ich, aber sie ist einfach mannstoll. Der Freund, bei dem sie jetzt ist, ist bereits ihr dritter.«

Die beiden Jungen unterhielten sich gerne mit Astrid, sie war ihnen sympathisch. Und so lagen sie zu dritt am Strand und diskutierten über Gott und die Welt, vor allem über Gott, denn Astrids Eltern waren kompromisslose Atheisten. Ihr Vater war Leiter der Hauptabteilung Wirtschaftsplanung in Berlin, und ihre Mutter arbeitete als bautechnische Zeichnerin im Funkhaus in der Nalepastraße. Im Unterschied zu ihren Eltern interessierte Astrid sich für Religion, für alle Religionen, wie sie erklärte, sie gehöre aber weder einer Kirche an noch war sie Mitglied einer der christlichen Jugendvereinigungen. Ihre Eltern hätten ihr dies im Hinblick auf den Beruf des Vaters untersagt.

»Geht ihr eigentlich in die Kirche?«, erkundigte sie sich, »seid ihr gläubig?«

»Ich bin Agnostiker«, erwiderte Wolfgang, »ganz genau genommen: ein agnostischer Theist.«

Da Astrid mit diesem Begriff nichts anfangen konnte, erklärte er ihr seine Weltanschauung, die es bereits in der Antike gegeben habe, also lange vor dem Christentum, und nach der letztlich kein Mensch etwas von Gott und den Göttern wissen könne. Das gefalle ihm, und er habe im letzten Jahr angefangen, sich näher mit dieser Weltanschauung zu befassen. Er bekenne sich zu den Lehren der Sieben Weisen Griechenlands, wie Plato sie nenne. Astrid zeigte sich beeindruckt. Dann fragte sie Friedeward, woran er glaube, und dieser erwiderte, er glaube nur an die Kunst. Allein die Künste seien seine Götter.

»Aber ein bisschen verrückt seid ihr beide schon, oder?«, stellte sie lachend fest.

Sie selbst interessiere sich vor allem für den Buddhismus, weil er einen Kreislauf des Lebens lehrt, also keinen Anfang kennt und kein Ende. Gläubig sei sie aber nicht. Die Eltern hatten sie zudem eindrücklich gebeten, ihre »Gottessucherei«, wie sie sich ausdrückten, aufzugeben, um nicht wegen dieser »Marotte« ihr Studium zu riskieren. Astrid wollte Medizin studieren, und ihr Vater hatte gehört, dass der Kirche zugehörige Schüler schon bald nicht mehr zum Studium zugelassen werden sollten. Die Kirchenführung unter Bischof Dibelius, der ein übler Antisemit sei, habe sich der

Nationalen Front verweigert und habe jene Pfarrer, die sich weniger ablehnend gegenüber der neuen Obrigkeit verhielten, sogar kirchenrechtlich maßregeln lassen.

»Wer zur Jungen Gemeinde gehört, soll künftig keinen Studienplatz bekommen, sagt Papa, das ist wohl schon alles Punkt für Punkt vorbereitet und wird auf der nächsten Parteikonferenz beschlossen. Er sagt, wenn ich in die Kirche gehe, kann ich das Medizinstudium für immer vergessen und er würde meinetwegen Ärger bekommen. In dem neuen Staat sei für die Kirche kein Platz mehr, der Aberglaube soll ausgerottet und stattdessen eine wissenschaftliche Weltanschauung unter den jungen Leuten verbreitet werden.«

Wolfgang lachte: »Da hat sich dein Vater ja viel vorgenommen. Weißt du, bei uns in Heiligenstadt, im ganzen Eichsfeld, da gibt es eigentlich nur Katholiken. Ich glaube, bei uns sind sogar die Parteisekretäre katholisch, insgeheim jedenfalls.«

»Stimmt«, pflichtete Friedeward ihm bei, »zu Weihnachten sieht man sie alle in der Kirche. Da stecken sie ihr Parteiabzeichen weg und beten wie alle anderen.«

Astrid erzählte ihnen, dass man auf dem gesamten Zeltplatz über sie reden würde.

»Was redet man denn über uns?«

»Na ja, einige sagen, ihr seid vom anderen Ufer. Ihr wisst schon. Weil ihr beide immerzu zusammen seid und in einem Zelt schlaft. Die dicke Frau, die neben mir zeltet, die ist aus Gera und meint, sie habe so merkwürdige Geräusche aus eurem Zelt gehört. Man sollte euch anzeigen, hat sie gesagt, solche wie ihr gehörten ins Zuchthaus, damit sie niemanden anstecken. Und von mir wollte sie wissen, ob ich nichts bemerkt habe und wieso ich mich mit solchen Typen wie euch abgebe.«

Friedeward wurde verlegen, aber Wolfgang grinste nur: »Und was denkst du?«

»Ich weiß nicht. Keine Ahnung. Ist mir aber auch egal.«

»Das ist einfach eine dumme Pute, die neben dir. Sieht aus, als ob sie gemästet würde, und die will andere Leute ins Zuchthaus bringen.«

»Wie gesagt, mir ist das egal. Und bei uns zu Hause haben wir da ganz andere Ansichten. Ein Bruder von meiner Mutter war schwul. Und außerdem war er Kommunist. Der wurde von den Nazis ins KZ Oranienburg eingeliefert und dort haben sie ihn erschlagen, im März oder April 1934. Darum hat meine Familie da eine etwas andere Meinung. Ist Privatsache, sagt meine Mutter, jeder nach seiner Fasson.«

»Und Religion ist keine Privatsache?«

»Das ist für sie mittelalterlicher Aberglauben. Opium für das Volk. Volksverdummung.«

»Und dann noch deine mannstolle Schwester dazu. Ganz schön heftig, deine Familie.«

Sie lachten gemeinsam, und Friedeward war froh, dass man das heikle Thema wechselte.

Während der letzten Ferientage achteten beide darauf, nicht aufzufallen. Sie vermieden es, sich zu berühren, verbrachten viel Zeit mit Astrid und bemühten sich, den entstandenen Verdacht zu zerstreuen. Sie hatten schon genug Ärger mit der Polizei und wollten keine weitere Anzeige riskieren.

Astrid und ihre Schwester mussten zwei Tage vor ihnen abreisen. Sie hatten ihren Eltern versprochen, noch vor Anfang August zurück zu sein, da in der Hauptstadt die Weltfestspiele begannen und beide als Helferinnen eingeteilt waren.

Sie tauschten ihre Adressen und versicherten, sich gegenseitig zu besuchen.

»Wenn ihr nach Berlin kommt, könnt ihr gerne bei uns wohnen. Platz haben wir genug, meine Eltern sind viel unterwegs, und dann verschwindet meine Schwester sowieso zu ihrem Macker. Sonst bringe ich euch bei Freunden unter. Wie gesagt, kein Problem.«

Am Sonntagmorgen brachten Friedeward und Wolfgang das Gepäck der beiden Schwestern auf ihren Fahrrädern zur Bahnstation, von wo aus Astrid und Rita mit der dampfbetriebenen Schmalspurbahn, dem *Molli*, nach Bad Doberan fuhren, um dort in den Zug nach Berlin umzusteigen. Beim Abschied sagte Wolfgang, sie würden auf der Rückfahrt bei ihnen vorbeischauen. Berlin sei nur ein kleiner Umweg, und dann könnten sie sich endlich mal die Hauptstadt ansehen und vielleicht sogar Westberlin.

Astrid überlegte, dann nickte sie und sagte: »Dann kommt aber lieber, bevor die Weltfestspiele beginnen, denn dann gibt es in ganz Berlin kein Quartier mehr. Aber jetzt ist schon alles vorbereitet, alle möglichen Schulen und Hallen wurden mit Betten und Matratzen ausgestattet, jetzt kann ich euch leicht etwas besorgen. Bei mir zu Hause geht es gerade jetzt aber leider nicht, weil meine Eltern wegen der Festspiele schon total unter Strom stehen, da kann ich sie unmöglich fragen. Aber ich besorge euch auf jeden Fall etwas. Wann wolltet ihr denn da sein?«

»Wir könnten übermorgen ganz früh losfahren. Dann wären wir abends in Berlin. Die Strecke schaffen wir in einem Ritt. Mehr als elf, zwölf Stunden brauchen wir nicht.«

»Ihr müsst bloß bis Bernau radeln, dann könnt ihr mit der S-Bahn direkt bis Bahnhof Pankow fahren, und von dort sind es noch fünf Minuten bis zu uns. Ich gebe euch unsere Telefonnummer.«

Sie winkten den beiden Mädchen noch nach, als die Dampflok mit den uralten Anhängern bereits den kleinen Bahnhof verlassen hatte.

»Echt prima, die Astrid«, meinte Wolfgang, »nicht verklemmt, nicht so zickig wie andere Mädchen. Gefällt mir.«

»Ja, man kann mit ihr reden. Mit welchem Mädchen kann man schon ein vernünftiges Gespräch führen!«

»Würdest du mit ihr schlafen? Könntest du dir das vorstellen, Friedl?«

»Mit Astrid? Spinnst du? Wieso sollte ich!«

»Ich meine ja nur. Ich könnte es mir vorstellen. Ich glaube, mit Astrid könnte ich im Bett zurechtkommen.«

»Mit einem Mädchen? Was soll das denn heißen, Wolfgang? Ich dachte, wir beide …«

»Eins schließt doch das andere nicht aus. Ich würde es einfach gern mal probieren.«

»Das könnte ich nicht. Für mich ist das unvorstellbar. Ich könnte nicht mit einem Mädchen ins Bett gehen. Ganz und gar ausgeschlossen.«

»Sieh das doch nicht so eng, Friedl. Ist doch völlig normal. Und man muss alles mal ausprobieren.«

Friedeward sah seinen Freund entgeistert an, dann schüttelte er, gleichermaßen fassungslos wie empört, den Kopf. Er verstand nicht, wie Wolfgang so etwas sagen konnte. Wie sein Wölfchen auf einen solchen Gedanken kam. Es schmerzte ihn zutiefst. Noch wochenlang hing ihm diese Sache nach, er war gekränkt und fühlte sich zurückgesetzt. Dann und wann brachte er das Gespräch darauf, doch Wolfgang tat das Thema leichthin ab oder machte sich über ihn lustig.

Am letzten Julitag brachen Friedeward und Wolfgang bereits um sieben Uhr auf. Ihre Fahrräder waren wieder schwer beladen, in den Zeltplanen war trotz sorgfältigen Ausschüttelns viel Sand hängengeblieben, noch Tage später in Heiligenstadt stießen sie immer wieder auf Ostseesand in ihren Sachen. Am Abend, es war bereits neun Uhr, trafen sie Astrid am S-Bahnhof. Gemeinsam liefen sie zu ihrer Oberschule Wilhelm Pieck in der Kissingenstraße, wo mehrere Klassenzimmer für die Aufnahme der anreisenden Jugendlichen vorbereitet waren, die zu Tausenden aus aller Welt erwartet wurden. Bislang war jedoch nur eine Gruppe aus Ungarn und eine aus Österreich eingetroffen, die in der kleinen Turnhalle wohnten, wie Astrid ihnen erzählte. Sie arbeitete während der Weltfestspiele als freiwillige Helferin in ihrer Schule, und hatte Friedeward und Wolfgang in der *Villa* unterbringen können, dem Häuschen, in dem in früheren Zeiten der Schuldirektor residiert hatte. Astrid hatte für die beiden Freunde zwei Essensrationen vorbestellt und konnte in der Schulküche zwei Fresspakete, wie die Küchenfrau sagte, für sie in Empfang nehmen.

»Also, falls euch jemand fragt: Ihr seid die Vorabdelegation aus Heiligenstadt. Anders konnte ich euch hier nicht unterbringen. Die Heiligenstädter beziehen ihr eigentliches Quartier in vier Tagen in Lichtenberg.«

In der Villa wies Astrid sie in ein Zimmer, in dem sechs Matratzen lagen, aber in dem außer ihnen noch kein Quartiergast wohnte. Sie hatten den ganzen Raum für sich allein und konnten endlich ihr Gepäck abstellen. Am Tisch in der Mitte des Raumes packten sie die Proviantbeutel aus. Sie luden Astrid ein, sich ebenfalls zu bedienen, doch sie hatte bereits daheim gegessen.

»Wir sehen uns morgen. Ich bin um acht hier und bringe frische Schrippen mit. Wie lange bleibt ihr?«

»Zwei Nächte, geht das? Dann hätten wir einen ganzen Tag für Berlin.«

»Bis zum dritten August ist es kein Problem. Erst ab dem dritten und vierten wird es hier voll. Ihr könnt also auch drei Nächte bleiben.«

»Zwei reichen. Dann müssen wir uns auf den Heimweg machen. Danke, Astrid, danke für alles.«

»Gerne! Bis morgen. Ich habe ein Programm für euch zusammengestellt, damit ihr was von Berlin seht, ich meine, die wirklichen Sehenswürdigkeiten. Ich bringe es morgen früh mit. Gute Nacht.«

Kurz nach Mitternacht wurden sie geweckt, zwei Schwarze aus Conakry waren verspätet aus Prag angekommen und wurden in ihr Zimmer eingewiesen. Die beiden Guineer, die weder Deutsch noch Englisch sprachen, aber ein gutes Französisch, waren Funktionäre der Confédération générale du travail Guineas, der größten Gewerkschaft ihres Landes, und waren vom Vorsitzenden, Sékou Touré, persönlich, wie sie stolz erklärten, zu den Weltfestspielen gesandt worden. Sie packten in aller Ruhe ihre Sachen aus und unterhielten sich lautstark miteinander. Erst Stunden nach ihrer Ankunft löschten sie das Licht und legten sich schlafen.

Morgens kam Astrid mit einer großen Bäckertüte. Das Programm, das sie für ihre Freunde zusammengestellt hatte, bestand aus einer Besichtigung der beiden neuen Laubenganghäuser, der ersten Bauwerke der zu Ehren Josef Stalins entstehenden Stalinallee, und der Deutschen Sporthalle, die vor wenigen Tagen nach einer Bauzeit von nur vier Monaten fertiggestellt worden war. Diese Prachtbauten müssten sie sich unbedingt ansehen, denn so wie diese Gebäude aus der früheren Trümmerlandschaft herausragten, würde in wenigen Jahren die ganze Stadt neu gestaltet sein, erklärte sie ihnen begeistert. Die ganze Stadt würde so schön werden wie Moskau. Sie riet ihnen, die Fahrräder in der Schule zu lassen und die öffentlichen Verkehrsmittel zu nutzen, Fahrräder seien in der Stadt heiß begehrt und wären angeschlossen innerhalb des Schulgebäudes sicherer.

»Und vergesst euren Ausweis nicht, den braucht man in Berlin immerzu«, sagte sie, als sie sich verabschiedeten. Dann gab sie ihnen noch vier Fahrscheine für die S- und die U-Bahn.

Mit der U-Bahn fuhren sie zur Marchlewskistraße, wanderten dann durch riesige Freiflächen. Die Trümmer und Schuttmassen der Stadt waren bereits mit Spreekähnen und Trümmerbahnen nach Friedrichsfelde und in die Kiesgruben im Stadtforst Köpenick verbracht, und im Volkspark Friedrichshain war ein riesiger Trümmerberg aufgeschüttet worden. Der gesamte Stadtbezirk war abgeräumt, er wirkte auf sie beängstigend entseelt und unwirtlich. Busse rollten durch die freien Flächen, Motorräder knatterten unüberhörbar durch das Ödland der breiten Allee vor der neuen klassizistischen Sporthalle. Weder Friedeward noch Wolfgang interessierte der Bau und sie fuhren mit der U-Bahn zum Alexanderplatz. Von dort aus liefen sie durch das alte Berliner Zentrum über den früheren Schlossplatz. Vom Schloss war nichts mehr zu sehen, keine Mauer, kein Portal war stehen geblieben, roter Ziegelsplitt bedeckte die riesige freie Fläche, zur Spree hin stand eine gewaltige hölzerne Tribüne, die Wolfgang von Zeitungsfotos her kannte. Drei Monate zuvor waren zur Maifeier Hunderttausende Berliner über diesen Platz marschiert, vorbei an den Frauen und Männern der neuen Regierung, die sich auf der Tribüne aufgestellt hatten. Jetzt standen mehrere Lastwagen mit Anhängern auf dem Platz, Bauarbeiter stellten Holzgerüste auf, man war dabei, das überdimensionale Signet der Weltfestspiele – drei junge Leute mit einer Friedenstaube – über der Tribüne zu errichten.

Auf ihrem Weg zum Brandenburger Tor hielt ein Ostberliner Polizist sie auf, wollte ihre Ausweise sehen und wissen, wohin sie unterwegs waren.

»Wir sehen uns Berlin an«, sagte Wolfgang, »das ist ja nicht verboten.«

»Hier endet der demokratische Sektor, Bürger. Bitte kehren Sie um.«

Er gab ihnen ihre Ausweise zurück und wies mit der Hand nach Osten. Die beiden waren unschlüssig, sie wussten nicht, ob der Durchgang tatsächlich verboten war oder ob der Grenzbeamte sie nur schikanieren wollte. Der Mann wedelte nochmals ungeduldig mit der Hand, um sie zurückzuscheuchen, und sie kehrten um, liefen zur Friedrichstraße und kauften sich in einer Bäckerei süßes Gebäck, das sie in ihren Rucksack steckten. Am S-Bahn-Schalter kauften sie sich Rückfahrkarten, und liefen zum Bahnsteig hoch. Wiederum wurden sie von einem Polizisten angehalten, hatten ihren Ausweis zu zeigen, Auskunft zu geben, wohin sie fahren wollten.

»Nach Potsdam«, erwiderte Friedeward. Das sei die unverfänglichste Antwort beim Überqueren der Grenze in Berlin, hatte er von einem Mitschüler gehört.

Missmutig gab ihnen der Polizist die Papiere zurück und verlangte, dass sie den Rucksack und die Bäckertüten öffneten. Als der Zug nach Potsdam einfuhr und sie in den Waggon stiegen, sah er ihnen mit zusammengekniffenen Augen hinterher.

Die nächste Station war Lehrter Stadtbahnhof. Als der Zug hielt, stieg ein Westberliner Polizist in den Waggon, ließ seinen Blick über die Reisenden gleiten und kam dann auf Wolfgang und Friedeward zu. Er verlangte gleichfalls den Ausweis und sie mussten wiederum ihren Rucksack öffnen. Er wollte, wie er sagte, sehen, ob sie im freien Berlin russisches Propagandamaterial verteilen wollten. Nach ihnen sprach er noch zwei andere Jugendliche an, bevor er in der nächsten Station den Waggon verließ.

Am Bahnhof Zoo stiegen sie aus, liefen auf den Bahnhofsvorplatz und studierten dort an einer Litfaßsäule das lokale Kinoprogramm. Sie hatten sich für Berlin vor allem vorgenommen, einen ganz bestimmten Film zu sehen, der seit Monaten Thema in den westlichen Zeitungen und im Rundfunk war. Astrid hatten sie nichts davon erzählt. Der Film hieß *Die Sünderin* und war, wie sie gehört hatten, ein Skandal, gegen den die Kirchen und die Politiker Boykottaufrufe verfasst hatten und der eigentlich nicht zugelassen werden sollte, weil er Prostitution und Sterbehilfe beschönige. Sie fanden ein Kino in der Kantstraße, das diesen Streifen bereits am späten Nachmittag zeigte, und eilten gleich dorthin. Mit ihrem ostdeutschen Ausweis konnten sie dort mit Ostgeld Eintrittskarten kaufen.

Nun hatten sie drei Stunden Zeit und liefen zum berühmten Kurfürstendamm, dessen einst prächtige Bür-

gerhäuser noch immer von den Kriegsbränden rauch-
geschwärzt waren. Am Ende der Straße stand majestä-
tisch drohend die Ruine der Kaiser-Wilhelm-Gedächt-
niskirche. Drei Turmreste ragten über der Ruine hervor,
verbunden mit dem gleichfalls einsturzgefährdeten Chor.
Das gesamte Gelände war abgesperrt, die Kirche dem
Verfall preisgegeben.

Die vier- und fünfstöckigen Bauwerke des Ku'damms
trugen noch alle die Zeichen der Zerstörung. Es waren
notdürftig hergerichtete Ruinen, sie wirkten beängstigend und versehrt, waren Krüppel des Krieges. Lediglich die Geschäfte im Erdgeschoss waren bereits wieder-
hergerichtet und einladend dekoriert, manche aufwändig, manche nur notdürftig. Friedeward und Wolfgang
bummelten die breite, baumlose Allee entlang, bestaun-
ten die Auslagen in den Schaufenstern und standen
sprachlos vor Ruinen mit meterhohen Brandflecken.

»Unser Heiligenstadt ist besser durch den Krieg gekommen«, stellte Friedeward fest.

»Das stimmt. Aber Magdeburg hat noch mehr gelitten«, erwiderte sein Freund und fuhr fort, »diese Straße hier, die sieht aus wie eine kostümierte Leiche.«

Friedeward nickte, wies dann auf einen neuen Flach-
bau, an dem über die ganze Vorderseite die Aufschrift
Restaurant und Konditorei Kranzler angebracht war, eine
beeindruckend moderne Gaststätte neben den kriegs-
versehrten Gebäuden.

»Hier würde ich gern einen Kaffee trinken.«

»Mit unserem Geld? Vergiss es, Friedl.«

Vor dem Eingang des Kinos standen zwei ältere Frauen mit Topfhüten. Eine hatte ihren Hut mit einer Hutnadel befestigt, die an beiden Seiten hervorstach und deren Enden mit zwei künstlichen Erdbeeren gesichert waren. Die Frauen hielten Broschüren in der Hand und riefen den ins Kino eilenden Leuten immer wieder zu: »Schämt euch! Tut Buße! Schämt euch!«

Friedeward und Wolfgang lachten und meinten, vielleicht gibt es wieder Krawall und Stinkbomben und die Polizei rückt an.

Der Kinosaal beeindruckte beide, ein derart großes Kino gab es in ihrer Heimatstadt nicht. Staunend betrachteten sie die drei kostbar wirkenden Vorhänge, die sich nacheinander öffneten, die mit rotem Samt verkleideten Wände und die beeindruckenden Kronleuchter, die langsam erloschen.

Die Vorstellung verlief ohne Störungen, das Publikum folgte angespannt dem Geschehen auf der Leinwand und war am Ende ergriffen von dem Selbstmord des Liebespaares. Doch der wichtigste und ungeduldig erwartete Moment des Films war die Szene, in der die Hauptdarstellerin sich – wenn auch nur für eine Sekunde – völlig nackt zeigte. Atemlos starrten die Kinobesucher auf die Leinwand. Eine völlig entkleidete Schauspielerin war noch nie zuvor im Kino zu sehen gewesen.

Als die nächste Einstellung folgte und die Nackte nicht mehr zu sehen war, ging ein hörbares Aufstöhnen durch die Reihen.

Nach dem Abspann verließen die Leute, noch sichtlich beeindruckt, schweigend oder nur leise flüsternd den Kinosaal. Ein paar halbwüchsige Jungen und Mädchen kicherten verschämt, die Älteren schienen eher in Gedanken versunken. Friedeward und Wolfgang lächelten sich an, befangen und innerlich aufgewühlt von der Freizügigkeit des Films. Erst auf dem Bahnsteig, als eine Bahn in Richtung Ostkreuz einfuhr, begannen sie wieder, miteinander zu sprechen.

»Kannst du dir vorstellen, dass sie bei uns in Heiligenstadt so einen Film zeigen?«

»Eher nicht«, erwiderte Wolfgang. »Da würde wohl die Altstädter Kirche einstürzen.«

»Ja, vermutlich. Und mein Vater bekäme einen Herzinfarkt.«

»War schon heftig, der Film. Was die sich trauen …«

»An der Ostsee haben wir viele nackte Weiber gesehen.«

»Ja, aber in einem Film ist das etwas anderes. Irgendwie aufregender. Meinst du nicht?«

»Wir sollten daheim besser nichts davon erzählen. Und auch Astrid nicht. Ich weiß nicht, aber ich glaube, sie wollte nicht, dass wir uns Westberlin anschauen. Weil sie ja wegen ihrem Vater nicht in den Westen fahren darf. Sie hat mir mal erzählt, dass sie, wenn sie mit ihrer Familie nach Potsdam fährt, um die ganze Stadt herumfahren müssen. Sie fahren nie durch Westberlin, immer nur drum herum. Und das dauert eine ganze Stunde länger.«

»Ganz schön verrückt. Aber klar, ihr Vater ist in der Regierung, da kann er nicht so einfach in einen anderen Staat fahren. Für ihn wäre das ja ein inoffizieller Staatsbesuch oder so.«

Um neun Uhr abends waren sie wieder in ihrem Quartier in der Kissingenstraße. Astrid war bereits gegangen, doch sie hatte ihnen neue Proviantbeutel aufs Bett gelegt mit einem Gruß und der Mitteilung, sie wäre am nächsten Morgen um acht wieder da.

Am nächsten Tag brachte sie wieder Brötchen für beide mit und beim Frühstück erzählten sie von ihren Erlebnissen, berichteten auch von ihrem Ausflug nach Westberlin, vermieden es jedoch, auch nur mit einem Wort etwas von der *Sünderin* zu sagen. Sie baten Astrid, sie in Heiligenstadt zu besuchen, und verabschiedeten sich von ihr.

Mit der S-Bahn fuhren sie erneut durch den Westsektor Berlins nach Potsdam, sie wollten von dort nach Heiligenstadt zurückradeln. In der S-Bahn wurden sie wiederum sowohl von zwei Ostberliner Polizisten und eine Station später von einem Westberliner kontrolliert, sie mussten ihr Gepäck öffnen und die Verschnürung der Zeltplane lösen. Erst am späten Vormittag bestiegen sie am Potsdamer Bahnhof ihre Räder und fuhren dann sieben Stunden, wobei sie nur zwei kurze Pausen einlegten. Abends bauten sie in einem Waldstück neben der Landstraße ihr Zelt auf, brachen am nächsten Morgen bereits um sechs Uhr auf und waren um vier Uhr nachmittags zu Hause.

Friedewards Vater war nicht daheim, nur seine Mutter begrüßte ihn, klagte, wie dünn er geworden sei, und machte ihm ein spätes Mittagessen. Sein Vater hatte in Worbis zu tun und kam erst am Abend zurück. Er begrüßte seinen Sohn knapp und befahl ihm barsch, zu ihm ins Arbeitszimmer zu kommen. Dort reichte er ihm einen Brief des Polizeireviers von Heiligenstadt, der zwar an Friedeward selbst adressiert war, den sein Vater jedoch bereits geöffnet hatte. Das Schreiben war ein Vordruck, der ihn aufforderte, zur *Klärung eines Sachverhalts* umgehend in der VP-Dienststelle Heiligenstadt zu erscheinen. Friedeward Ringeling wurde in dem Schreiben der unter Strafe stehenden Ordnungswidrigkeit *Erregung öffentlichen Ärgernisses* beschuldigt. Diese sei am Donnerstag, dem neunzehnten Juli 1951, im Ostseebad Heiligendamm begangen worden und vom Oberwachtmeister der VP Schulzke und dem Wachtmeister der VP Julitz um vierzehn Uhr zwanzig festgestellt und protokolliert worden.

Friedeward las das Schreiben zweimal durch, dann

sah er seinen Vater an, der sich an seinen Schreibtisch gesetzt hatte und ihn argwöhnisch musterte.

»Ich höre.«

Stotternd und weitschweifig erklärte Friedeward, dass er zusammen mit Wolfgang und vielen anderen Urlaubern am Nacktbadestrand gelegen habe, als die beiden Polizisten aufgetaucht seien und von jedem der Feriengäste die Personalien aufgenommen hätten, da der Strand angeblich kein Nacktbadestrand sei und dies in Heiligendamm verboten wäre.

»Du warst mit Wolfgang nackt am Strand?«, fragte der Vater ungläubig.

»Ja, und mit zig anderen Leuten. Und das war der Nacktbadestrand von Heiligendamm, war es schon immer. Das sagten uns alle auf dem Zeltplatz und im Dorf. Das hier«, und dabei hielt er das Schreiben hoch, »das hier ist reine Polizei-Schikane.«

»Aber wieso warst du mit Wolfgang am Nacktbadestrand? Warum seid ihr dorthin gegangen?«

Er starrte seinen Sohn weiterhin misstrauisch an.

»Das haben dort fast alle gemacht. Am Meer ist das normal.«

Pius Ringeling schüttelte irritiert und angewidert den Kopf: »Also normal ist das nicht. Normal ist etwas ganz anderes, mein Junge. Es ist üblich, dass die Menschen bekleidet herumlaufen. Sich vor anderen Leuten zu entblößen ist nicht normal, das ist krank. Das nennt man Exhibitionismus. Eine krankhafte Verhaltensstörung, die behandelt werden muss. Und die zu Recht bestraft wird, wie du siehst.«

»Alle dort waren nackt, alle.«

»Was alle machen, interessiert mich nicht. Alle – das ist der Plebs, verstehst du, ungebildet, ohne Kultur, ohne Erziehung. Meine Familie macht sich nicht mit irgendwelchen Proleten gemein, dafür sorge ich schon. Das ist meine Aufgabe als Familienvater und Haushaltsvorstand. Hast du das verstanden?«

»Ja.«

»Ja, lieber Vater, heißt das.«

»Ja, lieber Vater.«

»Morgen früh meldest du dich gleich auf dem Polizeirevier und räumst deine Schuld ein. Die werden dir schon sagen, welche Strafe dich erwartet. – Und nun verschwinde.«

Friedeward ging bedrückt in sein Zimmer. Die Standpauke seines Vaters ärgerte ihn, es gab keinen Anlass, derart harsch mit ihm ins Gericht zu gehen. Nackt zu baden war zwar vielerorts verboten, aber außerhalb der öffentlichen Badestrände war es längst üblich und die jungen Leute hassten es, mit einer nassen Badehose herumzulaufen. Überdies hatte sein Vater ohne seine Erlaubnis einen Brief geöffnet, der nur für ihn bestimmt war. Aber wehe, wenn er seinen Vater auf das Postgeheimnis hingewiesen hätte, das auch innerhalb einer Familie gelte, dann wäre der Alte sicher explodiert.

Auf dem Polizeirevier war die Angelegenheit in zehn Minuten erledigt. Die Beamtin, eine junge Frau in Zivil, grinste, als Friedeward ihr das Schreiben vorlegte und sagte, da die Kollegen in Heiligendamm den Vorfall aufgenommen hätten, sei er nicht aus der Akte zu tilgen. Sie fragte ihn, ob er mit einem Bußgeld von fünfzehn Mark einverstanden sei, und als Friedeward nickte und sein Portemonnaie herausholte, meinte sie belustigt, in Heiligendamm hätten sie ihn sicherlich für drei Tage eingebuchtet.

Als sich sein Vater am Abend erkundigte, wie es auf dem Polizeirevier gelaufen sei und was man ihm für eine Strafe aufgebrummt hätte, konnte er sich nicht zurückhalten. Er berichtete mit klammheimlicher Freude, dass man sich über die Anzeige der Kollegen von der Ostsee amüsiert und sie für Unsinn gehalten habe. Dabei verschwieg er bewusst, dass er es auf dem Polizeirevier mit einer Frau zu tun gehabt hatte; weibliche Polizisten akzeptierte sein Vater nicht, und er hätte sich dann womöglich bei ihrer Dienststelle über ihr Verhalten und das zu geringe Verwarngeld beschwert.

Sein Vater blickte verächtlich drein und bemerkte: »Das mag sein. Der Kerl ist wahrscheinlich auch so ein Exhibitionist. Hohlköpfe und Proleten, das sind inzwischen die neuen Polizisten. Erreichen mit Müh und Not und dreimal Sitzenbleiben die sechste oder siebente Klasse und nennen sich jetzt Ordnungshüter. Armer Staat, armes Deutschland. Aber bei mir gibt es so etwas nicht, das sag ich dir.«

In den drei noch verbleibenden Ferienwochen hatte Friedeward seiner Mutter bei der Gartenarbeit zu helfen oder vielmehr alle Arbeiten in ihrem großen Hausgarten allein zu erledigen. Er schnitt die mannshohe Hecke am Gartenzaun, düngte die Tomaten mit Brennnesseljauche, pflückte Brombeeren und schwarze Johannisbeeren und holte mit einer Holzleiter die reifen Sommeräpfel vom Baum. Wenn die Mutter abends nach Hause kam, ließ sie sich von ihm zeigen, was er geleistet hatte, und fand immer etwas zu kritisieren. Doch das war Friedeward gewöhnt; seine Eltern waren noch nie zufrieden mit seiner Arbeit und seinen Leistungen gewesen.

Wolfgang sah er nur unter der Woche, sie machten Spaziergänge durch den Kurpark, liefen am Ufer der Leine entlang oder machten Fahrradtouren bis zum nördlichen Rand des Thüringer Waldes und nach Eisenach. Sie unterhielten sich, versicherten sich gegenseitig ihrer Bewunderung und Zuneigung. Sie liebten sich, wann immer sich ihnen die Möglichkeit bot und sie sich unbeobachtet glaubten. Wenn die Eltern nicht daheim waren, bei ihren Touren, versteckt im Wald, in einem Heuhaufen, im Gras. In ihrer Leidenschaft waren sie gierig und unersättlich, konnten vom Körper des Freundes nie genug kriegen. Sie badeten in der Leine und mühten sich, in dem niedrigen Wasser des Flusses zu schwimmen. Als Friedeward daheim davon erzählte, fragte sein Vater misstrauisch, ob sie denn ihre Badehosen dabeigehabt hätten.

»Ja, natürlich«, erwiderte Friedeward rasch, was jedoch nur bedingt richtig war, denn sie hatten tatsächlich ihre Badesachen mitgenommen, waren aber an der abgelegenen Uferstelle nackt ins Wasser gesprungen.

An den Wochenenden fuhr sein Freund nach wie vor an einem der beiden Tage, am Samstag oder am Sonntagnachmittag, mit dem Rad oder mit der Bahn nach Leinefelde, wo seine Freundin Helga mit ihrem Vater lebte. Ihre Mutter war vor fünf Jahren an Krebs erkrankt und ein Jahr später gestorben. Der Vater war Bahnhofsvorsteher auf dem wichtigsten Zentralbahnhof des Eichsfeldes, ein gläubiger Katholik und die unersetzliche Baritonstimme im Leinefelder Kirchenchor. Helga war sein einziges Kind, er liebte sie abgöttisch. Ihre langjährige Freundschaft mit Wolfgang Zernick akzeptierte und schätzte er, zumal Kantor Zernick sein Jugendfreund war. Gelegentlich sprach er die beiden als Verlobte an, ein Scherz, den sowohl Helga wie auch Wolfgang lächelnd hinnahmen.

Wolfgang hatte Friedeward mit Helga bekannt gemacht. An einem Wochenende waren sie gemeinsam nach Leinefelde geradelt und hatten einen ganzen Tag zu dritt verbracht. Als er die beiden einander vorstellte, sagte Helga, sie würde sich sehr freuen, Friedeward endlich kennenzulernen.

»Wölfchen spricht immerzu von dir. Fortwährend heißt es, dazu hat Friedl dies gesagt und dazu jenes. Ich glaube, du bist für ihn der wichtigste Mensch.«

»Nein, das bist du, meine Liebe«, warf Wolfgang ein.

Helga fuhr fort: »Nein, nein, ich glaube nicht, dass du immer und überall jedem erzählst, was ich gesagt habe. Das machst du nur mit deinem geliebten Friedl.«

Und an Friedeward gewandt meinte sie: »Wenn du ein Mädchen wärst, Friedl, wäre ich unglaublich eifersüchtig.«

Die drei verstanden sich gut, und wenn Helga ab und zu Wolfgang in Heiligenstadt besuchte, verbrachten sie den Tag zu dritt. Manchmal gab Wolfgang ihr einen flüchtigen Kuss, auf die Wange, auf den Hals oder auf den Mund. Dabei schaute er verstohlen zu Friedeward und lächelte ihn an, was seinen Freund verwirrte. Friedeward hatte Mühe, die Gefühle seines Freundes zu verstehen. Dieser versicherte immer und immer wieder, er würde sie eben beide lieben, das sei nun mal so. Für Friedeward war das schwer nachzuvollziehen. Er hatte Wolfgang gefragt, ob er mit Helga ebenfalls ins Bett gehe, aber das hatte der Freund abgestritten. Bei einem so gläubigen Mädchen wie Helga, die dreimal in der Woche in die Kirche gehe, sei es völlig ausgeschlossen, an einen intimen Kontakt vor der Eheschließung auch nur zu denken. Das habe sie ihm mehr als deutlich gesagt und davon werde sie nie abrücken. Wann immer es zwischen ihnen zärtlicher oder gar etwas stürmisch würde, habe sie sich ihm immer unversehens entzogen, mitunter sei sie sogar davongelaufen. Mit Helga könne er erst ins Bett gehen, wenn der Priester seinen Segen dazu gegeben habe.

»Bist du jetzt zufrieden?«, fragte er Friedeward und deutete ein Lächeln an.

Dieser schüttelte nur den Kopf: »Zufrieden? Ich bin ganz und gar nicht zufrieden. Ich fühle mich trotzdem irgendwie hintergangen und werde einfach das Gefühl nicht los, dass du mich betrügst.«

»Mit einem Mädchen? Mein Gott, Friedl, das ist doch etwas ganz anderes. Das hat doch nichts mit dir und mir zu tun. Wenn ich noch mit einem anderen Jungen befreundet wäre, so eng wie mit dir, dann würde ich dich verstehen, dann hättest du ja auch allen Grund, eifersüchtig zu sein. Aber doch nicht wegen Helga! Nicht wegen einem Mädchen!«

»Und wieso fährst du dann jede Woche zu ihr? Ihr Vater sagt ja, ihr wärt so gut wie verlobt. Willst du sie etwa heiraten?«

»Verloben? Heiraten? – Warum eigentlich nicht. Das ist eine gute Idee, Friedl, eine sehr gute sogar. Überleg doch mal: wenn wir beide mit Frauen verheiratet wären, könnten wir uns bedenkenlos treffen. Dann wären wir einfach zwei befreundete Ehemänner, dagegen kann keiner was sagen. Ja, vielleicht heirate ich Helga tatsächlich. Bisher habe ich darüber noch nie nachgedacht. Ich war einfach schon als Kind mit ihr befreundet. Unsere Familien waren befreundet, da ergab es sich, dass wir uns alle paar Wochen einmal sahen und miteinander spielten. Wir hatten immer ähnliche Interessen, sie spielt sehr gut Oboe, wir waren zusammen im Schulorchester und manchmal machten unsere beiden Familien auch gemeinsam Urlaub, da waren wir drei, vier Wochen jeden Tag zusammen. Ich habe sie sehr gern. Und sie liebt mich, das gefällt mir. Für ihren Vater und für meine Eltern sind wir so gut wie verlobt. Da würde keiner auch nur im Traum daran denken, dass ich mit dir zusammen bin. – Friedl, das ist echt eine gute Idee. Wir sollten heiraten, du auch. Es würde alles leichter für uns machen, keiner würde mehr auf die Idee kommen, dass wir zusammen sind. Denk einmal darüber nach.«

»Nein, das will ich nicht. Und ich glaube nicht, dass ich das kann. Ich will nicht mit einer Frau zusammenleben.«

»Sie wäre nur eine Partnerin. Eine Art Geschäftspartnerin, mehr nicht. Und es würde dir und mir helfen. Denk an unsere Eltern. Mein Vater würde aus allen Wolken fallen, wenn er mitbekäme, dass ich mit dir zusammen bin. Na, und dein Vater, ich möchte gar nicht wissen, was der Herr Oberlehrer dann anstellt.«

»Aber wie soll das gehen, Wölfchen? Ich meine, was willst du denn Helga sagen? Dass du impotent bist? Oder krank? Das geht nicht. Nicht auf Dauer. Das macht keine Frau mit, wenn du erst mal verheiratet bist. Wie stellst du dir das vor?«

»Keine Ahnung. Ich weiß nur, dass wir uns schützen müssen. Wir können als Studenten gemeinsam eine Wohnung nehmen oder ein, zwei Zimmer, aber das geht auch nicht ewig. Und wenn uns irgendjemand anzeigt, was dann? Es gibt einen Paragraphen für Leute wie uns.«

»Ich weiß.«

»Fünf Jahre Gefängnis oder so. Willst du das? Gefängnis?«

»Nein, natürlich nicht, aber wie soll das gehen mit einem Mädchen? Mit einer Frau? Man heiratet, um Kinder zu bekommen, und da muss man halt schon auch mit der Frau schlafen. Du kannst nicht heiraten und dann mit ihr zusammenleben wie Bruder und Schwester.«

»Ach, das geht schon irgendwie. Wenn Helga und ich uns küssen, denke ich an dich. Und dann geht das. Und da denke ich, das geht dann auch, wenn ich mit ihr schlafen muss. Ich werde dann einfach unentwegt an dich denken.«

»Ich weiß nicht, Wölfchen, ob das geht. Davon habe ich noch nie etwas gehört.«

»Natürlich nicht. Das würde dir auch keiner erzählen. Kannst du es dir denn so gar nicht vorstellen, Friedl? Es wäre allemal besser, als für fünf Jahre in den Knast zu gehen. Oder? Kannst du es dir denn überhaupt nicht vorstellen? Nicht mal für uns?«

»Nein. Völlig unmöglich.«

»Es würde ja vielleicht schon ausreichen, wenn zumindest einer von uns heiratet. Wenn einer von uns mit einer Frau zusammenlebt, sieht das Ganze schon anders aus. Da kommt uns keiner so schnell auf die Schliche.«

»Wölfchen verlobt und verheiratet, ich weiß nicht, ob ich da lachen oder heulen soll.«

»Das musst du anders sehen: Es wäre einfach eine Lebensversicherung. Eine Versicherung, nicht ins Gefängnis zu kommen. Und Gefängnis ist nicht das Einzige, was uns droht. Da sind deine und meine Eltern, die Nachbarn, die ganze Umgebung. Glaubst du, wir können hier weiter ruhig leben, wenn das bekannt wird? Hier oder sonst wo?«

Friedeward schaute verzweifelt seinen Freund an, er wusste nichts zu entgegnen. Er wusste, Wolfgang hatte recht, aber die Vorstellung, sein Wölfchen würde sich mit Helga verloben, sie sogar heiraten, entsetzte ihn. Wann immer er nun mit den beiden zusammen war, bedrückte ihn die Vorstellung, seinen Freund an dieses Mädchen zu verlieren.

Es kostete sie einige Mühe, zu verbergen, dass sie sich liebten. In der Klasse wie auch daheim waren sie sehr vorsichtig. Sie galten allen als gute Freunde, und dabei sollte es bleiben. Dabei musste es bleiben.

Helga sah einmal, wie Friedeward Wolfgang über Hals und Rücken strich, und zeigte sich sehr verwundert. Solche Zärtlichkeiten seien unter Mädchen üblich, meinte sie, aber bei Jungen habe sie das noch nie gesehen. Sie lachte darüber, aber ihr gefiel, dass die beiden nicht so verklemmt wären wie ihre Mitschüler, und sie erkundigte sich, ob alle Jungen an der Heiligenstädter Oberschule so locker miteinander umgehen würden. In Leinefelde sei das ausgeschlossen, da heiße es gleich, die beiden seien andersherum gestrickt.

Beide wurden verlegen und Friedeward sagte, er hätte Wölfchen nicht gestreichelt, er habe nur vorsichtig eine Wespe bei ihm wegstreichen wollen, ohne selbst von ihr gestochen zu werden. Helga schaute ihn irritiert an, sagte aber nichts.

Friedeward bedrückte Wolfgangs Unentschiedenheit oder vielmehr, dass er nicht nur an der Freundschaft mit Helga festhielt, sondern nun auch noch ernsthaft erwog, sie zu heiraten. Er lag nachts oft wach und grübelte darüber nach. Natürlich, es gab gute Gründe für diese doch sehr ungewöhnliche Eheschließung, dennoch schien Wolfgangs Vorhaben ihm absolut grotesk und undurchführbar. Es war ausgeschlossen, dass Helga oder irgendeine andere Frau sich darauf einlassen würde. Und Wolfgang machte sich doch etwas vor, wenn er glaubte, Helga würde nichts von Friedeward und Wolfgang ahnen, wo sie beide doch immerfort zusammen wären. Sie würde doch irgendwann merken, dass Wolfgang, ihr Mann, eine Liebesaffäre mit seinem besten Freund hatte. Und dann gäbe es erst recht einen Riesenskandal und sie könnten sich nirgends mehr sehen lassen. Nein, Wolfgangs Plan würde ihnen nicht helfen, sondern ihr Schicksal erst recht besiegeln.

Friedeward versuchte, seinem Freund die Sache auszureden, aber auf Wolfgangs Gegenfrage, ob er denn eine bessere Idee habe, wie sie ein gemeinsames Leben führen könnten, ohne dass jemand herausfand, was sie wirklich verband, wusste er nichts zu sagen. Wolfgang nannte ihn naiv, er schließe wie ein kleines Kind die Augen vor der Gefahr und begreife nicht, dass sie damit nicht aus der Welt sei.

»Wenn du eine bessere Idee hast, bitte, ich bin bereit. Aber solange dir so gar nichts einfällt, ist meine Lösung immer noch die beste.«

Am ersten Adventssonntag veranstalteten die Pfarrgemeinden von Heiligenstadt gemeinsam mit den Kantoreien der Stadt in der Kirche St. Aegidien am Nachmittag ein weihnachtliches Konzert, die traditionelle *Heiligenstädter Vesper*, bei der alle Kirchenchöre des Ortes gemeinsam Choräle sangen. Der Kantor der Kirche, Heinrich Zernick, saß an der Orgel und sein Sohn Wolfgang spielte auf einem im Altarraum aufgestellten Flügel eine C-Dur-Klaviersonate von Mozart und den *Liebestraum* von Franz Liszt. Die beiden Musiklehrer seiner Schule hatten vorgeschlagen, dass Wolfgang bei dem Konzert ebenfalls auftreten solle; man wolle den Heiligenstädtern dieses junge Talent nicht vorenthalten, bevor ihn eine zweifellos glänzende Karriere in die weite Welt führen würde.

Diese Viertelstunde in St. Aegidien war der Höhepunkt des weihnachtlichen Konzertes. Die gesamte Zuhörerschaft war sichtlich ergriffen. Mit einem für sein Alter erstaunlichen Verständnis, mit Ernsthaftigkeit und gleichzeitig zurückhaltender Leichtigkeit hatte Wolfgang die beiden Stücke interpretiert, mit einer wundervoll gezügelten Leidenschaft war er den Kompositionen gerecht geworden und wirkte dabei äußerlich völlig gelassen. Vor und nach der Darbietung hatte er sein Publikum kaum beachtet, war allein auf sein Spiel konzentriert, auf seine Hände und die Tasten.

Die weiblichen Chormitglieder hatten bei seinem Vortrag offensichtlich mit den Tränen zu kämpfen, und nach beiden Stücken brandete nach einer sekundenlangen atemlosen Stille ein heftiger Beifall auf, was in einer Kirche unüblich war und vom anwesenden Pfarrer missbilligend zur Kenntnis genommen wurde.

Unmittelbar nach dem Konzert konnte Friedeward den Freund nicht beglückwünschen, zu viele Besucher drängten sich um den jungen Pianisten, wollten ihm ihre Bewunderung ausdrücken und die Hand schütteln. Wolfgang stand mit hochrotem Kopf zwischen seinen Bewunderern, er wirkte verlegen und sehr erschöpft; neben ihm stand glückstrahlend seine Freundin Helga.

Anschließend kam Wolfgang bei Friedeward vorbei. Er brachte eine Flasche Wein mit, die Helga ihm geschenkt hatte. Sie war mit ihrem Vater nach Leinefelde zurückgefahren, da er am Montagmorgen um vier Uhr seinen Dienst als Bahnhofsvorsteher anzutreten hatte und früh ins Bett wollte. Die beiden jungen Männer waren allein – Friedewards Eltern waren unmittelbar nach der *Heiligenstädter Vesper* zu seiner Großmutter nach Dieterode, einem Dorf südlich von Heiligenstadt, gefahren, da diese am Vortag auf den vereisten Steinstufen des Dorfkonsums ausgerutscht war und sich das Schlüsselbein gebrochen hatte. Sie setzten sich ins Wohnzimmer, Friedeward holte den Korkenzieher und Weingläser aus der Küche und dann stießen sie auf Wolfgang und sein triumphales Konzertdebüt an.

»Wenn die Professoren der Musikhochschule heute dabei gewesen wären, dann müsstest du nicht in sechs Wochen bei denen in Berlin vorspielen«, sagte Friedeward erregt, »die hätten dich vom Fleck weg angenommen. Ach was, die hätten dir sofort das Diplom gegeben. Was willst du bei denen denn noch lernen, Wölfchen? Was können die dir noch beibringen? Du bist ein großartiger Pianist, du könntest sofort überall auftreten.«

»Es war heute nicht ganz schlecht«, wehrte Wolfgang verlegen ab, »es ging recht gut. Ich war aufgeregt, aber nach den ersten Akkorden wurde ich ruhig. Da war ich ganz bei mir und frei. Ich war allein, war nur für mich, war völlig gelöst, und in dem Moment gab es plötzlich nur noch mich und den Flügel. Da hatte ich ein gutes Gefühl und wusste, es wird nicht ganz schlecht.«

»Nicht ganz schlecht! Das ist die Untertreibung des Jahres. Die Leute haben sogar applaudiert, was in einer Kirche eigentlich verboten ist. Wer kann dir noch etwas beibringen? Ich glaube, wenn du nach Berlin an die Musikhochschule kommst, kannst du eher denen etwas zeigen als umgekehrt. Vermutlich bist du ein Genie, Wölfchen, und das wird die Welt schon noch mitbekommen, die ganze Welt.«

»Hör auf, Friedl, ich bin immer noch ganz am Anfang. An den beiden kleinen Stücken habe ich ewig gesessen, dabei gehören die Mozart-Sonate und der Liebestraum eigentlich zur einfachen Klavierliteratur. Es ist nicht kompliziert, das zu spielen.«

»Aber wie du es spielst! Mit welcher Hingabe und Einfühlung! Das war das eigentliche Ereignis, und das haben alle gespürt.«

»Du hast ein Glas zu viel getrunken, Friedl, du redest Unsinn. Aber danke. Ich bin ja auch recht zufrieden.«

Sie küssten und streichelten sich, minutenlang umarmten sie sich, klammerten sich aneinander.

»Wollen wir?«, fragte Friedeward und lächelte seinen Freund an.

Da Friedewards Eltern die Großmutter mit überraschend hohem Fieber antrafen, hatten sie die alte Dame umgehend in die neue Notaufnahme in Reifenstein gebracht, wo sie direkt aufgenommen und versorgt wurde. Die Eltern konnten ihr nicht weiter beistehen, die Schwester sagte ihnen, sie könnten die Patientin zu den angegebenen Besuchszeiten sehen, außerhalb dieser Zeiten aber sei jeder Besuch unerwünscht und verboten, so dass sie sich auf den Heimweg machten und bereits um acht Uhr wieder an ihrem Haus waren.

Die beiden jungen Männer lagen zusammen im Bett in Friedewards Zimmer, als sie hörten, wie die Haustür aufgeschlossen wurde. Schleunigst sprangen sie aus dem Bett und zogen sich an, doch als Pius Ringeling, ohne anzuklopfen, ins Zimmer trat, waren sie lediglich mit Unterwäsche und Oberhemd bekleidet und standen barfuß und ohne Hosen vor dem gefürchteten Vater und Lehrer.

Pius Ringeling erstarrte, als er die beiden sah. Die Situation war absolut eindeutig. Das zerwühlte Bettzeug und zwei halb volle Weingläser auf dem Nachttischchen unterstrichen, was ohnehin offensichtlich war. Wie versteinert blieb er in der Türfüllung stehen, das Blut wich aus seinem Gesicht. Mit der linken Hand stützte er sich am Türrahmen ab und atmete einmal tief durch.

»Verschwinde aus meinem Haus«, zischte er Wolfgang an, »so einer ... so einer wie du hat hier nichts zu suchen. Verschwinde.«

Dann wandte er sich zu seinem Sohn: »Zieh dich an und komm sofort in mein Arbeitszimmer.«

Er warf einen letzten, verächtlichen Blick auf die beiden, dann trat er einen Schritt zurück und ging. Die Tür zum Zimmer ließ er offen stehen.

Schweigend und hastig zogen die beiden ihre restlichen Sachen an, sie vermieden es, sich anzusehen. Friedeward begleitete Wolfgang in den Flur zur Garderobe und reichte ihm den Mantel. Sie verabschiedeten sich mit einem kleinen Lächeln, das ihre Angst und Verzweiflung verriet. Als der Freund aus der Wohnung gegangen war, lief Friedeward langsam zum Zimmer seines Vaters, klopfte leise an und wartete. Nach einigen Sekunden klopfte er nochmals, nun ein klein wenig stärker, und nach einem herrischen *Herein!* des Vaters öffnete er die Tür und trat ein.

Sein Vater saß am Schreibtisch, vor ihm lag der Siebenstriemer, den er vor mehr als zwei Jahren in der untersten Schublade abgelegt hatte.

»Komm her«, sagte er heiser und wies auf den Platz vor seinem Schreibtisch. »Ich fasse es einfach nicht. Das ist doch pervers, widernatürlich! Dafür kommt man ins Zuchthaus, ist dir das eigentlich klar? Wolfgang ein warmer Bruder, und du lässt dich mit diesem Schwein auch noch ein, einer männlichen Hure! Diese Perversion werde ich dir austreiben, und zwar gründlich. Ich hatte gehofft, diesen Siebenstriemer niemals mehr brauchen zu müssen, aber du lässt mir ja keine Wahl!«

Er stand auf, griff nach dem Siebenstriemer, mit einer raschen, rotierenden Handbewegung rollte er die aufgewickelten Lederstreifen vom Stock ab. Er ging zur Tür und verschloss sie von innen.

»Na los!«, wies er seinen Sohn an und zeigte auf den Sessel.

Friedeward knöpfte schweigend seine Hose auf und ließ sie herunter, Tränen liefen über sein Gesicht, aber er gab keinen Laut von sich. Er lehnte sich über den

Sessel. Noch bevor ihn der erste Schlag traf, biss er die Zähne aufeinander. Elfmal schlug sein Vater zu, kalter Zorn lag in jedem Hieb. Außer sich vor Wut ließ er die Peitsche niedersausen, er war wie von Sinnen, beschimpfte den Sohn mit unflätigen Ausdrücken, die er in seinem ganzen Leben noch nie in den Mund genommen hatte. Zwischendurch stellte er gezielt Fragen: Er wollte genau wissen, was die beiden getrieben hatten, wer der Anstifter zu dieser widernatürlichen Schweinerei gewesen sei, wie sie überhaupt darauf gekommen seien, ob er noch an Gott glaube und was er seinem Schöpfer einst sagen wolle, wenn er vor ihn zu treten habe und fürchten müsse, das Paradies und die ewige Seligkeit für immer verloren zu haben.

In seiner Verzweiflung behauptete Friedeward, er sei verführt worden. Wolfgang habe ihn dazu überredet, er habe nicht gewusst, worauf er sich einlasse, und sei nur neugierig gewesen. Er biss sich auf die Lippen, auf die Zunge, um zu schweigen, aber die Schmerzen öffneten ihm den Mund.

Friedewards Mutter rüttelte vergeblich an der Türklinke. Sie hatte ihren Mann noch nie derart außer sich erlebt. Er setzte mit hochrotem Gesicht einen gezielten Schlag nach dem anderen und hielt erst inne, als die stark gerötete Haut direkt unterhalb der Hüfte aufplatzte und Blut austrat. Der Vater ließ die Peitsche sinken.

»Geh jetzt in dein Zimmer«, sagte er, und ohne sich weiter um den Sohn zu kümmern, der sich schmerzverkrümmt aufrichtete, die Hose hochzog und zur Tür schlurfte, griff er nach seinem Papierkorb, holte eine dünne Zeitung heraus und wischte die Lederriemen sorgfältig ab, jeden einzeln, einen nach dem anderen.

Friedeward ging in das kleine Badezimmer, zog sich langsam aus, bemüht, dabei jede unnötige Bewegung zu vermeiden, und versuchte mit Hilfe des kleinen runden Rasierspiegels seinen Rücken und Hintern zu sehen. Er tastete behutsam die schmerzenden Stellen ab, nahm einen Waschlappen, hielt ihn unter den Wasserhahn und wusch sich rasch und einen Schmerzensschrei unterdrückend das Blut ab. In seinem Zimmer legte er sich, ohne sich auszuziehen, auf das Bett, er konnte Hemd und Unterhemd nicht über den Kopf streifen, die Arme versagten ihm, und um die Hose auszuziehen, hätte er sich bücken müssen oder hinsetzen, und beides war ihm nicht möglich. Seine Tränen flossen unaufhörlich, und um keinen Laut von sich zu geben, hatte er sich einen Zipfel der Bettdecke in den Mund gesteckt und biss darauf.

Im Flur hörte er die Stimme seines Vaters und schrak zusammen. Er fürchtete, dieser würde hereinkommen, um ihn erneut zu schlagen, zu beschimpfen, zu demütigen. Doch dann hörte er die Eingangstür gehen, offenbar verließ sein Vater die Wohnung, er war erleichtert und spürte, wie die Spannung in seinem Körper nachließ, wie er sich nun wieder ganz dem Schmerz hingeben konnte.

Einen Moment darauf zuckte er zusammen. Ihm schoss der Gedanke durch den Kopf, sein Vater habe das Haus nur verlassen, um zu Heinrich Zernick zu gehen, zu Wölfchens Vater. Er würde dem Kantor alles berichten, würde ihm sagen, was er gesehen hatte, würde ihm eröffnen, dass Wolfgang schwul sei. Pervers. *Ein warmer Bruder.* Sein Körper wurde von einem Krampf geschüttelt, und er heulte laut auf, bevor er wieder in die Bettdecke biss, um nicht zu schreien – vor Schmerz, vor Wut, vor Scham.

Pius Ringeling war tatsächlich direkt zu Heinrich Zernick marschiert. Der Kantor öffnete ihm, erstaunt, doch erfreut über den späten Besuch, und sah ihn im nächsten Moment verwundert an, da der Studienrat sehr erregt wirkte und ihn nicht begrüßte, sondern ihn umgehend darum bat, mit ihm unter vier Augen zu sprechen. Er wollte auch Zernicks Frau nicht Guten Abend sagen, sondern drängte den Kantor, mit ihm in sein Arbeitszimmer zu gehen, er wolle, er müsse ihn allein sprechen, was er zu sagen habe, sei vorerst auch nicht für seine Frau bestimmt.

Im Zimmer des Kantors, einem Raum mit einem Flügel und mehreren Blechblasinstrumenten, die an der Wand hingen, ließ er sich auf den angebotenen Stuhl sinken. Dann erzählte er dem ungläubig dreinblickenden Mann überhastet und sich selbst mehrfach unterbrechend, wie er ihre beiden Söhne in Friedewards Zimmer ertappt hatte, halb nackt und soeben aus dem Bett gestiegen. Dabei machte er keinen Hehl daraus, dass er ihr Tun für abscheulich, widernatürlich und überhaupt für eine Todsünde hielt.

Der Kantor schüttelte nur immer wieder den Kopf. Er versuchte Pius Ringeling zu widersprechen, doch der Studienrat ließ keinen Einwand gelten, die Situation sei zu eindeutig gewesen, und die beiden hätten auch nicht versucht, es abzustreiten. Was ihnen im Übrigen auch nicht hätte gelingen können, denn er hatte ja mit eigenen Augen gesehen, was sie da trieben.

Als er mit seiner äußerst erregt vorgebrachten Anklage am Ende war, bat Heinrich Zernick ihn mehrmals, sich zu beruhigen, und konnte nun endlich selbst das Wort ergreifen. Er pflichtete ihm bei, dass das Gesehene, der Augenschein, zweifellos seinen Verdacht erregen musste, dass er aber von seinem Sohn Wolfgang sehr genau wisse, dass dieser ein vollkommen gesunder junger Mann sei, mit den Interessen und Vorlieben eines Abiturienten in diesem Alter. Er sei keineswegs *vom anderen Ufer*, also homosexuell, sondern seit Jahren mit einem Mädchen befreundet, einer schönen, klugen, jungen Frau aus der Nachbarstadt Leinefelde. Die beiden seien so gut wie verlobt und sogar über die Hochzeit sei mit ihrem Vater schon gesprochen worden. Es sei völlig ausgeschlossen, dass Wolfgang an Männern interessiert sei.

»Das ist vollkommen unmöglich«, wiederholte der Kantor, und er lächelte sogar dabei, »lieber, verehrter Herr Ringeling, ich lege dafür meine Hand ins Feuer. Was Sie sahen, musste Sie irritieren, natürlich, das verstehe ich sehr gut. Vermutlich war es eine jugendliche Dummheit, ein kindischer Streich, eine unüberlegte Laune, aber ganz gewiss ist es nicht das, was Sie vermuten. Mein Sohn ist fest liiert mit einem schönen jungen Mädchen, er wird sie heiraten, das steht fest, die beiden sind ja schon von Kindesbeinen an zusammen. Also, was immer da vorgefallen sein mag, Sie müssen in keiner Weise beunruhigt sein.«

»Ich bin doch kein Idiot«, fauchte der Studienrat, »ich weiß, was ich gesehen habe. Und ich habe Friedeward befragt, sehr ernsthaft befragt, und er hat alles gestanden.«

»Ernsthaft befragt?«, erkundigte sich Heinrich Zernick mit einem ironischen Unterton, verärgert über das Benehmen seines Besuchers, »ich hoffe, Sie haben ihn nicht geschlagen. Er ist fast volljährig, da gehört sich das nicht.«

»Wie ich meinen Sohn erziehe, Herr Zernick, tut nichts zur Sache. Vielmehr wüsste ich gerne, was Sie zu tun gedenken. Friedeward hat die Tat – denn ja, das ist es, es ist eine kriminelle Tat – gestanden. Und er hat mir offenbart, dass er von Ihrem Sohn Wolfgang verführt wurde. Insofern verlange ich zu erfahren, was Sie zu tun gedenken. Ich dulde keinesfalls, dass Ihr Sohn weiterhin Umgang mit meinem Sohn hat. Ich erwarte, dass er Heiligenstadt sofort verlässt, auf der Stelle. Er gehört in ein Erziehungsheim, wo man ihm Manieren und Moral beibringt. Schaffen Sie ihn mir aus den Augen, andernfalls kümmere ich mich selbst um die Sache!«

Pius Ringeling sah den Kantor verächtlich an.

»*Andernfalls*«, wiederholte dieser mit einem spöttisch-bösen Unterton, »was wollen Sie *andernfalls* unternehmen? Meinen Sohn mit Ihrem Siebenstriemer traktieren?«

Beide Männer waren von ihren Stühlen aufgestanden und funkelten sich zornig an.

»Andernfalls«, erwiderte Pius Ringeling drohend, »andernfalls zeige ich Ihren Sohn an. Friedeward ist minderjährig, Wolfgang ist bereits volljährig. Dafür kommt er ins Zuchthaus.«

Heinrich Zernick war fassungslos. Er schluckte mehrmals heftig, bevor er wieder Worte fand: »Das werden Sie nicht tun, Herr Ringeling. Damit reißen Sie uns alle ins Verderben. Auch Friedeward und sich selbst.«

»Schaffen Sie den Kerl aus der Stadt. Ich dulde ihn nicht in der Nähe meines Sohnes.«

»Warten Sie, warten Sie.« Der Kantor setzte sich erschöpft auf einen Stuhl, »ich will Wolfgang befragen, jetzt gleich. In Ihrem Beisein. Ich kann es mir einfach nicht vorstellen. Bitte, lassen Sie uns ihn gemeinsam befragen.«

Er lief zur Tür und rief nach Wolfgang, der umgehend aus seinem Zimmer kam. Er hatte mitbekommen, dass Friedewards Vater geklingelt hatte, und der aufgeregte Wortwechsel war in der ganzen Wohnung zu hören gewesen. Mit gesenktem Kopf trat er ins Musikzimmer.

»Setz dich«, sagte sein Vater und zeigte auf einen der Stühle, »Herr Ringeling berichtete mir von einem sehr seltsamen Vorkommnis. Kannst du mir bitte erklären, was ihr beide, du und Friedeward, da gemacht habt? Und sag bitte die Wahrheit. Mit Ausflüchten und Lügen kommen wir nicht weiter. Also?«

Wolfgang hielt den Kopf gesenkt und erzählte stotternd und verlegen eine Geschichte, die er sich in den letzten Minuten zurechtgelegt hatte. Er sagte, sie hätten nur etwas ausprobieren wollen, etwas, von dem sie in ihren Büchern gelesen hatten.

»Ausprobieren? In Büchern? Was sind das für Bücher?«, stieß Heinrich Zernick beunruhigt hervor. Er sah Wolfgang scharf an.

»Also? Was für Bücher?«

»Das sind Romane, die wir gelesen haben.«

»Romane? Was denn für Romane? Und woher habt ihr solchen Kram?«

»Na, von Tante Helena.«

»Tante Helena? Und was sind das genau für Bücher? Französische Sudeleien?«

»Nein, es sind deutsche Bücher. Von bedeutenden Schriftstellern.«

Nun meldete sich Pius Ringeling, der bisher schweigend und mit zusammengekniffenen Augen der Befragung gefolgt war: »Was soll das denn heißen, *bedeutende Schriftsteller*? Ich habe euch beigebracht, was Literatur ist, wer ein *bedeutender* Schriftsteller ist. Also erzähle mir nicht, dass dieser Schweinkram von einem Literaten stammt.«

»Was habt ihr denn da bloß gelesen?«, fragte Heinrich Zernick entsetzt, »was hat euch Tante Helena gegeben?«

Wolfgang krümmte sich, es fiel ihm schwer, die Bücher und Namen der verehrten Autoren zu nennen, es erschien ihm wie Verrat, aber dann sah er seinen Vater an und sagte: »Das war ein Buch von Musil und eins von Thomas Mann. Und Thomas Mann haben wir auch schon mal im Unterricht gelesen, einen Aufsatz von ihm und eine Erzählung.«

»Musil?«, fragte Pius Ringeling schroff, »den kenne ich nicht. Und Thomas Mann? Thomas Mann hat keinen Schweinkram geschrieben, das ist ein Nobelpreisträger. Wie soll denn dieser Roman von ihm heißen?«

»*Tonio Kröger*«, erwiderte Wolfgang gequält, »*Tonio Kröger* ist eine Novelle von ihm.«

»Eine Novelle, so, so. Und was, bitte, steht da drin, dass ich euch bei solchen Schweinereien überraschen musste?«

»Es waren keine Schweinereien, Herr Ringeling«, stotterte Wolfgang, »es geht da nur um junge Männer, die befreundet sind.«

»Befreundet! Ihr hattet keine Hosen an! Das ist keine Freundschaft, das ist Schweinkram! Was, zum Teufel, wolltet ihr denn ausprobieren?«

Wolfgang schwieg und senkte den Kopf.

»Was, zum Teufel?«

»Es war nur, es stand da so Seltsames in dem Roman. Etwas, was wir uns nicht vorstellen konnten. Und da wollten wir ausprobieren, ob das tatsächlich so ist. Das war alles.«

»Neugier. Dumme Neugier, dachte ich es mir doch«, meldete sich Heinrich Zernick zu Wort, »solche Dummheiten hätte ich allerdings einem halbwegs Erwachsenen nicht zugetraut, Wolfgang. Ich bin enttäuscht von dir. Sehr enttäuscht! Und was ist mit Helga? Was soll sie dazu sagen? Hast du auch mal an sie gedacht?«

Wolfgang hielt weiterhin den Kopf gesenkt. Als sein Vater ihm die Hand unters Kinn legte, damit er ihn ansah, wich er seinem Blick aus, Tränen standen ihm in den Augen.

»Was ist mit Helga?«

»Was soll mit ihr sein? Das hat doch mit Helga nichts zu tun.«

»Das will ich hoffen. Und nun geh, Wolfgang. Wir werden ganz gewiss noch einmal darüber sprechen müssen. – Geh in dein Zimmer.«

Nachdem der junge Mann den Raum verlassen hatte, sah Heinrich Zernick seinen Besucher an und seufzte erleichtert: »Dachte ich es mir doch. Eine unüberlegte Kinderei, nichts weiter. Ich werde mit meiner Schwester sprechen. So geht das natürlich nicht. Sie muss sich besser überlegen, welche Bücher sie den Jungen in die Hand drückt. Und dieses Buch von Thomas Mann werde ich mir auf jeden Fall ansehen, ich will wissen, was da wirklich drinsteht. Es kann doch nicht sein, dass ein so berühmter, ein so bewunderter Mann irgendwelchen perversen Unsinn veröffentlichen darf. Oder was meinen Sie, Herr Ringeling? Kann es sein, dass dieser berühmte Schriftsteller tatsächlich Schweinkram geschrieben hat?«

»Weiß ich nicht.«

»Die Nazijahre waren ja schlimm, aber so etwas gab es damals nicht. Jedenfalls bin ich erleichtert, dass wir falschlagen und alles wieder in Ordnung ist. Wir werden nochmals mit den Kindern sprechen, ihnen eindringlich ins Gewissen reden, dann dürfte dieser Fall ausgestanden sein.«

»Ausgestanden? Für mich nicht.«

»Was meinen Sie?«

»Was Ihr Sohn uns da erzählt hat, das kann sein oder auch nicht. Ich bestehe darauf, dass die beiden sich nicht mehr sehen, dass Sie Ihren Sohn umgehend aus Heiligenstadt fortschicken. Ich lasse nicht zu, dass er weiterhin in meine Schule kommt. Sollte er die Frechheit besitzen, morgen früh in meiner Schule zu erscheinen, dann weiß ich, was ich zu tun habe. Ich habe es Ihnen gesagt, Herr Zernick.«

»Aber lieber Herr Ringeling. Die beiden haben eine Kinderei begangen. Mein Wolfgang ist mit seiner Helga so gut wie verlobt, es ist doch alles geklärt ...«

»Für mich ist da gar nichts geklärt. Ich habe Ihnen gesagt, was ich zu sagen habe. Leben Sie wohl, Herr Kantor Zernick.«

Und damit drehte sich Pius Ringeling abrupt um, verließ das Zimmer und das Haus. Heinrich Zernick ließ sich auf einen Stuhl fallen, die Arme kreuzte er auf dem Tisch und legte erschöpft seinen Kopf darauf. Seine Frau kam ins Zimmer gerannt und fragte erregt, was denn vorgefallen sei. Zernick bat sie um einen Moment Geduld, er würde ihr gleich alles erzählen, doch zunächst müsse er zu Atem und Besinnung kommen, er sei vollkommen erledigt.

Friedeward hörte, wie sein Vater die Haustür öffnete. Er hielt den Atem an, verkrampfte sich unter der Bettdecke und kniff die Augen fest zusammen. Erst nach gut zehn Minuten, als er sicher sein konnte, dass der Vater nicht in sein Zimmer käme, streckte er sich aus und atmete ruhig. Er hatte sich entschieden. Alles, alles wollte er hinter sich lassen. Es ist genug, flüsterte er, es ist genug. Und nun, da sein Entschluss feststand, konnte er sich Zeit lassen. Alles, was ihm noch zustoßen könnte, waren Nichtigkeiten, die ihn nicht mehr erreichten, ihn nicht mehr kränken, zerstören könnten. Selbst wenn Vater nochmals zum Siebenstriemer greifen würde, nun könnte er es gelassen hinnehmen, da er innerlich bereits auf dem Weg war, weit, weit weg, unerreichbar für alle. Bald würde er es geschafft haben. Es würde den Vater in Verzweiflung stürzen. Ja, sollte er doch verzweifeln. Er selbst wäre frei, frei für immer, sein Vater jedoch unglücklich und mit einer Todsünde heimgesucht. Für den Rest seines Lebens sollte er an dieser Schuld zu tragen haben.

Er dachte an Wolfgang, hoffte, Wolfgang würde mit ihm gehen. Was blieb seinem Freund auch anderes übrig? Sich mit ihm gemeinsam auf diesen Weg zu machen, das wäre schön. Alles würde leichter sein. Es wäre das reine Glück. Eine Vollendung. Ja, sagte er sich, Vollendung wäre das, sein Leben wird sich vollenden und mit Wolfgang zusammen wäre es wirklich eine Vollendung. Ein letztes Glück, ein wundervoller letzter Moment. Man würde sie beieinander finden, Hand in Hand, und keiner könnte sie dann jemals wieder trennen. Jeder würde begreifen, dass sie für alle Ewigkeit zusammengehörten.

Doch wie sollten sie es anstellen? In den Wäldern um Heiligenstadt fand man noch immer viel Munition, auch scharfe Handgranaten und Blindgänger, doch eine Pistole hatte noch keiner seiner Kameraden je dort gefunden. Gewehrteile, das schon, angerostet und unbrauchbar, aber funktionstüchtige Offizierspistolen lagen dort nicht. Robert hatte einmal einen Ehrendolch aus dem Wald mitgebracht, hatte das Hakenkreuz abgefeilt und das Prachtstück gewienert und geputzt, bis es wieder glänzte. Doch Stichwaffen waren wohl kaum geeignet. Ins Wasser gehen, das stellte Friedeward sich schön vor, aber er und Wölfchen waren gute Schwimmer, wie sollten sie denn da ertrinken. Das Beste war und blieb der Giftschrank im Chemiesaal. Man musste nur am Hausmeister vorbeikommen; der Schrank ließe sich leicht öffnen. Es war nur eine alte, verschlossene Glasvitrine, mit einem Lineal ließ sie sich bestimmt geräuschlos aufhebeln. Und dort stand alles, was sie brauchten, genug Gift für sie beide und für noch ein weiteres Dutzend Lebensmüder. Und Friedeward wusste auch bereits, welchen Cocktail er sich mischen würde. Jetzt würde sich der Chemieunterricht seines Vaters bezahlt machen, und der Gedanke, dessen kostbaren Giftschrank aufzubrechen, ihm damit einen unerträglichen Schlag zu verpassen, war ihm eine besondere Freude.

Er lächelte, als er endlich einschlief.

Wolfgang Zernick erschien am nächsten Morgen nicht in der Schule. Die Mitschüler erkundigten sich bei Friedeward, wo er sei. Verlegen sagte er, er wisse es nicht. Er war besorgt und unruhig, er fürchtete, Wolfgangs Vater habe ihm verboten, in die Schule zu gehen, wo er seinen Freund sehen würde. Er war todunglücklich, weil er Wolfgang von seinem Rettungsplan erzählen wollte, von dem einzigen Ausweg, der ihnen noch offenstand, und von seiner Absicht, dafür die Vitrine im Chemiesaal aufzubrechen.

Doch auch am nächsten Tag kam Wolfgang nicht. Die Klassenkameraden löcherten Friedeward. Hatte er ihn denn nicht am Vortag sofort nach der Schule aufgesucht? Friedeward wich ihnen aus, sagte, er habe derzeit viel zu tun.

Am dritten Tag gab ihre Klassenlehrerin gleich in der ersten Stunde bekannt, Wolfgang Zernick werde nicht mehr in die Schule zurückkommen. Er habe sich, für die Lehrerschaft völlig überraschend, schriftlich abgemeldet und werde an einer Schule in einer anderen Stadt sein Abitur machen. Die Schüler blickten verwundert zu Friedeward, den diese Mitteilung fassungslos machte. Er wusste nichts von dem erregten Auftritt seines

Vaters bei der Familie Zernick, nichts von dessen Drohungen gegenüber dem Kantor.

An diesem Tag konnte Friedeward dem Unterricht kaum folgen, er war verwirrt und ratlos. Sein Freund war ohne Abschied gegangen, ohne jede Nachricht. Er hatte ihm nicht einmal einen kurzen Brief, nicht die kleinste Notiz zukommen lassen. Wolfgang war aus der Stadt verschwunden, war vermutlich nun an irgendeiner Schule in einer anderen Stadt. Und gewiss steckte sein Vater dahinter, der dem Kantor bestimmt alles erzählt hatte. Wie sollte Friedeward herausfinden, wohin man Wolfgang geschickt hatte? Er würde es weder von seinem Vater noch von Wolfgangs Familie je erfahren. Sie würden seine Post kontrollieren, Briefe des Freundes an sich nehmen und ihm vorenthalten. Friedeward war verzweifelt. Was würde nun aus seinen Plänen? Die Vorstellung, gemeinsam mit seinem Wölfchen in den Tod zu gehen, hatte ihn geradezu beflügelt. Doch es alleine durchzuziehen, wäre eine einsame und trostlose Aktion und geradezu ein Verrat an ihrer Freundschaft.

Pius Ringeling bemerkte sehr wohl, wie unaufmerksam und fahrig sein Sohn dem Unterricht folgte. Gewiss beschäftigte ihn die Abwesenheit des Freundes und seine Unkenntnis über dessen Verbleib. Er nahm es mit einer gewissen Genugtuung hin und ließ ihn an diesem Tag sogar in Ruhe, ermahnte oder tadelte ihn nicht.

Im Bücherschrank des Lehrerzimmers, der sogenannten Schulbibliothek, war ein ganzes Fach für die Bücher der Brüder Heinrich und Thomas Mann reserviert. Pius Ringeling lieh sich jenen Erzählungsband aus, in dem er die kleine Novelle *Tonio Kröger* fand, und las sie an einem Abend mit zunehmendem Entsetzen. Er war fassungslos, dass ein hochgerühmter und weltbekannter Autor, den man überdies mit einem Nobelpreis geehrt hatte, einen solch widerlichen Dreck zu schreiben vermochte und dass in einem zivilisierten Land diese unverhohlene Propaganda für Sodomie gedruckt werden durfte.

Am darauffolgenden Tag stellte er das Buch zurück, doch nur, um es vier Tage später, als er eine Freistunde hatte und allein im Lehrerzimmer war, heimlich wieder an sich zu nehmen und einen Tag später auf seiner winterlich bereiften Wiese mit den angesammelten Holzabfällen zu verbrennen. Zum ersten Mal in seinem Leben hatte Pius Ringeling etwas gestohlen, aber er war sich keiner Schuld bewusst. Am Sonntag darauf beichtete er den Diebstahl, wobei er ihn dem Priester gegenüber als einen unumgänglichen Akt von Moral und Anstand darstellte. Priester Weidermann, der Seelsorger von St. Marien, teilte seine Einschätzung und verzichtete darauf, ihm eine Buße aufzuerlegen.

Heinrich Zernick hatte nach dem Besuch von Pius Ringeling die ganze Nacht gegrübelt, wie er ihn wohl davon abhalten könnte, Anzeige zu erstatten. Ringelings unverschämtes Auftreten hatte ihn sehr getroffen, er hatte in seinem Leben bislang nicht erlebt, dass ein gebildeter Mensch derart von Wut und Zorn hingerissen wurde, dass er jegliche Umgangsformen vermissen ließ. Mit diesem Mann war nicht zu sprechen, er hätte sicherlich keinerlei Skrupel, tatsächlich Anzeige zu erstatten, sollte der Kantor seiner Forderung, die vielmehr eine Anweisung war, nicht nachkommen.

Heinrich Zernick vertraute seinem Sohn, er war völlig sicher, dass Wolfgang die Wahrheit gesagt hatte. Die beiden Schüler hatten wohl, angeregt und verführt von irgendwelchen schwülstigen Texten, körperlichen Kontakt gesucht, waren einem albernen, spätpubertären Verlangen gefolgt, der Begierde einer erwachten, doch noch unbeherrschten Sexualität. Sein Sohn war seit Jahren mit Helga befreundet, in beiden Familien war man gewiss, dass die beiden irgendwann heiraten würden, und er und seine Frau befürchteten allenfalls, dass der Zuneigung und Liebe der beiden Kinder möglicherweise allzu früh und vor der Zeit, also noch vor der Eheschließung, ein Kind entsprießen könnte. Nein, sein Sohn war völlig normal und hatte keinerlei strafwürdige Neigungen, aber der Wüterich Ringeling war der Vernunft nicht zugänglich und würde tun, wozu ihn seine Wut trieb. Er würde Wolfgang und die ganze Familie ins Unglück reißen, allerdings auch seinen Sohn und sich selbst, wenn der Kantor seiner Anweisung nicht nachkam.

Am Morgen weckte er seine Frau um fünf Uhr früh. Er eröffnete ihr, zu welchem Schluss er in der Nacht gekommen sei, und bat die verzweifelt weinende Mutter, sie möge ihm beistehen, Wolfgang zu diesem unumgänglichen Schritt zu überreden.

»Dieser Ringeling zeigt ihn sonst an«, sagte er. »Wolfgang käme vor Gericht, wahrscheinlich sogar ins Gefängnis. Ein unaussprechlicher Skandal. Nein, Gretchen, nein, wir müssen es tun, wenn wir nicht alle im Unglück enden wollen. Dieser Ringeling ist ein Idiot, aber er ist gefährlich. Wenn Wolfgang erst mal aus der Stadt ist, beruhigt er sich vielleicht wieder und kommt zur Vernunft. Vielleicht sieht die Sache in einem Vierteljahr, in einem halben, schon ganz anders aus. Aber im Moment müssen wir uns seinem Diktat beugen.«

Seine Frau nickte unter Tränen, dann gingen sie zu Wolfgang, um ihn zu wecken.

Mit dem ersten Zug, eine Stunde bevor der Unterricht begann, fuhren Heinrich Zernick und sein Sohn nach Berlin, wo Zernicks Cousine als Oberin der Schulschwestern auch für die Theresienschule zuständig war, einer konfessionellen Privatschule, die der Ostberliner Magistrat nach langem Hin und Her als römisch-katholisches Gymnasium genehmigt hatte. Er hoffte, seine Cousine könne, da ihr Wort in der Theresienschule Gewicht hatte, dafür sorgen, dass Wolfgang die wenigen letzten Monate vor seinem Abitur an dieser Schule unterrichtet werde, auch wenn es eigentlich ein reines Mädchengymnasium war.

Doch trotz seiner dringlichen Bitte, seinem Sohn behilflich zu sein – da er ihr nichts von Ringelings fatalen Anschuldigungen gegen Wolfgang sagen wollte, deutete er an, sein Sohn sei in politische Schwierigkeiten geraten, wodurch ihm in Heiligenstadt ein unmittelbar bevorstehender Schulausschluss drohe und er dort kein Abitur mehr machen dürfe –, konnte die Verwandte ihm keinerlei Hoffnungen machen. Die Zulassung ihres Gymnasiums sei nur durch einen Beschluss der Alliierten zu erreichen gewesen und der Magistrat würde jeden Verstoß gegen die erteilten Auflagen nutzen, die konfessionelle Privatschule zu schließen, da sie ihm ohnehin ein Dorn im Auge sei. Die Theresienschule dürfe keinesfalls einen Jungen aufnehmen, auch wenn dieser ein gläubiger Katholik sei. Sie riet dem Kantor, mit der Herrnhuter Brüdergemeine zu sprechen, die Zinzendorfschule in Herrnhut sei zwar evangelisch und die Siedlung in einer nicht zu beneidenden Lage, da sie zwar Brüdergemeinden in der ganzen Welt habe, aber sich im Machtbereich der russischen Besatzung befinde, daher nicht unter dem Schutz der Alliierten stehe, doch Wolfgang könne dort gewiss sein Abitur ablegen.

Zwei Tage später konnte Heinrich Zernick seinen Sohn der Obhut des Herrnhuter Kantors übergeben, der Jahrzehnte zuvor ein Studienkollege von ihm gewesen war und ihm zusicherte, die kommenden fünf Monate für Wolfgang zu sorgen. Das Abitur würde dieser im Mai als regulärer Schüler oder extern an der kleinen Oberschule in der Oberlausitz ablegen, und im benachbarten Strahwalde hatte der befreundete Kantor ein Quartier für den jungen Zernick bei zwei Schwestern gefunden, die ihre Männer im Krieg verloren hatten und dem jungen Mann gern ein Zimmer ihrer Wohnung überließen. Im Gegenzug würde Wolfgang vor dem Haus den Schnee räumen und Brennholz für die älteren Damen spalten.

Heinrich Zernick reiste beruhigt zurück, erschien im Rektorat der Heiligenstädter Oberschule, um Wolfgangs schriftliche Abmeldung abzugeben und um Übersendung der Schulpapiere an das Herrnhuter Rektorat zu bitten. Anschließend klopfte er an die Tür des Lehrerzimmers und fragte nach Pius Ringeling. Der Studienrat trat auf den Flur hinaus, beide Männer begrüßten sich wortlos mit einem knappen Kopfnicken, der Kantor berichtete mit wenigen Worten vom Umzug seines Sohnes, was der Studienrat mit versteinerter Miene zur Kenntnis nahm.

»Das wäre es«, sagte der Kantor, drehte sich grußlos um und wollte sich wieder auf den Weg machen.

»Nein, das ist durchaus nicht alles«, sagte Pius Ringeling in scharfem Ton, »Ich verlange, dass weder Sie noch Ihre Frau oder irgendjemand sonst Friedeward Wolfgangs neuen Aufenthaltsort mitteilt.«

Die Männer sahen sich schweigend und ohne eine Miene zu verziehen an, dann wandte sich Ringeling ab und ging ins Lehrerzimmer zurück. Der Kantor starrte zornig auf die geschlossene Tür und atmete zweimal heftig und vernehmlich, bevor er sich auf den Weg zur Kirche machte.

Friedeward hatte seit jenem Adventssonntag Hausarrest. Er musste nach der Schule umgehend daheim erscheinen und durfte das Haus am Nachmittag lediglich verlassen, um Einkäufe für die Familie zu erledigen. Noch immer lebte er in seinen Tagträumen und dachte daran, sein Leben zu beenden, spielte mit dem Gedanken, dem Vater auf diese Weise endgültig zu entfliehen. Er imaginierte sich seine eigene Begräbnisfeier, sah die Eltern, den Vater an seinem offenen Grab stehen, in das man den Sarg mit seinem toten, nun befreiten Körper hinabließ. Stundenlang verlor er sich in diesen Gedanken und fühlte sich dabei endlich frei und seltsam heiter. Doch ohne Wolfgang wollte er diesen letzten Weg nicht gehen, nur mit ihm gemeinsam über jene endgültige Schwelle schreiten. Wolfgang aber war verschwunden, ohne eine Nachricht, ohne eine Adresse zu hinterlassen, und er konnte keinen nach ihm fragen. In seiner Familie wurde der Name des Freundes nicht mehr genannt, geradeso, als sei er mit einem

Bann belegt worden, und Wolfgangs Eltern konnte er nicht fragen, wenn sie auch sicherlich wussten, wo Wolfgang lebte.

Er erwog, aus seinem Elternhaus, ja aus Heiligenstadt zu fliehen. Wie sein Bruder könnte er aufbrechen, nach Amerika gehen oder nach Australien oder wenigstens nach Italien. Dann freilich wäre Wolfgang für ihn für immer verloren. Nie würden sie sich wiederfinden, nie sich wiedersehen, und dieser Gedanke erstickte jeglichen Fluchtplan schon im Keim. Er wollte nicht, nein, er konnte nicht ohne Wolfgang leben. Und also würde er hier ausharren müssen, bis zu dem Tag, an dem er auf eigenen Füßen stehen und ein freier Mann sein würde, der tun und lassen konnte, was immer er wollte und wie immer es ihm gefiel.

Doch noch war er an sein Elternhaus, an seinen Vater gebunden und allein die Stunden, die er mit seinen geliebten Büchern auf dem Bett oder am Schreibtisch verbrachte, gaben ihm ein Gefühl von Heimat und Geborgenheit. Die Autoren waren seine Brüder im Geiste, seine eigentlichen Lehrer, seine Freunde. Wolfgangs Tante Helena, die er nach Beendigung seines Hausarrests weiterhin, allerdings heimlich, besuchte und die die Ermahnungen ihres Bruders Heinrich nicht akzeptierte, versorgte ihn weiterhin mit Lektüre, gab ihm Lyrikbände von Rilke und Stefan George, schenkte ihm eine uralte, kostbare Ausgabe der Gedichte von Anton

Ulrich von Braunschweig-Wolfenbüttel und *Das trunkene Schiff* von Rimbaud, jedoch in der französischen Originalfassung *Le Bateau ivre*, da ihr die deutschen Übersetzungen allesamt missglückt erschienen und sie zudem den jungen Mann anregen wollte, sein einfaches Schulfranzösisch zu verbessern. Friedeward liebte diese Bücher, vor allem die *Maximin*-Gedichte, diese Vergötterung der Jugend, der taumelnden jungen Männer, entzückte ihn. Er fühlte sich diesen Autoren verwandt, schrieb selber täglich Gedichte, die er keinem zeigte, denn der Einzige, der würdig gewesen wäre, sie zu lesen, war aus seinem Leben verschwunden. Und so großherzig Wolfgangs Tante Helena ihm gegenüber auch war, so hielt sie sich doch an das Verbot, ihm Wolfgangs Aufenthaltsort zu verraten, und Friedeward wagte nicht, sie danach zu fragen.

Zu Hause versteckte er die Bücher, denn seine Lektüren wurden mittlerweile von seinem Vater überwacht, überdies zitierte er Friedeward wiederholt in sein Arbeitszimmer, um ihn zu belehren. Der Siebenstriemer hing nicht mehr an der Wand, der Vater hatte ihn wohl ins untere Schubfach zurückgelegt. Immer wieder beschwor Pius Ringeling seinen Sohn, er möge seine Sünde beichten, dann könne der Priester ihm eine Buße auferlegen und ihn von seinem Vergehen freisprechen.

»Denn eine Sünde ist es, Friedeward«, sagte er, wobei er seinen Sohn mit beiden Händen an den Schultern ergriff, »die Sünde der Sodomiter ist unmoralisch, sie ist ein Verbrechen. Und der Katechismus zählt die Sünde der Sodomiter nicht zu den lässlichen Sünden und auch nicht zu den Todsünden; für den Katechismus, für unseren Glauben, ist es eine himmelschreiende Sünde, verstehst du. Eine Sünde gegen Gott, gegen die Natur, gegen jede Moral, und sie ist nie und nimmer hinzunehmen. Verstehst du, was ich dir sage, Friedeward?«

Friedeward nickte und dachte an Wolfgang. Er stellte sich vor, der Freund säße neben ihm und würde seinen Arm um ihn legen, sie würden sich anlächeln und die Strafpredigt seines Vaters einfach überhören. Er nickte mechanisch, ohne seinen Vater anzusehen.

»Es ist eine himmelschreiende Sünde und diesen Sündern wird ein kirchliches Begräbnis verwehrt. Das ist gültiges Recht, unser heiliges Kirchenrecht. Die Sodomiter leben in Sünde, sie sterben in Sünde, sie haben ihre ewige Seligkeit verloren, Friedeward. Die ewige Seligkeit verlieren! Friedeward, hast du überhaupt eine Vorstellung, was du dir da antust? Hölle und Verdammnis in alle Ewigkeit! Friedeward, besinne dich, komm zu dir!«

Friedeward sah seinen Vater ernsthaft und demütig an, lange schwieg er, schließlich nickte er.

»Gut, Friedeward. Du kannst gehen. Wir werden gewiss noch einmal darüber zu sprechen haben. Oder auch noch viele Male. Denn es geht um deine ewige Seligkeit, da dürfen wir nichts versäumen. Die ewige Seligkeit, wir haben davon kaum eine Vorstellung, wir ahnen nicht, was uns erwartet, wissen nichts von den himmlischen Freuden. Aber wenn wir an Hölle und Verdammnis denken, dann muss uns doch grauen. Ich habe deinetwegen schlaflose Nächte. Ich bete zum Herrgott für dich, Nacht für Nacht. Auf dass er dir beistehe, dich aus dem Pfuhl rettet. – Und nun geh.«

Friedeward vermutete, dass sein Vater auch mit Priester Weidermann über ihn gesprochen hatte. Weidermann hatte ihn zweimal bei der Beichte in St. Marien intensiv nach weiteren Sünden und Verfehlungen befragt und ihn, da Friedeward behauptete, nichts beichten zu müssen, wiederholt darauf hingewiesen, dass allein das Bekennen, Beichten und Bereuen ihn von aller Schuld befreien könne. Friedeward aber war einsilbig geblieben und hatte nichts von sich und Wolfgang erzählt. Bei einem vertraulichen Gespräch nach der Messe fragte Priester Weidermann ihn dann direkt nach seinem Freund und Friedeward gestand ein, dass er Wolfgang vermisse, mit dem ihn eine reine und selbstlose Freundschaft verbinde. Der Priester bohrte daraufhin nicht weiter, wirkte jedoch offensichtlich unzufrieden.

Die Gespräche mit seinem Vater und dem Priester zeitigten Folgen bei Friedeward. Er geriet ins Grübeln, blätterte in den katholischen Glaubenslehren, um jene Stellen aufzufinden, in denen die Kurie oder der Papst selbst sich explizit oder auch nur andeutungsweise zu homosexuellen Handlungen verhielt. Die Geschlechtslust, las er, sei zu verdammen, wenn ihre Befriedigung nur um ihrer selbst willen angestrebt werde und dabei von ihrem Gerichtetsein auf die Weitergabe des Lebens und auf liebende Vereinigung losgelöst sei. Die Neigung zu gleichgeschlechtlichen Partnern und die daraus resultierenden Handlungen stifteten massive moralische Unordnung und entsprängen keiner wahren affektiven und geschlechtlichen Bedürftigkeit. Wer der Geschlechtslust um ihrer selbst willen nachgebe, führe ein ungeordnetes, ein durch und durch gottloses Leben.

Die frommen Lehren bedrückten Friedeward, bescherten ihm schlaflose Nächte. Die Verdammnis wurde zu einem allnächtlichen Schreckgespenst, er hatte Albträume, er sah die Hölle, die Teufel, das Fegefeuer vor sich und fuhr im Halbschlaf laut schreiend in seinem Bett hoch. Er magerte ab, verlor mehr als fünf Kilo, die Rippen stachen hervor, die Augen lagen beängstigend tief in ihren Höhlen, die Anmut und der Zauber der Jugend schwanden aus seinen Zügen. Friedeward wirkte verhärmt, war fahrig im Unterricht und im Umgang mit seinen Schulkameraden. Die Mädchen in seiner Klasse bedauerten ihn, wollten ihm helfen, doch er wies sie ab und zog sich immer mehr zurück. Er konnte mit niemandem über seine Albträume sprechen, über seine Ängste, seine Schuld.

Denn dass er sich mit Schuld beladen hatte, die Grundsätze gängiger Moral und seines Glaubens missachtet hatte, daran bestand für Friedeward kein Zweifel. Schwer lastete die Sünde auf ihm und es quälte ihn, dass ihm nun die ewige Seligkeit nicht zuteilwürde. Doch all seinen Ängsten zum Trotz sehnte er sich nach Wolfgang, nach seinem Wölfchen, sehnte sich danach, von ihm umarmt zu werden, seine Haut zu spüren, wieder mit ihm zusammen zu sein. Wie gerne wäre er mit ihm spazieren gegangen, hätte mit ihm geredet, läge er mit ihm in einem Bett. Und wenn er aus dieser Erregung zurückfand, peinigte ihn sein Gewissen umso heftiger, seine innere Stimme verfluchte ihn für diese erneute Entgleisung.

»Ich bin schuldig geworden, Vater«, sprach er mehrmals am Tag laut vor sich hin und wusste dabei selbst nicht recht, ob er seinen Vater Pius Ringeling oder den himmlischen Vater ansprach.

Im März bot die Musiklehrerin beiden Abiturklassen einen Tanzkurs an. Bis zum Beginn der Prüfungen würde sie jeden Freitagabend in der Turnhalle der Schule zwei Stunden Tanzunterricht geben. Ausnahmslos alle Schüler der beiden Zwölften meldeten sich bei ihr, denn die städtische Tanzschule war überfüllt und hatte eine Warteliste, zudem war sie für die Schüler zu teuer. Die Musiklehrerin versprach, ihnen in den zwei Monaten den Walzer und den Foxtrott beizubringen sowie einige Tangoschritte, also ausreichende Kenntnisse für den Abi-Ball. Die Schüler sollten korrekt gekleidet sein, hatten aber ihre Turnschuhe mitzubringen, da die Halle nicht mit Straßenschuhen betreten werden durfte.

Friedeward ging, wie alle seine Mitschüler, am Freitag um sechs Uhr abends zum Tanzunterricht. Er war interessiert, wenn ihm auch die für alle ungewohnte körperliche Nähe zum anderen Geschlecht, die für die meisten seiner Schulkameraden gerade den Reiz am Tanzen ausmachte, unangenehm war. Einige der jungen Männer nutzten die Gelegenheit und drückten ihre Tanzpartnerinnen so heftig an sich, dass diese sich lautstark beschwerten und die Musiklehrerin wiederholt zu Ruhe und anständigem Benehmen aufrufen musste.

Zu Beginn der Stunde hatten sich die jungen Damen auf die niedrigen Bänke an der rechten Seite der Turnhalle zu setzen, die jungen Männer nahmen auf der gegenüberliegenden Seite Platz. Nach der Einführung gab die Lehrerin ein Zeichen, die Schüler hatten dann aufzustehen, durch die Halle zu den Schülerinnen zu gehen und sie mit einem Diener zum Tanz zu bitten. In den ersten beiden Stunden rannten einige stürmisch zu den Bänken auf der anderen Seite, um vor den anderen die Mädchen ihrer Wahl um den Tanz zu bitten. Nach mehrfachen Ermahnungen ging es disziplinierter zu, nun eilte man scheinbar gelassen, aber mit raschen Schritten hinüber, wobei die Favoritinnen belustigt den Eifer der jungen Männer beobachteten und sich, je nachdem, wer auf sie zutrat, geschmeichelt fühlten oder enttäuscht waren.

Friedeward stürmte nicht hinüber, er ging langsam und beklommen und forderte als Letzter eine der noch auf der Bank verbliebenen sieben Schülerinnen auf. Sieben Augenpaare waren sehnsuchtsvoll auf ihn gerichtet, da es einen Mädchenüberschuss gab, mussten die restlichen jungen Damen miteinander tanzen. Nach einem Kommando der Lehrerin hatten sich die Paare aufzustellen, ihre Tanzhaltung einzunehmen und auf den Beginn des Klavierspiels der Lehrerin zu warten.

Bereits in der zweiten Stunde hatte es sich ergeben, dass Friedeward stets dasselbe Mädchen aufforderte, eine

Gudrun aus der Parallelklasse, und da die Lehrerin von allen Schülern verlangt hatte, ihre Tanzpartnerin nach dem Unterricht noch nach Hause zu begleiten, war er mit ihr ins Gespräch gekommen. Gudrun war eine unschöne, kräftig gebaute junge Frau, ihr Oberkörper war schmal und mädchenhaft, aber ihr Hintern war ausladend und ihre Beine stämmig. Bei den ersten Walzerschritten war sie Friedeward aus den Händen gerutscht und fast gestürzt. Sie hatte ihn angefaucht: »He, pass auf. Du musst mich festhalten, sonst fliege ich auf den Arsch. Fass doch einmal richtig zu.«

Friedeward wurde verlegen und bemühte sich, sie energischer anzufassen und im Arm zu halten, doch das Mädchen war nie mit ihm zufrieden und mäkelte wiederholt an seiner Haltung herum.

Die beiden waren so häufig zusammen zu sehen, dass die Mitschüler überzeugt waren, sie seien ineinander verliebt und das neueste Paar an ihrer Schule. Gudrun stellte Friedeward ihren Eltern vor und ging mit ihm zu seinen Eltern, was ihm recht war, da nur eine Freundschaft mit einem Mädchen den Argwohn des Vaters besänftigen konnte. Bei gemeinsamen Spaziergängen in den umliegenden Wäldern drängte Gudrun darauf, geküsst zu werden, und verlangte von ihm, sie dabei richtig anzufassen, wie sie sagte. Es war ihm unangenehm, er fand es mitunter geradezu ekelhaft, aber er bezwang sich und tat, wozu sie ihn aufforderte. Als sie ihn fragte, ob er nicht einmal ihre Brüste sehen wolle, nickte er heftig und betrachtete sie dann mit großen Augen. Er berührte sie mit den Fingerspitzen und küsste sie, aber auch erst, nachdem sie ihn dazu ermutigt hatte.

Im Juni, direkt nach dem bestandenen Abitur, trennte Gudrun sich überraschend von ihm. Sie sagte ihm lediglich, er passe nicht zu ihr und sie habe sich in einen Maschinenschlosser verliebt, mit dem sie lieber zusammen sei.

Das Abitur bestand Friedeward nur mit einer Zwei. Er war in der Klasse abgerutscht, von den ersten Plätzen, die er einst mit Wolfgang eingenommen hatte, war er, zum Ärger seines Vaters, auf einem der mittleren gelandet, wodurch ein Studium an der medizinischen Fakultät für ihn in unerreichbare Ferne rückte. Es hatte sich schon vor Monaten abgezeichnet, dass er lediglich ein geisteswissenschaftliches Fach studieren könne, bei dem kein Einser-Abschlusszeugnis erforderlich war, was seinen Vater mehr grämte als ihn selbst, da ihn ohnedies die Philosophie und die Künste weit mehr interessierten als die Naturwissenschaften und die Medizin, deren Studium sein Vater für ihn erhofft und vorgesehen hatte.

Er hatte sich bereits im März, zwei Monate vor den Abiturprüfungen, um einen Studienplatz für Philosophie an der Friedrich-Schiller-Universität in Jena beworben und dafür sein Halbjahreszeugnis eingereicht.

Dieses war sehr gut, wies sehr viel bessere Zensuren auf als sein späteres Abiturzeugnis, und da er bei der Aufnahmeprüfung zwar kaum mit gelesenen philosophischen Texten aufwarten konnte, aber durch seine ungewöhnlich guten Kenntnisse der klassischen Literatur auffiel, wurde er, unter der Voraussetzung, dass er ein zufriedenstellendes Abschlusszeugnis seiner Schule vorlegen könne, zum Studium angenommen, und er machte sich noch vor den Abiturprüfungen auf die Suche nach einer geeigneten Unterkunft in seiner künftigen Universitätsstadt. Von einer Kriegerwitwe bekam er die Zusage, ab September eine ihrer beiden Stuben mieten zu können, da der derzeitige Bewohner, ein Student, zum Studienjahresende das Zimmer aufgekündigt hatte.

Ende Juni traf er unverhofft Wolfgang auf der Straße. Beide waren überrascht, Friedeward mehr noch als Wolfgang, da er nichts von dessen Rückkehr wusste. Sie standen sich einen Moment stumm gegenüber, fassungslos und glücklich. Sie berührten sich nicht, sie gaben sich nicht die Hand, verabredeten sich aber rasch für den Nachmittag an einer ihrer abgelegenen Badestellen und gingen sofort wieder auseinander. Erst als sie sich drei Stunden später am Ufer der Leine allein und unbeobachtet wiedersahen, fielen sie sich um den Hals und erzählten einander, wie es ihnen in den letzten Monaten ergangen war.

Wolfgang, der im fernen Herrnhut ebenfalls sein Abitur gemacht hatte, allerdings mit Auszeichnung, würde in zwei Monaten am Kirchenmusikalischen Institut, einer Abteilung der Hochschule für Musik in Leipzig, sein Studium aufnehmen. Sein Vater hatte ihm geschrieben, er möge nach bestandenem Abitur unbesorgt nach Heiligenstadt zurückkehren, denn jener Herr Ringeling, mit dem er seit jenem Vorfall kein Wort und keinen Gruß gewechselt habe, werde sich beruhigt haben oder, falls es ihm einfallen sollte, Wolfgang tatsächlich anzuzeigen, eine Gegenklage wegen Verleumdung zu fürchten haben. Denn wenn er erst Monate nach jenem unseligen Missverständnis zur Polizei gehe, müsste er sich ein paar unangenehme Fragen gefallen lassen.

»Und nun gehst du nach Leipzig?«

»Für fünf Jahre.«

»Und ich studiere in Jena. Philosophie. Auch wenn man damit kein Brot verdient. Aber es interessiert mich. Viel lieber würde ich Germanistik studieren, aber das ist total überlaufen, da nehmen sie nur jeden Zwanzigsten. Bei meinen Zensuren hatte ich keine Aussicht auf eine Zulassung. Ich konnte mich in der Schule auf nichts mehr konzentrieren, seit du weg warst. Ich wusste nicht, wo du bist, ob ich dich je wiedersehe. Und nur, weil ich darauf gehofft habe, dich wiederzusehen, bin ich bei meinen Eltern geblieben, sonst wäre ich auf und davon. Nach Amerika oder noch weiter.«

»Noch weiter? Was ist denn noch weiter?«

»Na ja. Ich wollte mich umbringen. Ich wollte, dass wir beide uns zusammen umbringen. Das habe ich mir oft vorgestellt.«

Wolfgang küsste Friedeward, dann lagen beide reglos nebeneinander, hingen ihren Gedanken nach, genossen das Glück, sich wiederzuhaben. Als es im Gebüsch knackte, zogen sie rasch ihre Sachen an, verhielten sich dabei aber möglichst ruhig, um nicht entdeckt zu werden. Auf dem Heimweg versprachen sie sich gegenseitig, künftig vorsichtiger zu sein und sich nie wieder in der Stadt zu treffen. Friedeward fragte den Freund, wie es Helga gehe, ob sie immer noch zusammen seien.

Wolfgang lächelte: »Ich werde Helga irgendwann heiraten. Dann wird es für uns beide leichter.«

Friedeward nickte nur. Die Vorstellung, sein Freund würde ein Mädchen heiraten, bedrückte ihn, aber es war wohl eine vernünftige Entscheidung. Widersinnig, aber angebracht, um ihre Liebe nicht zu gefährden.

Die beiden sahen sich selten in Heiligenstadt, und wenn sie sich trafen, so immer an entlegenen, versteckten Stellen. Sie unterhielten sich angeregt, nie fehlte es ihnen an Gesprächsstoff, und es war, als wollten sie die verlorene Zeit der erzwungenen Trennung mit einem noch intensiveren Austausch ihrer Gedanken und Zukunftspläne wettmachen. Friedeward sprach mit dem Freund auch über seine Angst, denn wenn ihr Tun herauskäme, müsse er nicht nur mit der Verachtung seines

Vaters leben, sondern auch mit der seiner Familie und der gesamten Umgebung; und darüber, dass ihn die Sorge um sein Seelenheil umtreibe. Auch Wolfgang hatte sich viele Gedanken dazu gemacht, hatte aber ganz andere Schlüsse gezogen. Er sprach von der Liebe, die laut der Bibel und der Glaubenslehre das Wichtigste und Höchste sei, und folglich müsse ihre Liebe gleichfalls gesegnet sein, alles andere sei Mittelalter und unaufgeklärtes Denken, das mit der Zeit ebenso zum Erliegen kommen werde wie einst die Verfolgung von Hexen und Zauberern. Schon bald würde ihr Empfinden und ihr Tun nicht mehr verboten sein. Friedeward hörte den Worten seines Freundes erleichtert zu, die drohenden Gespenster jedoch wurde er nicht völlig los, immer wieder befielen ihn Selbstzweifel und Ängste, die Furcht, sein ewiges Seelenheil für immer aufs Spiel gesetzt zu haben, saß zu tief.

Pius Ringeling war nicht entgangen, dass der junge Zernick wieder in der Stadt war. Er nahm es grimmig, aber schweigend hin und überwachte seinen Sohn nun noch stärker.

Ende August reisten Friedeward und Wolfgang nach Jena und Leipzig. Friedeward fuhr am siebenundzwanzigsten August, einem Mittwoch, nach Jena, einen Tag später reiste sein Freund aus Heiligenstadt ab, doch traf er erst am dreißigsten August in Leipzig ein, er hatte zuvor in Jena Zwischenstation gemacht, um völlig unbeschwert einen Tag und eine Nacht mit dem Freund zu verbringen. Die beiden erkundeten Friedewards neuen Wohnort, gingen zusammen in die Studienabteilung, wo Friedeward sich immatrikulieren musste, und machten am Spätnachmittag einen ausgedehnten Spaziergang zur Schweizerhöhe mit dem Bismarckturm.

Wolfgang konnte im Zimmer des Freundes übernachten, der Vermieterin gefielen die beiden gut erzogenen und höflichen jungen Männer, sie zeigte ihnen am Abend Fotografien ihres gefallenen Mannes, die sie sich scheinbar interessiert ansahen, stellte für den Besucher ein Feldbett zur Verfügung und machte am nächsten Morgen sogar für beide Frühstück. Als Friedeward sich bei ihr erkundigte, ob es möglich wäre, dass Wolfgang ein- oder zweimal im Monat in seinem Zimmer übernachte, gab sie direkt ihr Einverständnis, fügte aber hinzu, Besuche und Übernachtungen von

Mädchen seien nicht erwünscht, denn das gäbe nur Gerede im Haus und sie müsse auf ihren Ruf achten.

Friedewards anfängliche Begeisterung für das Philosophiestudium schwand bereits während des ersten Semesters. Die Jenaer Universität hatte bereits vor sechs Jahren und als erste Hochschule des Landes ein Institut für Dialektischen Materialismus gegründet und die Studenten aller Fakultäten verpflichtet, in den ersten Semestern einen Grundkurs Marxismus-Leninismus zu absolvieren, sich einer *Rotlichtbestrahlung* zu unterziehen, wie einige der Studenten es abfällig nannten. Auch war die philosophische Fakultät derart auf die neue Staatsideologie ausgerichtet, dass Friedeward allein für die Geschichte der Philosophie Interesse aufbrachte und für die Klassische Logik, die eine Pflichtveranstaltung war und von den meisten Studenten als zu mathematisch gefürchtet wurde. Wann immer es der für die Erstsemester streng reglementierte Stundenplan zuließ, fuhr Friedeward nach Leipzig zu Wolfgang. Sie besuchten gemeinsam fakultätsübergreifende Vorlesungen angesehener Professoren der Künste, der Musik und der Germanistik – eine Vorlesungsreihe, die traditionell am Mittwochabend stattfand.

Der Große Hörsaal mit seinen mehr als dreihundert Plätzen war meist schon lange vor Beginn der Vorlesung überfüllt, die Studentinnen und Studenten setzten sich sogar auf die Fensterbretter und Treppenstufen, um den berühmten Rednern zu lauschen. Der Große Hörsaal befand sich in einem der bombardierten Universitätsgebäude, in der Vorhalle türmten sich riesige Trümmerstücke, die Gänge waren notdürftig freigeschaufelt worden und zwischen den Scherben und dem Schutt lagen Dreck und Tierkot. Der größte Andrang herrschte bei den Vorlesungen eines alten Philosophen mit bewegender Vita und glänzendem Renommee, dessen Namen man in der ganzen Stadt geradezu ehrfurchtsvoll aussprach. Die Studenten nannten ihn nur *Hegel-auf-Erden*. Ähnlich voll wie bei seinen Vorlesungen war der Hörsaal nur bei denen des Institutsleiters der Germanistik, eines beleibten Herrn, der keinen Blick für sein Auditorium hatte, stets rasch zum Pult eilte und in einem sprudelnden, sich überstürzenden Redeschwall die Zuhörer mit geistvollen, mäandernden Sätzen, die er immer korrekt und fehlerlos beendete, in Begeisterung versetzte. Auch ihn nannten die Studenten unter sich nie bei seinem Namen, sondern nur *Goethe-höchstselbst*.

Bei diesen Vorlesungen fand Friedeward, wonach er gesucht hatte und weswegen er sich für sein Studienfach entschieden hatte, nämlich ein lebendiges philosophisches Denken, einen wachen Verstand, der den Geist der Zeit zu erfassen suchte. Hier wurde einem nicht für jedes Problem eine Lösung präsentiert, gebunden an eine Ideologie, an die er zu glauben hatte, hier wurden die Rätsel der Welt nicht gelöst, sondern eher als ebenso dringliche wie unlösbare Aufgaben benannt. Er beneidete Wolfgang, weil dieser zu allen Vorträgen gehen konnte, während ihn seine Jenaer Verpflichtungen – bei fast allen seinen Lehrveranstaltungen wurden Anwesenheitslisten geführt – sehr oft davon abhielten, mitten unter der Woche in Leipzig sein zu können.

Nach den Vorlesungen ging man meist noch mit Kommilitonen in eines der Cafés in der Innenstadt, wo man bei Tee oder Muckefuck weiterdiskutierte. Bei einer dieser Gelegenheiten, nach einer Vorlesung über Büchner, lernten die beiden Freunde Jacqueline kennen. Sie war für zwei Jahre zum Studium der Dramaturgie am Deutschen Theaterinstitut in Weimar-Belvedere gewesen und hatte anschließend nach Leipzig gewechselt, wo ihr am theaterwissenschaftlichen Institut ein ergänzendes Zusatzstudium samt einer Stelle als Doktorandin angeboten worden war. Jacqueline war zwei Jahre älter als die beiden Freunde, doch gemeinsame Interessen und Ansichten verbanden sie und ließen sie den Altersunterschied vergessen. Die drei trafen sich nun häufiger und unterhielten sich angeregt miteinander.

Gelegentlich erschien Jacqueline zu diesen Vorlesungen mit einer Professorin ihrer Fakultät, Herlinde Grosser, einer fünfzehn Jahre älteren Frau, die Jacquelines Arbeit betreute und die sie offenbar sehr verehrte und schätzte. Der Professorin gefielen die beiden jungen Männer ebenfalls, und zwischen den vieren entwickelte sich eine so herzliche Freundschaft, dass sie sich alle bald duzten und Friedeward es nun noch mehr bedauerte, durch sein Philosophiestudium an Jena gebunden zu sein, zumal ihm auch Leipzig als Studentenstadt besser gefiel und er nun viel lieber ein Kunststudium begonnen hätte oder ein Studium der Theaterwissenschaft wie Jacqueline oder der Germanistik bei jenem quirligen Professor, den er so verehrte.

Zu Beginn von Wolfgangs und Friedewards zweitem Semester im Frühjahr 1953 feierte Jacqueline ihren einundzwanzigsten Geburtstag und hatte ihre halbe Seminargruppe eingeladen. Herlinde hatte ihr angeboten, die Feier in ihrer Wohnung auszurichten, da in Jacquelines Studentenzimmer die vielen Gäste keinen Platz gefunden hätten und eine Geburtstagsfeier in einer Gaststätte für die Studentin unbezahlbar war. Jacqueline hatte also gemeinsam mit drei Freundinnen in Herlindes Küche ein Festmahl gekocht, dann im großen Wohnzimmer verschieden hohe Tische zu einer Tafel zusammengestellt und festlich gedeckt. Die Gäste erschienen pünktlich und brachten Wein, Bier und Saft mit.

Als Friedeward auf den Balkon trat, um eine Zigarette zu rauchen, traf er dort auf Jacqueline und Herlinde. Er hatte den Eindruck, zu stören, und wollte ins Zimmer zurückgehen, aber Herlinde hielt ihn zurück. Sie unterhielten sich eine Weile und kamen schließlich auf Friedewards Studium zu sprechen. Herlinde wusste aus früheren Gesprächen, dass er in Jena unzufrieden war, und brachte nun die Idee auf, die Universität zu wechseln. Immatrikuliert sei er ja, es sei also eine reine Formsache.

»Umimmatrikulieren? Geht denn das?«

»Na klar, natürlich kann man den Studienplatz wechseln. Es ist aufwändig und du brauchst zuerst die Zusage der neuen Fakultät, aber da könnte ich dir behilflich sein.«

»Das wäre toll. Am liebsten möchte ich aber auch das Fach wechseln. Etwas mit Kunst oder Germanistik, das würde mir gefallen, glaube ich.«

»Das wird dann etwas schwieriger, aber unmöglich ist es nicht. Gib mir Bescheid, wenn du dich entschieden hast, dann werde ich sehen, was ich tun kann.«

»Da muss ich nicht lange überlegen. Ich komme lieber heute als morgen nach Leipzig.«

»Na schön, dann spreche ich mit dem Prorektor. Gib mir über Jacqueline deine Unterlagen, Abi-Zeugnis, Immatrikulationsbescheinigung und so weiter. Dann werden wir sehen.«

»Danke. Großen Dank, Herlinde.«

Die Geburtstagsfeier endete nachts um eins mit einem Zwischenfall. Einer der Studenten hatte, betrunken wie er war, Jacqueline begrapscht, sie hatte ihn zurückgestoßen, woraufhin er sie als verklemmt beschimpfte, als frigide, lesbische Nutte. Daraufhin griff Friedeward den völlig überraschten Kerl am Jackett, ohrfeigte ihn und stieß ihn grob zur Wohnungstür hinaus. Der Betrunkene grölte und fluchte noch eine Weile im Hausflur, bis die Nachbarn sich den nächtlichen Lärm verbaten und ihn aus dem Haus jagten.

Als die Gäste gegangen waren, halfen die drei Freunde Jacqueline beim Abräumen und Abwaschen. Wolfgang und Friedeward stellten Tische, Stühle und Sessel zurück und brachten den Müll hinunter. Als sie damit fertig waren, verabschiedeten sie sich, Jacqueline wollte nicht mit ihnen mitkommen, sondern mit Herlinde in aller Ruhe ein letztes Glas trinken, um auf ihren Geburtstag anzustoßen.

»Die Sache mit diesem Idioten tut mit leid«, meinte Friedeward, »du hast aber auch bescheuerte Kommilitonen.«

»Der ist nicht aus meinem Seminar. Ich weiß gar nicht, was der studiert. Er ist ein Freund von Evelyn, und sie hatte mich hundertmal gebeten, ihn mitbringen zu dürfen.«

»Ich hoffe, er hat seine Lektion gelernt.«

»War nicht so schlimm, Friedl. So was sind wir gewohnt. Glaub mir, es gibt kein Mädchen, keine Frau, die das nicht ab und zu erlebt. Männer sind merkwürdig konstruiert. Kaum haben sie zwei Gläser getrunken, wollen sie an einem herumgrapschen. Liegt bei euch wohl in den Genen.«

»Nicht bei mir, Jacqueline, ich grapsche nicht. Und Wolfgang auch nicht.«

»Dann seid ihr zwei die große Ausnahme. Kommt gut nach Hause. Ich mache mich auch bald auf den Weg.«

Herlinde Grosser gelang es tatsächlich innerhalb weniger Wochen, dass Friedeward nach Leipzig wechseln konnte. Es war ihren guten Beziehungen zum Prorektorat zu verdanken, dass Friedeward bereits vierzehn Tage nach Beginn des neuen Semesters sein Studium der Germanistik aufnehmen konnte. Eine mit Herlinde befreundete Dozentin der Germanistik hatte für Friedeward einen Studienplan erstellt, den er selbständig und in kürzester Zeit zu bewältigen hatte, um die versäumten Lehrveranstaltungen der ersten Monate nachzuholen, was ihm durch seine literaturhistorischen Kenntnisse leicht gelang.

Die Lehrveranstaltungen bei den Germanisten interessierten ihn sehr viel mehr als die staatstreuen Seminarinhalte in Jena. Zwar mussten auch die Leipziger Erstsemester die unvermeidliche *Rotlichtbestrahlung* über sich ergehen lassen, doch im Unterschied zu ihren Jenaer Kommilitonen nahmen sie sie gelangweilt und ohne allzu großen Eifer hin als ein Übel, das sie auf ihrem Weg zum Deutschlehrer, Lektor oder Literaturkritiker in Kauf nehmen mussten. Was sie wirklich interessierte, war, das *Geheimnis der Meister* aufzuspüren, wie ein Dozent es nannte, und so übten sie sich leidenschaftlich in Interpretationen, stritten über Stilfragen, quälten sich durch mittelhochdeutsche Texte und lauschten gebannt, wenn ihnen ein verehrter Professor Verse oder Prosastellen erläuterte und erhellte, die ihnen zuvor belanglos erschienen waren. Sie waren stolz darauf, bei derartigen Koryphäen studieren zu dürfen, auf die ganz Leipzig stolz war und die überall in der Stadt, in jedem Café mit bewundernden Blicken bedacht wurden und deren Namen selbst den Taxifahrern vertraut waren. Jene verehrten Professoren waren die heimlichen, die eigentlichen Fürsten von Leipzig, und auf diejenigen, die in ihren Lehrveranstaltungen saßen und ihnen lauschen konnten, fiel etwas von dem Glanz ihrer majestätischen Würde.

Schwierig für Friedeward war allein die Wohnungssuche. Mitten im Semester war es aussichtslos für einen Studenten, ein Zimmer zu finden. Er zog daher in Wolfgangs Zimmer mit ein, dessen Wirtin stimmte gerne zu, verdoppelte jedoch die Miete für den kleinen Raum. Der Schreibtisch verschwand aus dem Zimmer, damit ein zweites Bett aufgestellt werden konnte. Wolfgang war ohnehin den ganzen Tag in den Proberäumen und Hörsälen der Hochschule und Friedeward las und schrieb in der Universitätsbibliothek und der Deutschen Bücherei. Dort, zwischen den deckenhohen Regalen, fand er die Ruhe, die er brauchte, um sich zu konzentrieren.

Doch bereits zwei Monate später wurden ihm von vier verschiedenen Seiten Zimmer angeboten. Im ganzen Land hatte es einen kurzen, heftigen Aufstand gegeben, eine gewaltsame Rebellion, die erst mit dem Einsatz sowjetischer Panzer ein Ende fand. Auch in Leipzig war es zu Demonstrationen, Krawallen und Ausschreitungen gekommen, es war eine nächtliche Ausgangssperre verhängt worden, die Bevölkerung wurde mit Lautsprecherwagen aufgefordert, Ruhe zu bewahren und die Ordnungskräfte bei ihrer Arbeit nicht zu behindern.

Als die Gewalt in den Straßen nachts, aber auch am Tage zunahm, verschwanden die Lautsprecherwagen, die Straßenbahn stellte den Verkehr ein, und es gab Aufrufe zum Generalstreik. Erst als sowjetische Panzer in die Innenstadt rollten und die zentralen Plätze besetzten, wurde es wieder ruhig.

Herlinde hatte ihre Freunde dringend ermahnt, sich zurückzuhalten.

»Es kann nicht gutgehen«, sagte sie immer wieder, »mit bloßen Händen gegen schwer bewaffnete Polizei und gegen eine Armee mit Maschinengewehren und Panzern angehen zu wollen, ist Wahnsinn. Das wird für alle, die sich daran beteiligen, ein schlimmes Erwachen geben. Haltet euch raus. Verschwindet, sobald sich um euch herum in der Stadt etwas tut, ihr plötzlich in einem Menschenauflauf steht oder gar Armee auftaucht.«

Die Aufständischen waren nach drei Tagen bezwungen, waren verhaftet worden oder über die grüne Grenze nach Westdeutschland geflohen. Die Zeitungen waren voll mit Berichten über vermeintliche Gräueltaten der Aufständischen, bebildert mit Fotos der bereits Inhaftierten und Fahndungsfotos. Auch die Uni-Zeitung kannte nur dieses eine Thema. Mehr als hundert Studenten und sogar einige Lehrkräfte hatten sich wohl am Aufstand beteiligt. Die Verfasser der Artikel gingen mit den aufständischen Dozenten und Studenten hart ins Gericht: Wer sich der Zerstörung öffentlichen Eigentums schuldig gemacht habe, sei nicht würdig, einer Universität anzugehören, die seit sechs Wochen den Namen des großen Karl Marx tragen dürfe. Diese Personen hätten mit Gefängnisstrafen zu rechnen oder müssten sich künftig in der Produktion bewähren.

Die Zimmer der verhafteten oder geflohenen Studenten standen über Nacht leer und zum ersten Mal sah man am Schwarzen Brett der Germanistischen Fakultät handgeschriebene Anschläge, auf denen – zumeist von alleinstehenden, verwitweten Frauen – freie Zimmer angeboten wurden. Auf den Zetteln stand mehr oder weniger überall dasselbe, gesucht wurden *solide, gut erzogene* Studenten, die sich *hilfsbereit beim Brikettholen und bei kleineren Verrichtungen* zeigten.

Ende Juni konnte Friedeward in ein sehr schönes Zimmer im Musikerviertel einziehen, die Universitätsbibliothek war nur ein paar Schritte weit entfernt und zu seiner Fakultät gelangte er nun zu Fuß. Erst jetzt schrieb er seinen Eltern, er habe von Jena nach Leipzig und von der Philosophie zur Germanistik gewechselt; er hatte Sorge tragen müssen, dass sie nicht bei einem überraschenden Besuch sein Schlafquartier bei Wolfgang entdeckten. Deshalb hatte er sie in den Wochen zuvor in dem Glauben gelassen, dass er noch in Jena studierte, die Post ließ er sich nachsenden und seine eigenen Briefe an die Eltern – er schrieb ihnen nur einmal im Monat – schickte er zu einem früheren Kommilitonen, der sie in Jena in den Briefkasten warf. Seine ehemalige Vermieterin, die Kriegerwitwe, hatte er gebeten, seinen Namen auf ihrem Klingelschild stehen zu lassen, so dass der Vater bei einem unangekündigten Besuch zwar nicht seinen Sohn antreffen würde, aber zumindest dessen Namen vorfand. Die Vermieterin fand das zwar merkwürdig und bedachte ihn mit einem misstrauischen Blick, ließ sich aber darauf ein.

Am Ende des zweiten Semesters hatte Friedeward alle Prüfungen für das gesamte Studienjahr erfolgreich bestanden und gehörte trotz seines verspäteten Studienbeginns zu den Besten seiner Seminargruppe. Bei seinen Kommilitonen war er beliebt. Sie wussten von ihm nur, dass er sein Studium in Jena begonnen hatte, und glaubten, er wäre dort für Germanistik immatrikuliert worden. Herlinde hatte ihm geraten, in seiner neuen Seminargruppe nichts von einem Philosophiestudium zu erzählen, sein reibungsloser Wechsel nach Leipzig war doch recht ungewöhnlich, und sie wollte nicht, dass ihr Anteil daran bekannt wurde.

»Schlafende Hunde soll man nicht wecken«, meinte sie leichthin, »du hast Glück gehabt und ich habe deinem Glück etwas nachgeholfen, aber das muss keiner wissen.«

Die Studienjahrs-Abschlussfeier seiner Seminargruppe versäumte Friedeward, da Jacqueline ihn und Wolfgang zur Feier der Theaterwissenschaftler eingeladen hatte. Sie feierten traditionell gemeinsam mit den Schauspielschülern, und ihre Feiern in der Schauspielschule waren legendär und der krönende Abschluss eines jeden Studienjahres. Die Mädchen hatten Salate vorbereitet, und ein Student brachte fünf riesenlange Brote, die sein Vater, ein Bäcker in der Großküche der früheren *Brabag*, eines Kombinats in Böhlen, für die Studenten gebacken und mit einem firmeneigenen Lieferwagen direkt zur Schauspielschule gebracht hatte. Für die Getränke hatte jeder selbst zu sorgen, und so stand neben jedem Stuhl ein Beutel mit Flaschen.

Friedeward und Wolfgang wurden von Jacquelines Kommilitonen eingehend gemustert, glaubten doch alle, einer der beiden sei ihr fester Freund, und Jacqueline befeuerte diese Vermutung noch, da sie mit ihnen zusammen am Tisch saß und auch mit niemand außer den beiden tanzte. Herlinde kam mit ein paar anderen Dozenten für eine halbe Stunde in den Festsaal, unterhielt sich mit einigen Studenten und verschwand rasch wieder.

Am späteren Abend wurde die Gesellschaft lauter und es gab unüberhörbar Auseinandersetzungen. Eine Studentin stritt sich mit einem anderen Mädchen, das ihr den Freund ausgespannt habe, eine andere ohrfeigte einen der Schauspielstudenten, da er ihr beim Tanzen in den Schritt gefasst habe, was die anderen nur grinsend zur Kenntnis nahmen.

»Sie grapschen schon wieder, diese hirnlosen Primaten«, kommentierte Jacqueline die Sache, »sie können es einfach nicht lassen. Was denken die sich eigentlich, was eine Frau dabei spürt oder empfinden soll? Lust? Erregung?«

»Die sind nur besoffen und können sich morgen an nichts mehr erinnern«, erwiderte Wolfgang.

»Es ist widerlich und du solltest nicht versuchen, sie zu entschuldigen«, fuhr sie ihn an.

»Tu ich doch gar nicht. Ich finde es auch idiotisch.«

Als Friedeward Jacqueline gegen Mitternacht nach Hause brachte, sprach sie nochmals über den Vorfall auf der Feier und fragte ihn, ob er denn tatsächlich nie Frauen anfasse. Und als er es erneut bestätigte, blieb sie abrupt stehen und sagte: »Dann wärst du der ideale Freund für mich. Wenn ich sicher sein könnte.«

»Das kannst du.«

Sie gingen schweigend weiter, dann blieb Jacqueline stehen, wartete, bis Friedeward ihr in die Augen sah, und fragte dann lächelnd: »Und Wolfgang? Fasst du ihn an?«

Friedeward wurde rot und schüttelte den Kopf.

»Wirklich nicht?«

»Hältst du mich für so einen? Für einen, der andersherum ist?«

»Wär das denn schlimm? Für mich nicht.«

»Und außerdem ist das strafbar. Sodomie ist strafbar, dafür gibt es einen Paragraphen.«

»*Sodomie*? Wo hast du denn so ein Wort her? Das ist wohl aus der Bibel oder aus dem vorigen Jahrhundert.«

»Das heißt aber so.«

»Nein, so heißt das nicht. Das heißt homosexuell oder schwul, aber Sodomie, das ist, wenn man sich mit Tieren abgibt.«

»Es ist strafbar.«

»Ja, mein Gott, es ist strafbar. Es ist aber auch strafbar, bei Rot über die Straße zu laufen, und das haben wir gerade gemacht.«

»Wie kommst du darauf? Wieso glaubst du, Wolfgang und ich wären …«

»Herlinde meinte es. Sie findet nichts dabei und ich auch nicht. Ich weiß nicht, warum das strafbar ist. Ich weiß nicht, was das irgendjemanden angeht.«

Sie liefen schweigend weiter, tief in Gedanken. Friedeward hatte ihr versprochen, sie bis zur Fregestraße zu begleiten, wo sie ein Zimmer gemietet hatte.

Vor ihrer Haustür blieb Jacqueline stehen und sagte nochmals: »Mir kannst du es sagen, Friedeward.«

Sie kreuzte die Zeigefinger und legte sie sich auf die Lippen.

»Ist das ein Zeichen? Was heißt das?«

»Das bedeutet: ewiges Schweigen«, antwortete sie.

Er lachte, dann schüttelte er den Kopf: »Nein, Wolfgang und ich, wir sind nur befreundet.«

»Hast du denn eine Freundin?«

»Nein. Aber Wolfgang hat eine. Die sind so gut wie verlobt.«

»Schade. Ich dachte …«

»Was dachtest du?«

»Mit hätte es gefallen, wenn ihr beide mehr wärt als nur Freunde.«

»Warum denn? Wieso sagst du das?«

»Weil es nun einmal so ist. Wenn du schweigen kannst, dann könnte ich dir etwas erzählen. Ein geheimes Geheimnis.«

»Ich kann schweigen. Wie ein Grab.«

»Mach das Zeichen.«

Friedeward kreuzte seine Zeigefinger und legte sie über seinen Mund.

»Mein Freund ist eine Frau.«

Friedeward starrte sie verständnislos an. Jacqueline lachte auf und stupste ihn an.

»Verstehst du nicht? Ich bin vom anderen Ufer. Ich bin lesbisch.«

»Du bist …?«

»Ja.«

»Und wer ist deine Freundin?«

»Alles geheim. Und nun sag du. Bist du auch sträflich verliebt? Mir kannst du es sagen.«

Friedeward nickte verlegen und wurde hochrot.

»Und dein Freund ist Wolfgang?«

Er nickte wieder und wand sich vor Verlegenheit.

»Schön. Das gefällt mir. Da können wir Freunde bleiben.«

»Ist Herlinde …?«

»Was meinst du?«

»Ist es Herlinde?«

»Sie ist auf jeden Fall meine Freundin. Unsere Freundin.«

Jacqueline lachte auf, dann legte sie nochmals die gekreuzten Zeigefinger über ihren Mund, küsste Friedeward auf die Wange, schloss die Tür auf und rannte ins Haus.

Zwei Tage später hatte Friedeward seine letzte Lehrveranstaltung, ein Seminar, in dem ein junger Dozent der Linguistik über Grammatikmodelle mit ihnen sprach, und reiste dann allein nach Heiligenstadt. Mit Wolfgang war verabredet, dass sie sich dort nicht trafen, sie wollten jedoch zwei Wochen zusammen an der Ostsee verbringen und hatten bereits Anfang des Jahres einen Zeltplatz in Markgrafenheide gebucht. Ihren Eltern wollten sie erzählen, dass sie Urlaub mit ein paar Kommilitonen machen würden, keinesfalls durften sie riskieren, dass sie ihnen auf die Schliche kamen.

Gleich am ersten Ferientag bat Pius Ringeling seinen Sohn in sein Arbeitszimmer und wollte die Gründe für den Studienwechsel erfahren. Friedeward erzählte, dass die Ausrichtung des Philosophiestudiums in Jena nicht seinen Erwartungen entsprochen und er nach einer Möglichkeit gesucht habe, ans Germanistische Seminar nach Leipzig zu wechseln. Nach einem gespielten Zögern gestand Friedeward seinem Vater, der eigentliche Grund für den Wechsel nach Leipzig sei ein Mädchen, in das er sich verliebt habe. Der Vater nahm es sichtlich zufrieden auf und fragte nach ihrem Namen.

»Jacqueline Duehren«, sagte er, »sie studiert Theaterwissenschaft.«

Der Vater wollte wissen, wo und wie er sie kennengelernt habe, welche Berufe ihre Eltern ausübten, und schien über das, was er hörte, erleichtert zu sein. Friedeward hatte erzählt, er habe Jacqueline auf einer Geburtstagsfeier in Jena kennengelernt, wo sie eine Freundin besucht habe. Dann ging der Vater mit Friedeward ins Wohnzimmer und er musste seiner Mutter alles noch einmal berichten. Pius Ringeling öffnete eine Flasche Wein und schenkte allen ein Glas ein, dann trank er auf Jacquelines Wohl und sagte, er hoffe, sie würden sie bald kennenlernen. Friedeward nickte und sagte, sie wollten mit ein paar Kommilitonen zum Zelten an die Ostsee fahren und vielleicht fände Jacqueline danach noch Zeit, nach Heiligenstadt zu kommen.

Wolfgang traf sich in den Sommerferien alle drei, vier Tage mit Helga in Leinefelde oder Heiligenstadt, meist spazierten sie dann händchenhaltend durch den Ort. Friedeward vermied es, sich mit ihnen zu treffen, er wollte nicht erneut den Argwohn seines Vaters erregen, den er mit der Geschichte seiner angeblichen Freundin Jacqueline endgültig besänftigt zu haben schien.

Mitte Juli fuhren die beiden Freunde an die Ostsee. Wolfgang reiste drei Tage eher ab, seinen Eltern und Helga hatte er etwas von einer Werkstattwoche seines Seminars erzählt. So konnte er leider nicht wie im Vorjahr das Zelt der Kriegerwitwe ausleihen, hatte aber vorsorglich in Leipzig bei seinen Bekannten herumgefragt und ein großes Vier-Mann-Zelt aufgetrieben.

Als Friedeward abreiste, baten die Eltern wiederholt, Jacqueline von ihnen zu grüßen und sie nach Heiligenstadt einzuladen. Er versprach es und meinte, sie würde entweder auf dem Rückweg, ansonsten aber gewiss noch in den Semesterferien nach Heiligenstadt kommen.

Als Friedeward auf dem Zeltplatz eintraf, hatte Wolfgang das Zelt bereits aufgebaut. Auf dem kleinen Kocher hatte er zur Begrüßung eine Suppe gekocht, wie er sagte, in Wahrheit jedoch zwei Beutel Fertigsuppe in Wasser aufgelöst und durch kleingeschnittene Bockwürste und Petersilie, die er nächtens in einem Vorgarten des Ostseebades gepflückt hatte, ergänzt.

Die Tage an der See waren wundervoll, sie fühlten sich so unbeschwert wie schon lange nicht mehr. Endlich hatten sie beide eine Möglichkeit gefunden, wie sie ihr Leben in Zukunft gestalten konnten. Wolfgang wollte mit Helga zusammenbleiben, die Verlobung würde er hinauszögern, ebenso eine Heirat, und vor der Eheschließung würde es nie zu einem intimen Kontakt zwischen ihnen kommen, das war für Helga ausgeschlossen und das hatte sie ihm unmissverständlich und zu seiner Erleichterung gesagt. Wie es nach der Verlobungszeit zwischen ihnen weitergehen würde, konnte er nicht absehen, doch das störte ihn nicht. Fünf oder sechs Jahre, in denen ihn keiner verdächtigen würde, habe er damit gewonnen, sagte er, und was dann passiere, kümmere ihn im Augenblick überhaupt nicht. Wichtig sei nur, dass er gefahrlos mit Friedeward zusammen sein könne.

Und Friedeward, der seinem Freund von dem letzten Gespräch mit Jacqueline erzählt hatte, erging sich in Fantasien einer Zweckgemeinschaft mit ihr. Sie hatte diese Möglichkeit schließlich angedeutet, und ein solches Arrangement schien ihm ideal zu sein, für ihn ebenso wie für sie. Vergnügt erzählte er Wolfgang, wie er seinem Vater bereits von seiner angeblichen festen Freundin erzählt habe, wie erleichtert die Eltern waren und wie sein alter Herr ihn zum ersten Mal in den letzten fünf Jahren fast herzlich umarmt hätte. Er würde bald mit Jacqueline nach Heiligenstadt fahren, um sie in Augenschein nehmen zu lassen. Daheim wie in Leipzig wäre diese Verbindung die allerbeste Tarnung. Und wenn es sein müsse, würde er eben eine Scheinehe mit ihr eingehen, damit wäre auch der letzte Hauch eines Zweifels an seiner Orientierung aus der Welt geschafft. Jacqueline könne endlich auch unbesorgt mit Herlinde zusammen sein – denn dass sie ihre Partnerin sei, läge ja auf der Hand. Sie malten sich ihr Leben aus, ein unbeschwertes, heiteres Leben, in dem ihnen von keiner Seite eine Gefahr drohte und sie zwar nur im Verborgenen, aber dafür unverdächtig ihre Liebe leben konnten.

Auf der Rückfahrt von Markgrafenheide nach Heiligenstadt reiste Friedeward über Leipzig, er wollte Jacqueline aufsuchen, um sie für seinen Plan zu gewinnen. Sie war nicht zu Hause. Er lief von der Fregestraße weiter zur Wohnung von Herlinde Grosser, er hoffte, Jacqueline bei ihr anzutreffen. Herlinde öffnete ihm in einem schlichten Hauskittel, der ihre großen, schweren Brüste nur unzureichend verdeckte. Sie war überrascht, Friedeward mitten in den Semesterferien zu sehen. Er fragte sie nach Jacqueline.

»Du hast Glück. Sie ist heute bei mir. Sie hilft mir bei der Semestervorbereitung.«

»Kann ich sie sprechen?«

»Aber bitte. Komm rein.«

Sie führte ihn ins Wohnzimmer, und einen Augenblick darauf erschien Jacqueline, gleichfalls nur in einem schlichten Hauskleid. Sie freute sich, als sie Friedeward sah, bat ihn, sich zu setzen, und fragte, ob sie ihm etwas anbieten könne. Er schüttelte den Kopf, sagte, er sei nur auf der Durchreise zu seinen Eltern, und bat darum, sie kurz und ungestört sprechen zu können. Lange hatte er sich in seinen Träumereien am Strand zurechtgelegt, was er ihr sagen wollte, aber nun vor ihr damit herauszurücken, fiel ihm schwer, und er kam ins Stottern. Er erinnerte sie an ihr nächtliches Gespräch nach der Abschlussfeier, erklärte ihr weitschweifig und verlegen, dass sie ihn damit auf einen verwegenen Gedanken gebracht habe, bevor er ihr endlich wortreich und umständlich all das erklärte, was er sich am Strand mit Wolfgang ausgemalt hatte. Als er ihr sagte, er habe seinen Eltern bereits von ihr erzählt, und dass sie auf ein baldiges Kennenlernen hofften, lachte Jacqueline auf und schüttelte sich.

»Das klingt gruselig. Ich als deine Verlobte im Haus deiner Eltern, nein, ich weiß nicht, ob ich das will. Ich würde sicher platzen vor Lachen. Und deine Mutter will vermutlich herauskriegen, wie gut ich kochen kann, oder?«

Friedeward versuchte ihr zu erklären, dass eine scheinbare Liebesbeziehung zwischen ihr und ihm ihnen allen helfen würde. Und überhaupt habe sie ihn doch erst auf diesen Gedanken gebracht.

»Warte«, sagte sie, ging hinaus und kam kurz darauf mit Herlinde zurück.

»So, nun erklär das bitte noch einmal. – Du musst wissen, Herlinde, unser Friedl hat sich mit Wölfchen etwas ausgedacht, was auch uns beide betrifft. – Also los, Friedl, erzähl ihr von eurem fabelhaften Plan.«

Friedeward wurde verlegen. Vor Herlinde, einer älteren Frau, über seine Absichten zu sprechen und sich damit zu offenbaren, war ihm unbehaglich. Er kam sich vor, als sitze er seinen Eltern gegenüber oder Priester Weidermann. Jacqueline fiel ihm ins Wort, wenn er zu lange herumdruckste, und brachte belustigt auf den Punkt, was er nur verworren herausbrachte. Herlinde hörte zu, ohne eine Miene zu verziehen.

»Sehr gut«, sagte sie endlich und nickte, »das ist gut durchdacht. Und du, Jacqueline, sei nicht so albern.

Friedls Plan ist gut. Er kann euch helfen, er könnte uns allen helfen. Lasst uns ein paar Tage darüber nachdenken. Wir sprechen darüber, wenn Friedeward wieder aus Heiligenstadt zurück ist.«

»Ich soll mich als Friedls Freundin ausgeben? Ich soll zu seinen Eltern fahren, zu stockkatholischen Frömmlern, und dort mit Friedl eine Komödie aufführen? Du spinnst doch.«

»Hast du denn eine bessere Idee? Was meinst du, wie es mit uns beiden weitergehen soll?«

»Aber muss ich deswegen einen Kerl heiraten? Ist das dein Ernst? Um Himmels willen, Herlinde!«

»Irgendwann wird es Gerüchte geben, Jacqueline. Irgendjemand sieht uns, zählt eins und eins zusammen, und denunziert uns. Wir müssten uns trennen, und ich bekäme womöglich ein Verfahren an den Hals. Nein, Jacqueline. Friedls Plan könnte auch dir und mir helfen. – Wir sprechen nach den Ferien darüber, Friedl. Grüß Wölfchen von mir. Ich muss wieder zurück an den Schreibtisch.«

Herlinde ließ die beiden allein. Jacqueline war immer noch irritiert von Friedewards überraschendem Besuch und seinem verrückten Vorschlag, aber da ihre Freundin ihn so ernsthaft zu erwägen schien, war sie ins Grübeln gekommen.

»Lass mir Zeit«, bat sie den Freund, »ich hab das damals eigentlich eher im Spaß gesagt. Es ist schon eine verrückte Idee. Aber du hast schon irgendwie recht. Lass uns darüber nachdenken, Friedl.«

»Egal, wie du dich entscheidest, ich hätte eine Bitte an dich. Eine große Bitte.«

»Und die wäre?«

»Wenn es dir irgendwie möglich ist, dann wäre es gut, wenn du mich wenigstens für einen Tag besuchen könntest.«

»Du meinst in deinem Heiligenstadt? Bei deinen Eltern?«

Friedeward nickte und sah sie eindringlich, fast flehentlich an.

»Ich habe ihnen erzählt, dass ich in Leipzig eine Freundin habe, dass ich ihretwegen von Jena weggegangen bin. Seit mein Vater Wölfchen und mich einmal erwischt hat, ist er misstrauisch. Er hat gedroht, Wölfchen anzuzeigen, weil er damals schon achtzehn war und ich nicht. Und irgendwie musste ich ihm erklären, warum ich unbedingt nach Leipzig wollte. Darum habe ich eine Freundin erfunden. Er wollte ihren Namen wissen, was sie macht, wo sie herkommt, und da habe ich an dich gedacht und deinen Namen genannt. Wenn du einmal, und sei's nur für einen Tag, zu uns kommen könntest, würdest du mir sehr helfen. Wölfchen und mir. Denn mein Vater bringt es fertig und zeigt ihn oder sogar uns beide an. Er ist so. Für ihn leben Leute wie wir in einer Todsünde, gegen die man angehen muss.«

»Und was soll ich da machen? Was erwartest du von mir? Händchen halten? Verliebt tun?«

»Nein, nichts dergleichen. Wir könnten durch die Stadt gehen, ich kann dir zeigen, wo ich aufgewachsen bin, dann würden wir mit meinen Eltern zusammen essen und du müsstest vermutlich hundert Fragen von ihnen beantworten, woher du kommst, was du so machst, wie wir uns kennengelernt haben und derlei Kram. Was Eltern halt so wissen wollen. Mir läge wirklich sehr viel daran. Ich muss jetzt einfach eine Freundin vorzeigen können, nachdem ich von dir erzählt habe. Sonst würden sie sich schon sehr wundern. Und ich will auf keinen Fall, dass mein Vater auf den Gedanken kommt, ich könnte die Freundin bloß erfunden haben.«

»Schreib mir eure Adresse auf. Ich denke darüber nach und spreche auch mit Herlinde. Ich schreibe dir, ob ich komme oder nicht.«

»Es wäre in jedem Fall gut, wenn du mir regelmäßig schreiben könntest, würdest du das tun? Vielleicht so einen Brief in der Woche – wäre das zu viel verlangt? Wenn meine Freundin sich nicht meldet, werden sich meine Eltern wundern. Ich muss vorsichtig sein, Jacqueline.«

Sie brachte ihn zur Wohnungstür. Beide lächelten sich an, als sie sich verabschiedeten, aber Friedewards Lächeln war matt, er war erschöpft und niedergeschlagen. Jacqueline wollte ihn aufheitern und versprach, alles in Ruhe zu überdenken und ihm jede Woche einen Brief zu schreiben, und sei es nur, dass sie einen leeren Zettel in ein liebevoll beschriftetes Kuvert stecken und ein Herzchen drauf malen würde.

Jacqueline kam in der letzten Augustwoche nach Heiligenstadt. Friedeward holte sie am Vormittag vom Bahnhof ab und sie spazierten gemächlich zum Haus seiner Eltern, wobei er ihr seine Schule und die Kirche zeigte. Sie gingen nochmal das Possenspiel durch, das sie gleich aufführen müssten.

Jacqueline war befangen, als Friedeward sie seinen Eltern vorstellte. Der Gedanke, dass sie Verliebtheit vorspielen musste, wo sie doch nur Freundschaft emp-fand, und dass sie sich Friedeward zuliebe keine Fehler erlauben durfte, machte sie beklommen. Außerdem ge-hörte sie keiner Kirche an, religiöse Gebräuche waren ihr unvertraut und sie hatte Sorge, sich beim Tischge-bet falsch zu verhalten. Betete man vor dem Essen laut oder nur im Stillen? Und sollte sie so tun, als bete sie mit, sollte sie ebenfalls den Kopf senken und die Hän-de falten, oder würden die strenggläubigen Eltern das eher für verlogen halten, gar gekränkt sein? So hielt sie sich vorsichtshalber eher zurück, achtete darauf, nicht zu viel zu reden, hörte aufmerksam zu, wenn Friede-wards Eltern sprachen, beantwortete beflissen jede ih-rer Fragen und war dabei stets darauf bedacht, ihr Spiel nicht zu verraten.

Durch ihr zwar ruhiges und besonnenes, aber dennoch selbstbewusstes Auftreten machte sie Eindruck auf Friedewards Eltern. Die junge Frau schien ihnen gut erzogen und ein ernsthafter Mensch zu sein, eine taugliche und hilfreiche Partnerin für ihren Sohn. Mit ihr an seiner Seite würde er nicht mehr auf solch absurde Kindereien kommen wie diese Sache mit Wolfgang Zernick damals. Kaum waren die beiden jungen Leute aufgebrochen – Friedeward brachte Jacqueline zum Bahnhof –, sprach Wilhelmine Ringeling auch schon von Verlobung und Hochzeit. Ihr Mann schüttelte den Kopf.

»Minchen, lass die Tassen im Schrank. Wir wollen froh sein, dass der Junge ein Mädchen mitgebracht hat. Dass sie keine Katholikin ist, macht mir ja schon sehr zu schaffen – aber ich bin erleichtert, dass sie, nun ja, eine Frau ist.«

»Das Mädchen wirkt sehr streng, Pius, nicht wahr? Hattest du nicht auch diesen Eindruck?«

»Streng? Ich weiß nicht. Auf mich wirkte sie patent. Sie weiß, was sie will. Und wenn sie mit Friedeward etwas energisch umgeht, umso besser. Der Junge braucht eine Hand, die ihn führt. Weißt du, was mir am meisten gefallen hat? Dass die beiden sich hier im Haus und vor uns manierlich aufführten. Minchen, du ahnst gar nicht, wie die jungen Leute sich heutzutage benehmen. Knutschen auf dem Schulhof, fingern aneinander herum, und das vor den Augen der anderen. Selbst vor der Pausenaufsicht haben sie keinen Respekt. Es ist widerlich. Und das hat mir an den beiden gefallen. Sie wissen, was sich gehört. Sie achten uns und lassen sich in unserer Anwesenheit nicht gehen.«

Dass die junge Frau eine Heidin war, wie Pius Ringeling es nannte, bekümmerte die Eltern sehr, aber die große Erleichterung darüber, dass ihr Sohn – nach der kurzen Episode mit dieser Gudrun – nun endlich ernsthaft mit einer jungen Frau zusammen war, überwog. Inzwischen hatte er hoffentlich endgültig jenen fatalen Kantorssohn, der ihn verführt und vom rechten Weg abgebracht hatte, vergessen. Und so dankten sie ihrem Gott von Herzen und baten ihn, Jacqueline den rechten Weg zu ihrem Glauben zu weisen.

Jacqueline und Friedeward sprachen wenig, als sie zum Bahnhof liefen.

»Fandest du es sehr schlimm?«, fragte Friedeward erst, als der Zug bereits langsam einfuhr und mit lautem metallischen Knirschen zum Stillstand kam.

»Nein, es ging schon. Aber die Vorstellung, dass wir das ein Leben lang machen sollen, ist gruselig.«

»Wenn du dich ein-, zweimal im Jahr bei ihnen sehen lässt, reicht das doch«, meinte er, »wir leben in verschiedenen Städten, da müssen wir sie ja nicht dauernd besuchen.«

Er half ihr die drei Stufen in den Waggon hoch.

In der offenen Tür sagte sie zu ihm: »Jaja, zu Weihnachten und zu den Geburtstagen muss ich dann das liebevolle Frauchen spielen. Die Verlobte. Und später vielleicht sogar die Ehefrau. Und was machen wir, wenn sie zu dir nach Leipzig kommen?«

»Dann lässt du dich mal für eine Stunde bei mir sehen. Und dann sagst du, du musst in die Hochschule. Das würde Vater sogar gefallen, für ihn geht die Arbeit über alles.«

»Ich weiß nicht, Friedeward.«

»Das schaffen wir schon.«

»Einfälle hast du!«

»Na, du hast mir ja diese verrückte Idee überhaupt erst eingepflanzt.«

Der Bahnbeamte eilte herbei, wies Friedeward schroff an, sofort zurückzutreten, um dann krachend die Tür zu schließen und seine Signalkelle zu heben.

Die beiden Paare lebten ihre Liebe im Verborgenen. Zu viert ging man aus, besuchte gemeinsam die Mittwochsvorlesungen im Großen Hörsaal, saß zusammen im Café oder im Kino. In der Öffentlichkeit hielten sie sich zurück, sie gingen nicht Arm in Arm, tauschten keine Zärtlichkeiten aus. Sie achteten streng darauf, sich nicht zu verraten, kontrollierten sich unablässig, jede Geste, jede leichthin gemachte Bemerkung konnte Verdacht erregen. Wenn sie unter sich waren, fiel die Anspannung von ihnen ab, sie gingen freimütig miteinander um, neckten sich gegenseitig liebevoll, und scherzten gar darüber, wie sehr sie sich verbiegen mussten, um ihre Mitmenschen nicht zu verstören. Doch so leicht und locker, wie sie in ihren vier Wänden auch über sich selber zu scherzen vermochten, so war es, wenn sie ihre Wohnungen, ihre Studentenbehausungen verließen, geboten, sich in einen Mantel von Gutbürgerlichkeit zu hüllen. Der Staat drohte mit Strafe, die Universität konnte eine Abweichung nicht hinnehmen, die Straße, die Kneipe, die Nachbarn, die ganze Stadt würde sie nicht weiter dulden.

Friedeward hatte sich in Leipzig mit Hilfe der Freunde schnell zurechtgefunden und eingelebt, das Studium begeisterte ihn, die Anforderungen in den unumgänglichen politischen Lehrveranstaltungen waren sehr viel anspruchsloser als bei den Philosophen in Jena, und selbst die von den Kommilitonen weniger geschätzten Linguistik- und Althochdeutschseminare hatten seine Neugier geweckt, und er vertiefte sich über die Pflichtlektüre hinaus in ein Terrain, das ihm bislang verschlossenen gewesen war.

Im Januar erschien überraschend *Goethe-höchstselbst* in einem Seminar zu Georg Büchner. Der rundliche Herr betrat, ohne anzuklopfen, den Raum, wedelte dem erschrockenen Assistenten, der das Seminar leitete, kurz mit der rechten Hand zu, um ihn einerseits zu beruhigen und andererseits aufzufordern, seinen Unterricht fortzusetzen. Dann eilte er mit kurzen schnellen Schritten nach vorn, um sich dort seitlich auf einem Stuhl niederzulassen, den ihm der beflissene Assistent eilends hingestellt hatte. Die Studenten waren nicht weniger aufgeregt als der Assistent, es brauchte einige Minuten, bis alle wieder konzentriert bei der Sache waren, doch kaum einer wagte, sich bei einer Frage zu melden, um sich nicht vor dem bewunderten Institutsleiter zu blamieren.

Dieser hörte aufmerksam den Ausführungen des erst dreißigjährigen Assistenten zu und ebenso den Beiträgen der Studenten, die befangen waren und sich kaum zu Wort meldeten. Seiner Miene war nichts abzulesen, lediglich seine rechte Hand schlenkerte gelegentlich, was die Studenten zu Recht als ein Zeichen von Unmut deuteten. Nach zehn Minuten stand er von seinem Stuhl auf. Der Assistent hielt in seinem Vortrag inne und sah beunruhigt zu ihm. Der kleine, korpulente Professor kam einen Schritt auf die Tische der Studenten zu und rezitierte andächtig den Vers: »*Manche freilich müssen drunten sterben.*«

Dann sah er erwartungsvoll die Studenten an und fügte, da keiner Anstalten machte, etwas zu sagen, ein herrisch vorgebrachtes »Nun?« an.

Einzig Friedeward hob die Hand und stand nach einem knappen Kopfnicken des Professors auf.

Da er und Wolfgang sich in Heiligenstadt häufig Lyrik vorgelesen hatten, war ihm das Hofmannsthal-Gedicht wohlvertraut, und verlegen und leicht stockend zitierte er den Rest der ersten Strophe: »*Wo die schweren Ruder der Schiffe streifen, / Andre wohnen bei dem Steuer droben, / Kennen Vogelflug und die Länder der Sterne.*«

Goethe-höchstselbst nickte wiederum äußerst knapp, dann fragte er Friedeward nach seinem Namen, wiederholte ihn halblaut für sich und schritt grußlos aus dem Zimmer. Der Assistent stand in Habtachtstellung, bis der Professor die Tür hinter sich geschlossen hatte, dann atmete er tief durch, sah Friedeward an und sagte: »Gut gemacht, Ringeling! Sehr gut! Gott sei Dank ist wenigstens einer unter Ihnen, der sich im Kanon der deutschen Lyrik auskennt.«

Im März hingen in allen Fakultäten hektographierte Blätter am Schwarzen Brett, auf denen der Leiter des Studententheaters mitteilte, es würden für die Inszenierung von Shakespeares *Julius Cäsar* im Herbstsemester noch Mitspieler gesucht. Interessenten sollten zu einem Vorsprechen Ende des Monats in die Mensa kommen und dort einen dramatischen Monolog, einen Prosatext oder ein Gedicht vortragen. Beginn sei um sechzehn Uhr, Voranmeldungen seien erwünscht.

Friedeward und Wolfgang gingen am angegebenen Tag zusammen in die Mensa, Friedeward trug eine Ballade von Schiller vor und Wolfgang einen Monolog aus Borcherts *Draußen vor der Tür*. Beide machten ihre Sache gut und bekamen eine Rolle in Aussicht gestellt. Die Premiere war für Januar geplant, die Leseproben sollten noch vor den Semesterferien beginnen, und dort würden dann die Mitglieder des Studententheaters kollektiv über die Besetzung entscheiden.

Die erste Leseprobe fand bereits vier Wochen später in einem Seminarraum der Philosophischen Fakultät statt. Acht Studentinnen und mehr als dreißig Studenten waren eingeladen worden und lasen mit verteilten Rollen einzelne Szenen aus den mitgebrachten Reclam-Heftchen. Helfried, der Regisseur, ein Doktorand der Anglistik und Leiter des Theaters, unterbrach häufig und teilte die Rollen neu zu, und Friedeward und Wolfgang setzte er sehr oft ein. Die Leseproben fanden wöchentlich statt, an jedem Dienstagabend, und nach der vierten Probe deutete sich an, dass beide größere Rollen in der Inszenierung bekommen würden.

Im Juni, bei einer der letzten Mittwochsvorlesungen vor den Semesterferien, referierte *Goethe-höchstselbst* über den von dem persischen Dichter Hafis inspirierten *West-östlichen Diwan*. Der Professor hatte nur ein Papier von der Größe eines kleinen Briefumschlags vor sich auf dem Pult liegen und sprach seit vierzig Minuten über die Gedichtsammlung, ohne auch nur einen einzigen Blick auf seine Notizen zu werfen. Plötzlich unterbrach er sich, richtete den Blick auf den überfüllten Saal und fragte in die Runde der vielleicht vierhundert Studenten: »Und wieso eigentlich *Diwan*? Vermag mir das einer von Ihnen zu sagen? Sie haben sich doch auf meine Vorlesung vorbereitet, oder?«

Im Saal herrschte Stille, kein Husten war zu hören, kein Atmen war zu vernehmen, alle duckten sich in Erwartung des Gewitters, das sich gleich entladen würde, war *Goethe-höchstselbst* doch bekannt für seine Zornesausbrüche. Nicht selten endeten seine Vorlesungen vorzeitig damit, dass er türenschlagend den Saal verließ.

Der kleine Professor baute sich auf und schwieg, sein Blick wanderte über die eingeschüchterten Studenten, die den Kopf gesenkt hielten, um seinem Blick nicht zu begegnen.

Die Augen des Professors begannen angesichts dieser schweigenden Menge zu funkeln, und er rief, zunehmend aus der Fassung geratend: »Wie! Was! *Und ich sah mich um, und da war kein Helfer. Und ich verwunderte mich, und niemand stand mir bei, sondern mein Arm musste mir helfen, und mein Zorn stand mir bei.* – Was ist, meine hübschen Hörsaaltöchter, keine Zeit für die Bibliothek? Hatten Sie nur den Schminktisch vor Augen? Ist der *Diwan* für Sie lediglich eine Sitzgelegenheit? Und die Herren? Statt in die Bücher zu tief und zu lange ins Glas geblickt? – Ich warte.«

Er wandte sich abrupt um und ging zu seinem Pult zurück, nahm den kleinen Notizzettel auf, faltete ihn und steckte ihn in die Westentasche. Alle rechneten damit, dass er die Vorlesung nun abbrechen und hinausstürmen würde, doch plötzlich drehte er sich um und rief in den Hörsaal hinein: »Friedeward Ringeling? Ist Friedeward Ringeling anwesend?«

Friedeward, der mit seinen Freunden in einer der hinteren Reihen saß, schoss hoch und meldete verlegen seine Anwesenheit.

»Nun, Friedeward Ringeling, können Sie meine Frage beantworten?«

»Der *Diwan*, nun, mit *Diwan* wurde ursprünglich die Zusammenkunft aller muslimischen Heere bezeichnet. Später, im dreizehnten Jahrhundert, benannte der persische Dichter Hafis mit diesem Begriff die Sammlung seiner Gedichte.«

»Schön, schön, Herr Ringeling. Nicht völlig korrekt, aber zufriedenstellend. Sozusagen ausreichend. Hafis lebte nicht im dreizehnten, sondern im vierzehnten Jahrhundert. Da haben Sie bei sich noch nachzubessern, Herr Ringeling.«

Der Professor war nun offensichtlich zufrieden, zog den kleinen Zettel wieder aus der Westentasche und setzte die Vorlesung an genau der Stelle fort, an der er sie unterbrochen hatte. Am Ende klopften die Studenten begeistert und erleichtert minutenlang auf die Tische, während *Goethe-höchstselbst*, ohne darauf zu achten, eilends dem Ausgang zustrebte und den Hörsaal verließ. Nachdem er verschwunden war, spürte Friedeward die Blicke seiner Kommilitonen auf sich ruhen. Er verstaute seine Mitschrift und lief mit Jacqueline und Wolfgang die Stufen zum Ausgang hinunter. Einige Studenten nickten ihm anerkennend zu, ein junger Mann klopfte ihm auf die Schulter und meinte, er habe im letzten Moment noch die Vorlesung gerettet. Als sich Jacqueline vor dem Unigebäude von den Freunden verabschiedete, sagte sie zu Friedeward: »Schade, dass Herlinde deinen Auftritt nicht erlebt hat. Mit dir kann man sich sehen lassen.«

In den Semesterferien im Sommer 1954 trafen sich Jacqueline und Friedeward nur ein einziges Mal, als Jacqueline für zwei Tage nach Heiligenstadt kam, um die Komödie ihrer Beziehung weiterzuspielen. Sie wurde im Gästezimmer im Erdgeschoss einquartiert, während Friedeward wie üblich in seinem früheren Kinderzimmer im Dachgeschoss schlief. Wilhelmine Ringeling erkundigte sich bei Jacqueline, ob ihr das Zimmer recht sei, und als diese nickte, meinte sie, sie wisse nicht und wolle auch gar nicht wissen, wie die jungen Leute in Leipzig lebten, aber in ihrem Haus herrsche Zucht und Ordnung und da sei die Ehe etwas Heiliges.

»Das sehe ich auch so«, erwiderte Jacqueline lächelnd, »man sollte als Jungfrau in die Ehe gehen, nicht wahr?«

Wilhelmine war zwar unsicher, ob die junge Frau es ernst meinte, doch sie nickte beifällig.

Bei diesem Besuch schlug Pius Ringeling vor, sich zu duzen. Jacqueline war einverstanden, lehnte es jedoch ab, Friedewards Eltern *Vater* und *Mutter* zu nennen. Sie wolle die Eltern, sofern sie nichts dagegen hätten, gerne mit ihrem Vornamen ansprechen, was diese akzeptierten, obgleich es für sie mehr als ungewohnt war.

Im September begann das neue Semester, das fünfte

für Friedeward und Wolfgang. Nach den ersten zwei Studienjahren waren die politischen Lehrveranstaltungen, die *Rotlichtbestrahlungen*, überstanden, nun galt es, sich für eine bestimmte Fachrichtung zu entscheiden. Friedeward hatte sich für das begehrteste Fach, die *Neuere Deutsche Literatur*, eingeschrieben, auf das sich auch mehr als die Hälfte seiner Kommilitonen spezialisieren wollte. Der Oberassistent nahm Friedewards Wahl äußerst wohlwollend zur Kenntnis. Seit seinem beeindruckenden Auftritt im Großen Hörsaal galt er als Überflieger und alle rechneten damit, dass er, die Koryphäe seines Semesters, es an der Universität noch weit bringen würde. Seine Kommilitonen bewunderten und beneideten ihn, und Jacqueline war bei ihren Mitstudentinnen verhasst, da sie ihn offensichtlich erobert hatte. Immer wieder versuchten Kommilitoninnen auf feuchtfröhlichen Parties ihn zu verführen, doch er ließ sie stets freundlich, aber bestimmt abblitzen.

Am zweiundzwanzigsten Januar, einem Sonnabend, feierte *Julius Cäsar* Premiere. Friedeward spielte den Octavius, Wolfgang hatte wider Erwarten doch nur eine winzige Rolle bekommen, die des jungen Cato. Der Saal war ausverkauft, es würde noch drei weitere Vorstellungen geben, bei denen erfahrungsgemäß der Publikumsandrang deutlich nachlassen würde. Die Aufführung verlief reibungslos, bis zu dem Moment, als einer der Spieler zu stürzen drohte, sich an einer der beiden Tempelsäulen abzustützen suchte und mit dieser unwillkürlichen Bewegung die Säule zum Kippeln und Umstürzen brachte, wobei sie fast einen der aufgehängten Scheinwerfer mit sich gerissen hätte. Das Publikum applaudierte belustigt, der Vorhang wurde gezogen und die Vorstellung musste für ein paar Minuten unterbrochen werden. Als er sich wieder öffnete, dauerte es einen Augenblick, bis die Zuschauer ihre Gespräche wieder eingestellt hatten und Ruhe eingekehrt war.

Zur großen Freude des Ensembles war auch *Goethe-höchstselbst* unter den Zuschauern, und er kam sogar zur anschließenden Premierenfeier der Mitwirkenden. Er lobte knapp und etwas herablassend die Aufführung und ließ sich dann lang und breit über ein Ballett von Werner Egk aus, welches er am Vorabend in der Wiener Staatsoper gesehen hatte. Er gab mit selbstgefälligem Schmunzeln wieder, was er Egk und dem Dirigenten Michael Gielen gegenüber nach der Aufführung anzumerken hatte, und schwärmte dann in den höchsten Tönen von der Primaballerina Edeltraut Brexner, von der er nur als *Traude* sprach. Die Studenten hörten ihm höflich, aber doch verärgert zu und waren erleichtert, als er die Feier endlich verließ und sie unbeschwert ihren Abend und ihren Erfolg genießen konnten.

An einem Abend im Mai klingelte Jacqueline völlig aufgelöst bei Friedeward, der gerade Besuch von Wolfgang hatte. Sie hatte von Herlinde einen beunruhigenden, rätselhaften Brief erhalten, in dem diese sie bat, in der nächsten Zeit keinesfalls bei ihr vorbeizukommen und sie weder auf der Straße, falls sie sich begegnen sollten, noch im Institut anzusprechen. Sie befinde sich in einer mehr als misslichen Lage und müsse erst ein paar Dinge klären, bevor sie sich wieder mit Jacqueline treffen könne.

Jacqueline weinte, als sie den Freunden davon erzählte, und bat darum, dass einer von ihnen zu Herlinde gehe, um zu hören, was vorgefallen sei. Wolfgang versprach ihr, gleich am nächsten Tag Herlinde zu besuchen, doch Jacqueline drängte darauf, dass er sich gleich aufs Fahrrad setzen möge, auch wenn es bereits neun Uhr abends war. Sie begleitete ihn ein Stück, er schob das Fahrrad, dann bog sie in Richtung ihrer Wohnung ab, nicht ohne ihn zu bitten, nach seinem Besuch bei Herlinde gleich bei ihr vorbeizukommen.

Herlinde war allein, als er bei ihr klingelte. Sie bat ihn in ihre Wohnung und erzählte dann ganz erregt, dass eine Kollegin, gleichfalls Professorin, aber auch Mitglied der Staatspartei und Parteisekretärin der Fakultät, sie zu einem Vieraugengespräch gebeten habe. Sie hatte sie unumwunden beschuldigt, mit Jacqueline ein Verhältnis zu haben, und sprach von irgendwelchen Beweisen, die sie angeblich habe und die sie der Fakultätsleitung vorzulegen gedenke, sofern Herlinde dieses Verhältnis nicht unverzüglich beende. Sie habe der Kollegin gegenüber alles bestritten und von einer ungeheuren Diffamierung gesprochen, aber sie wisse nicht, wie sie sich nun verhalten solle. Sie ahne auch nicht, was für Beweise das sein könnten, die die Kollegin habe, schließlich hätten Jacqueline und sie in der Öffentlichkeit stets darauf geachtet, nie auch nur den leisesten Verdacht zu erregen. Vielleicht waren der Kollegin auch einfach nur Gerüchte zu Ohren gekommen und sie hatte ihr auf den Zahn fühlen wollen. Es war aber ebenso denkbar, dass sie schon seit einer Weile überwacht wurde, weshalb sie Jacqueline gebeten habe, sie nicht zu kontaktieren. Im Augenblick sehe sie sich gezwungen, entweder umgehend die Hochschule zu wechseln, was jedoch äußerst kompliziert sei und den Verdacht der Kollegin noch erhärten würde, oder sich tatsächlich von Jacqueline fernzuhalten.

Wolfgang versprach ihr, Jacqueline gleich alles zu erzählen, und verließ bedrückt die in Tränen aufgelöste Herlinde. Er radelte zu Jacquelines Wohnung, setzte sie ins Bild und brach dann rasch wieder zu Friedeward auf. Die beiden saßen bis weit nach Mitternacht zusammen, besprachen alles noch einmal in Ruhe, und gingen schließlich erschöpft zu Bett.

Am nächsten Morgen klingelte es um kurz vor sieben an der Wohnungstür. Als Friedeward öffnete, stand Jacqueline vor ihm, blass und unausgeschlafen, aber strahlend.

»Ich weiß jetzt, was wir machen«, sagte sie. »Darf ich reinkommen?«

»Ja, aber sei leise, du weckst noch meine Vermieterin auf. Ich bin schon froh, dass sie einfach darüber hinwegsieht, dass Wolfgang dauernd hier übernachtet, aber dann muss ich umso rücksichtsvoller sein.«

Sie lief vor ihm her durch den Flur in sein Zimmer, begrüßte Wolfgang, der noch im Bett lag, und verkündete: »Wir verloben uns, Friedeward, und zwar so schnell wie möglich. Dann kann diese blöde Kuh meiner Herlinde nichts antun.«

Friedeward sah verstört zu Wolfgang, der Jacqueline einen Moment lang anlächelte und dann mit offenem Mund erheitert nickte.

»Ja«, meinte er dann, »das würde dieser Frau das Maul stopfen. Und es würde uns allen helfen. Was ist, Friedeward, traust du dich?« Er lachte.

Friedeward setzte sich auf die Bettkante.

»Hm, das finde ich jetzt schon ziemlich überstürzt. Ich weiß nicht ...«

»Aber es war doch deine Idee!«, ereiferte sich Jacqueline. »Wann, wenn nicht jetzt. Willst du etwa mit schuld sein, wenn Herlinde ihren Job verliert und sie und ich verhaftet werden? Wir zählen auf dich, Friedeward. Ich hab dir doch auch mit deinen Eltern geholfen. Und stell dir vor, wenn du deinem Vater von der Verlobung erzählst – dann hast du endlich Ruhe.«

»Verlobt euch«, pflichtete Wolfgang ihr bei. »Verlobt euch so schnell wie möglich. Und sorgt dafür, dass alle es erfahren, allen voran dein Vater, Friedeward. Wir werden es jedem Arschloch flüstern. Ihr seid verlobt und keiner kann uns mehr. – Komm schon, Friedeward – bist du dabei?«

»Wenn ihr meint«, sagte er zögernd. Dann lächelte auch er: »Ja, vielleicht habt ihr recht. Auf das Gesicht meines Vaters freue ich mich jetzt schon. Und im Grunde ist ja auch nichts dabei, verloben wir uns halt. Aber wie genau stellen wir das an? Machen wir eine Feier? Muss ich Jacqueline einen Ring kaufen oder wie?«

»Wir müssen noch mit Herlinde sprechen«, meinte Jacqueline, »aber dann erzählen wir es sofort überall herum. Friedeward, willst du als mein Zukünftiger es ihr gleich sagen? Ich begleite dich zur Telefonzelle.«

Friedeward zog sich seine Windjacke über und verließ gemeinsam mit Jacqueline die Wohnung.

Vor der Telefonzelle standen fünf Leute an, und sie mussten zwanzig Minuten warten.

Herlinde meldete sich sofort und hörte sich an, was

er ihr mitzuteilen hatte. Als sie auf seine hastigen Worte nichts erwiderte, fragte er, ob sie noch am Telefon sei und ihn verstanden habe.

»Ja, ich habe alles mitbekommen. Aber ich muss darüber nachdenken, ob es uns wirklich hilft und was alles daran hängt. Lass mir einen Moment Zeit. Kannst du mich in einer halben Stunde noch einmal anrufen?«

Sie verabredeten sich für die Zeit zwischen acht Uhr und acht Uhr dreißig, dann würde Friedeward im Institut sein, wo der Münzapparat weniger dicht umlagert wäre.

Jacqueline wollte ihn unbedingt begleiten, von der Vorlesung, die sie dadurch verpasse, würde sie ohnehin nichts haben, sie sei nicht in der Lage, an irgendetwas anderes zu denken.

Zehn nach acht rief Friedeward vom Münztelefon, das im Flur des ersten Stocks hing, nochmals bei Herlinde an. Nachdem er sich gemeldet hatte, fragte sie, ob Jacqueline bei ihm sei, was er bejahte.

»Dann gib sie mir. Ich will ihr zu eurer Verlobung gratulieren.«

Grinsend gab er Jacqueline den Hörer und meinte: »Da will dir jemand gratulieren.«

Noch am selben Tag erzählten Jacqueline und Friedeward ihren Kommilitonen, dass sie sich am Mittwoch, dem ersten Juni, drei Tage nach Pfingsten, verloben würden. Den Termin hatte Herlinde ihnen vorgeschlagen. Sie sollten die Verlobung keinesfalls in den Semesterferien feiern, und sie sollten viele Freunde und auch ein paar Dozenten einladen, damit auch wirklich jeder von ihrer Verlobung erfahren würde. Sie fragte Friedeward, ob er nicht auch seinen Institutsleiter einladen könne, dieser schätze ihn doch, und wenn *Goethe-höchstselbst* bei ihrer Verlobung anwesend wäre, könnte es sogar sein, dass die winzige Universitätszeitung über dieses Ereignis berichte, doch diesen Vorschlag wies Friedeward als übertrieben und unsinnig zurück.

Seinen Eltern und ihrer Mutter – Jacquelines Vater, ein Leutnant der Heeresgruppe Mitte, war im April des letzten Kriegsjahrs bei der Verteidigung der Seelower Höhen unter dem Befehl des Generalfeldmarschalls Schörner gefallen – teilten sie die Verlobung schriftlich mit. Ihre Mutter und sein Vater antworteten ihnen umgehend, gratulierten und baten um einen Besuch der frisch Verlobten. Diese versprachen in ihrem Antwortbrief, nach den Prüfungen zum Semesterende zu ihnen zu fahren.

Die Verlobung erfüllte ihren Zweck. Die Kollegin, die Herlinde mit einer Anzeige gedroht hatte, gestand nun, allzu leichtgläubig den diffamierenden Hinweisen einer Assistentin gefolgt zu sein. Nach der offiziellen Verlobungsfeier mit einer Handvoll Kommilitonen und den beiden Seminarbetreuern, feierten die vier

Freunde in Herlindes Wohnung die gewonnene Freiheit. Zum Vergnügen der drei Jüngeren betrank sich Herlinde an diesem Abend und tanzte vor ihren Freunden auf dem Tisch.

Zu Beginn der Semesterferien, im Juli 1955, fuhren Jacqueline und Friedeward für drei Tage zu seinen Eltern. Wie bei Jacquelines erstem Besuch hatte Friedewards Mutter für sie das Gästezimmer vorbereitet und für Friedeward sein Bett im Dachgeschoss bezogen. Auch dieses Mal nahm sie zufrieden zur Kenntnis, dass die beiden, obgleich sie nun verlobt waren, die getrennten Zimmer wortlos akzeptierten. Wenn Jacqueline schon keine Katholikin war, so schien sie doch wenigstens hochanständig zu sein, was es der Mutter erträglicher machte, ihren Sohn mit einer *Gottesleugnerin* verbunden zu sehen.

Friedewards Schwester Magdalena kam mit ihrem Mann Karl und ihrer Stieftochter für einen Tag nach Heiligenstadt, um den Bruder wiederzusehen und seine Verlobte kennenzulernen.

Magdalena und Jacqueline waren sich vom ersten Moment an sympathisch. Sie waren fast gleichaltrig, beide waren ernsthaft und eher wortkarg als geschwätzig. Magdalena gefielen die kleinen spitzen Bemerkungen ihrer künftigen Schwägerin, mit denen sie gelegentlich und ohne auch nur eine Miene zu verziehen, das herrische Benehmen und die rigorosen Anordnungen von Pius Ringeling kommentierte, wobei sie nie beleidigend war, sondern ironisch und witzig.

Magdalena führte mit ihrem Karl und der kleinen Gundula, die gerade die sechste Klasse abgeschlossen hatte, ein sehr zurückgezogenes und glückliches Familienleben. Karl Lehmann hatte seine Schreibwarenhandlung in Worbis vergrößern können und den Buchbestand seines Sortiments erweitert, denn neben dem Weihnachtsgeschäft war der Verkauf von Schulbüchern im August und September zu einer bedeutenden Einnahmequelle für ihn geworden. Die kleine Familie lebte bescheiden, war in der Kleinstadt angesehen und beliebt, und die Ehe war für beide harmonisch und erfreulich. Magdalena war glücklich, einen Mann zu haben, der sie nie schlug und nicht anbrüllte, der sogar auf ihre Wünsche achtete und sie mit Aufmerksamkeiten überraschte – etwas, was sie in ihrem Elternhaus nie erlebt hatte.

Als Magdalena am frühen Abend mit ihrer Familie nach Worbis zurückfuhr, verabschiedete sie sich herzlich und liebevoll von Jacqueline und sagte zu ihrem Bruder, er habe mit ihr mehr bekommen, als er verdiene, und er möge ihr keinen Kummer machen, sonst würde sie, seine Schwester, bei ihm erscheinen und ihm den Kopf waschen.

Nach dem Abendbrot öffnete Pius Ringeling eine Flasche Rotwein, seine Frau stellte selbstgebackene Kekse auf den Tisch und dann mussten die Verlobten die vielen Fragen der Eltern beantworten. Wie wollten sie ihre gemeinsame Zukunft gestalten? Wann wollten sie heiraten, wo und in welchem Rahmen?

In einer Gesprächspause fragte Jacqueline: »Darf ich dich um etwas bitten, Pius?«

»Nur zu. Wenn es gottgefällig ist, werde ich es dir nicht verweigern.«

»Ich würde gern den Siebenstriemer sehen. Friedeward hat mir davon erzählt, und ich habe so ein Ding noch nie gesehen. Ich wusste nicht einmal, dass es so etwas gibt.«

Ein Engel ging durch den Raum. Pius Ringeling presste leicht die Lippen aufeinander, seine Frau starrte erst Jacqueline, dann ihren Mann mit offenem Mund an, und Friedeward wurde blass, sah starr vor Schreck auf seine Hände und wagte nicht, den Kopf zu heben. Sein Vater war es, der als Erster wieder etwas zu sagen vermochte. Er zwang sich zu einem Lächeln.

»Aber gewiss, Jacqueline. Warum nicht. Gehen wir in mein Arbeitszimmer. Du kommst doch mit, Friedeward!«

Die beiden folgten Pius Ringeling, der ihnen in seinem Zimmer Platz anbot, dann zum Schreibtisch ging, die untere Schublade öffnete, die alte, abgenutzte Klopfpeitsche hervorholte und sie vor Jacqueline auf den Tisch legte.

»Das ist er. Der Stock ist mehr als achtzig Jahre alt. Mein Urgroßvater hatte ihn gekauft.«

»Und damit hast du deine Kinder geschlagen, Pius?«

»Erzogen, Jacqueline, ich würde sagen, ich habe sie damit erzogen.«

»Auch Magdalena?«

»Das war nie nötig. Aber wenn es nötig geworden wäre, dann hätte gewiss auch Magdalena damit eine Tracht bekommen.«

»Wie schrecklich. Das ist fürchterlich, Pius. Entsetzlich.«

»Erziehung ist kein Sonntagsspaziergang bei schönem Wetter. Man muss auch bei Sturm und Regen seinen Mann stehen.«

»Aber mit einem solch mittelalterlichen Folterinstrument die eigenen Kinder zu prügeln! Kleine, wehrlose Wesen! Nein, Pius, das ist mehr als grausam.«

»So? Findest du? Nun, dann hör mir mal zu. Ich bin, wie du weißt, Pädagoge, ich habe mich sehr gründlich mit den Erziehungswissenschaften befasst. Und was bedeutet Erziehung? Das Streben danach, die Entwicklung und das Verhalten der Heranwachsenden dauerhaft zu verbessern. Aber eben auch, wenn es sein muss, Fehlentwicklungen zu verhindern.«

»Aber mit einer Peitsche?«

»Jacqueline, lass mich bitte ausreden. Die Möglichkeiten der Pädagogik sind vielfältig. Loben und Streicheln kann unter Umständen zum Erfolg führen, aber in den meisten Fällen ist es notwendig, härtere Maß-

nahmen zu ergreifen, wenn das Kind zu einem nützlichen Mitglied der Gesellschaft heranreifen soll. Dafür braucht es die Autorität der Familie, vor allem des
Vaters, und die uneingeschränkte Autorität des Lehrers.
Und wenn ich Autorität sage, dann meine ich damit
nicht Gewalt. Echte Autorität erwächst zuallererst aus
einer geistigen Haltung, die dem Starken innewohnt,
der sich der Schwache, der Heranwachsende, zu seinem
eigenen Wohl zu unterwerfen hat. Nur das macht ihn
ebenfalls zu einem starken, zu einem brauchbaren Erwachsenen, zu einem nützlichen Mitglied der mensch-
lichen Gemeinschaft.«

Jacqueline platzte erhitzt heraus: »Das ist keine Pädagogik, das ist einfach nur grausam. Das ist der Über-
mensch von Nietzsche: Was mich nicht umbringt, macht
mich stärker. Nein, Pius, das ist einfach unmensch-
lich.«

»Lass mich ausreden, Mädchen. Mich machte es
stärker, ja. Widerstandsfähiger. Mein Großvater wurde mit dieser Peitsche erzogen und mein Vater. Und später dann auch ich. Mein Vater erzählte mir, dass er seinen Vater dafür gehasst habe, aber den erfolgreichen
Geschäftsmann, der er später wurde, hätte es andernfalls nie gegeben. Ohne diese harte Erziehung hätte
er sich später nie so viel abverlangt, wäre nie der an-
gesehene Kaufmann und Eigentümer des größten Wa-
renhauses im gesamten Eichsfeld geworden. Er sagte es

mir an dem Tag, an dem ich ihm sagte, dass ich ihn hasste, dass ich ihm das Auspeitschen nie vergeben würde. Und ich selbst, nun, heute weiß ich, diese Erziehung half mir. Weißt du, was für mich unvergesslich ist, Jacqueline? Ein Sergeant, ein Sergeant der amerikanischen Armee salutierte im Juni 1945 vor mir. Und zwei Monate später gab mir ein russischer Offizier die Hand. Zwei Monate nachdem unsere Stadt den Amerikanern kampflos übergeben worden war, ordnete der Stadtkommandant an, die Schule wieder zu eröffnen. Alle Lehrer wurden überprüft, fast alle wurden übernommen. Ich hatte vor dem Sergeanten zu erscheinen, und als ich eintrat, blätterte er gerade in meinen Papieren. Dann sah er auf und sagte, nach all dem, was er in den Papieren über mich gelesen habe, sei ich ein erstaunlicher Mann, er werde mich als neuen Schuldirektor vorschlagen. Dann stand er vor mir auf und salutierte. Einen Monat nach Kriegsende salutierte ein amerikanischer Offizier vor einem Deutschen. Das war vermutlich in ganz Deutschland einmalig. Vier Wochen später zogen die Amerikaner ab und die Russen kamen in die Stadt, und Ende August wurde das Lehrerkollegium nochmals überprüft und da wurden nun viele entlassen. Ich wurde ins Rathaus zitiert, wo mich ein russischer Offizier gemeinsam mit dem neu eingesetzten Bürgermeister empfing. Er ordnete an, dass ich als provisorischer Schuldirektor im Amt zu bleiben habe, was ein Dolmetscher mir und dem Bürgermeister übersetzte. Dann stand der Offizier auf und gab mir die Hand. Ein Vierteljahr später wurde das Land Thüringen wiederhergestellt, wieder wurden wir alle überprüft, ein neuer Schuldirektor wurde eingesetzt, ein Kommunist, aber ich blieb Lehrer, obwohl bekannt war, dass ich kein Freund des neuen Regimes war, und ich blieb es bis heute, obwohl ich in keiner Partei bin und obwohl ich kein Kommunist bin, sondern Christ. Und das alles habe ich diesem Siebenstriemer zu verdanken. Seinetwegen habe ich die Nazizeit mit einer Haltung überstanden, so aufrecht, dass ein amerikanischer Offizier vor mir salutierte und ein russischer mir die Hand gab. Und vielleicht kannst du erahnen, was einem Lehrer von den Nazis abverlangt wurde. Nur die harte Erziehung meines Vaters half mir, diese Zeit zu überstehen. Als Lehrer, als Gymnasialprofessor im Dritten Reich wurde man unaufhörlich gedrängt, sich zu der neuen Heilslehre zu bekennen. Auch mich lockten sie mit einer Beförderung, und als ich nicht darauf einging, wurden mir schärfste Disziplinarmaßnahmen angedroht. Ich widerstand! Die ganze Zeit! Der Direktor bemühte sich beim Reichsleiter darum, dass unsere Schule als eine der nationalsozialistischen Bildungsanstalten ausersehen würde, als eine der Vorschulen für die Ordensburgen. Gottlob erlitt er damit kläglich Schiffbruch, aber in der Öffentlichkeit stellte er mich als den

Schuldigen an den Pranger. Seine Bemühungen – ich würde eher sagen: sein erbärmlicher Versuch – seien an meiner Unnachgiebigkeit gescheitert. Er hatte zuvor angeordnet, dass alle Unterrichtsstunden im national-sozialistischen Geist zu erfolgen hätten und in jedem Fach die kämpfende Truppe zu würdigen sei. Darauf-hin hatte ich im Literaturunterricht den *Abentheuer-lichen Simplicius Simplicissimus* auf den Lehrplan ge-setzt und die bedeutendsten deutschen Gedichte zum Krieg wie das *Kriegslied* von Matthias Claudius. Und in Latein natürlich *De bello Gallico*. Der Direktor tobte, als er es erfuhr, wollte mich sogar vor ein Kriegsgericht bringen, wie ich im Nachhinein von dem amerikani-schen Sergeanten erfuhr, der die Akten zu diesem Vor-fall im Rathaus fand. Wieso ich es schadlos überstand? Ich weiß es nicht. Vielleicht weil ich Kriegsveteran war, ein Krüppel des Ersten Weltkriegs. Doch bei alldem halfen mir vor allem mein Glaube und meine harte Er-ziehung. Viele meiner Kollegen waren dazu nicht in der Lage, waren zu weich, knickten ein, und die hatten es dann nach Kriegsende schwer, denn die früheren Nazis wurden als Lehrer nicht mehr zugelassen. Dass es mir anders erging, dass ich heute nach wie vor unter-richte, das verdanke ich meinem Glauben und auch die-ser Peitsche. Ich habe schweren Herzens auch meine Kinder mit diesem Siebenstriemer erzogen, und nur dann, ausschließlich nur dann, wenn es sich nicht vermeiden ließ. Um sie bei schweren Vergehen davor zu bewahren, diese zu wiederholen. Um ihnen die Verirrungen der Jugend auszutreiben. Und heute kann ich sagen, ja, Pius, das war wohlgetan, du hast deine Aufgabe gemeistert, deine Pflicht als Vater erfüllt. Oder was meinst du, Friedeward?«

Friedeward hatte ihm schweigend zugehört und ab und an besorgt einen Seitenblick auf Jacqueline geworfen, er fürchtete, sie würde sich zu einer Bemerkung hinreißen lassen, die seinen Vater für alle Zeiten gegen sie aufbringen würde. Die Worte seines Vaters, der Anblick des Siebenstriemers hatten Erinnerungen in ihm heraufbeschworen, er sah sich wieder über die Stuhllehne gebeugt, hörte das Pfeifen der durch die Luft wirbelnden Lederriemen, verspürte den Schlag, das beißende Brennen der Haut, schmeckte das Blut seiner aufgebissenen Lippen. Die Frage seines Vaters holte ihn aus seiner Kindheit zurück in die Gegenwart. Er sah Jacqueline an, dann seinen Vater.

»Ich besitze nicht deinen starken Glauben«, antwortete er.

Sein Vater nickte und sagte: »Dann solltest du dich darum bemühen, mein Junge. – So, Jacqueline, nun hast du den Siebenstriemer gesehen und gehört, was ich dazu zu sagen habe. Ich weiß nicht, ob es das war, was du zu hören erwartet hattest, aber ich bin überzeugt, dass alles so seine Richtigkeit hatte.«

Er stand auf, sah die junge Frau an, zufrieden und von sich überzeugt. Jacqueline erhob sich gleichfalls und sagte überaus freundlich: »Danke, Pius, dass ich nun endlich einmal so ein echtes Folterinstrument sehen durfte. Ich dachte, derlei gibt es seit dem Mittelalter und der Hexenverfolgung nicht mehr.«

Den ganzen Abend über war Friedewards Vater eine leichte Verstimmung anzumerken, wenn er auch Jacqueline gegenüber liebenswürdig blieb und bemüht war, seine Verärgerung hinunterzuschlucken.

Am nächsten Vormittag reisten die beiden ab, Friedewards Eltern bestanden darauf, das Paar zum Bahnhof zu begleiten und Jacqueline zuvor noch die Schule zu zeigen, an der Pius unterrichtete und die seine Kinder besucht hatten. Kaum hatten die vier das Gartentor hinter sich zugemacht, erschien der Briefträger und rief Pius Ringeling zu, es sei ein Einschreiben in der Post, dessen Empfang er zu quittieren habe. Verwundert nahm der Studienrat den Brief entgegen, unterschrieb auf dem Quittungsblock und öffnete das Schreiben. Irritiert schaute er auf die beiden Blätter, die er aus dem Umschlag zog. Er wurde blass und griff sich an die Brust.

»Was hast du?«, fragte Wilhelmine besorgt.

Mit belegter Stimme erwiderte er: »Lasst uns wieder reingehen. Bitte, kommt.«

Er legte eine Hand auf die Schulter seiner Frau und

gemeinsam gingen sie langsam ins Haus zurück. Im Wohnzimmer bat er alle, sich zu setzen, es gebe schlechte Nachrichten, es sei entsetzlich.

»Hartwig ist tot«, sagte er schließlich, »das Standesamt, die Abteilung Personenstand, hat mir seine Sterbeurkunde zugeschickt. Hartwig ist am sechzehnten Juli bei dem Grubenunglück auf Schacht 208 im Uranerzbergbau Wismut tödlich verunglückt, schreiben sie. Seine Leiche wurde mit den anderen zweiunddreißig toten *Helden der Arbeit* nach einem Staatsakt in Niederschlema beigesetzt. Hier steht, man habe erst jetzt unsere Adresse in Erfahrung bringen können, da Hartwig als Herkunftsort nicht Heiligenstadt, sondern Burgstädt angegeben habe. Erst nach seiner Beisetzung fiel den Behörden auf, dass das nicht stimmen konnte. Er ist tot. Er ist nicht nach Amerika gegangen, sondern zur Wismut. Zur Wismut, wo nur Verbrecher arbeiten. Was für ein Idiot.«

Seine Frau sah ihn schreckensbleich an und bat ihn, ihr das Schreiben zu geben. Es war unterzeichnet von einem Standesbeamten aus Heiligenstadt, beigelegt war die Sterbeurkunde, ausgestellt in Niederschlema, ein Vordruck mit dem Betreff: *Veränderung des Personenstands.* Auf diesem Formular waren lediglich Hartwigs Name, das Geburtsdatum, der Geburtsort sowie der letzte Wohnsitz und die Heimatadresse handschriftlich eingefügt worden. Dort war das Wort *Burgstädt* durchgestrichen, darüber stand *Heiligenstadt.* Eine Zeile darunter war *Art der Veränderung* vorgedruckt, und handschriftlich hatte man ergänzt: *tödlich verunglückt beim Kabelbrand am Schacht 208b am 16. Juli 1955.* Außerdem war handschriftlich vermerkt, dass Hartwig seit dem zehnten Juni 1947 bei der Wismut AG beschäftigt gewesen war, zuletzt als Wippermaschinist.

Friedeward schaute seiner Mutter über die Schulter.

»Da stimmt etwas nicht«, sagte er, »Hartwig soll seit Juni 1947 bei der Wismut gearbeitet haben, aber da war er noch keine sechzehn. Bei der Wismut dürfen ja aber keine Minderjährigen arbeiten, dort ist alles streng reglementiert, wie in einem Gefängnis. Irgendetwas stimmt da nicht.«

»Aber wieso ist er denn nicht nach Amerika gegangen? Vielleicht hat die Polizei ihn erwischt und festgenommen, als er das Land verlassen wollte. Und zur Strafe haben sie den Jungen in den Uranbergbau gesteckt«, mutmaßte die Mutter unter Tränen.

»Wie auch immer, aber irgendetwas stimmt da nicht«, beharrte Friedeward, »ich fahre nach Niederschlema. Ich will sein Grab sehen und ich will wissen, was wirklich mit ihm passiert ist. Ob er freiwillig zur Wismut ist oder ob man ihn dazu verknackt hat.«

Der Vater nickte: »Mach das, Junge. Ich werde mit Mutter auch zu seinem Grab reisen. Wollen wir zusammen hinfahren? Ich könnte am Freitag fahren. Einverstanden, Minchen?«

Friedeward meinte, er wolle gleich fahren, noch am selben Tag, da er am nächsten Tag weitermüsse nach Wittenberg, wo das Studententheater eine komplette Jugendherberge für eine Werkstattwoche gebucht habe und wo er am späten Nachmittag erwartet würde. Er sah Jacqueline fragend an, und sie erklärte sich sofort bereit, ihn zu begleiten.

»Habt ihr eure Ausweise dabei?«, erkundigte sich sein Vater, »die Wismut ist streng bewacht, das ist Militärgelände der Russen.«

Wilhelmine Ringeling starrte unverwandt und wie versteinert auf die Papiere, sie sah und hörte nichts. Dann strich sie fast zärtlich mit der Hand über die Sterbeurkunde. Ein lauter Seufzer entfuhr ihr, ein Schluchzen wie ein Schrei. Pius Ringeling legte behutsam seine Hand auf ihre, sie zuckte zurück, als hätte er sie geschlagen, dann stand sie auf, wobei sie den Stuhl umstieß, funkelte ihn zornig an und ging aus dem Zimmer.

»Wir werden uns gleich auf den Weg machen, Vater. Vier, fünf Stunden werden wir brauchen.«

»Ja«, sagte sein Vater, »tut das. Aber verabschiedet euch noch von Mutter.«

Am späten Nachmittag trafen sie in Niederschlema ein. Sie fragten nach dem Friedhof, wo die toten Bergleute beerdigt wurden, die *Helden der Arbeit*, wie es im Schreiben des Standesamts geheißen hatte. Auf den frischen Gräbern lagen Blumen und Kränze, geschmückt mit Schleifen in den Landesfarben der Republik und der Sowjetunion, darauf stand etwas auf Deutsch und in kyrillischen Buchstaben. Es steckten provisorische Holzschilder in der dunklen Erde, sie hatten Mühe, Hartwigs Grab zu finden, den letzten Schlafplatz des Bruders.

In der großen Pförtnerloge der Wismut AG stand neben den Zivilangestellten ein sowjetischer Soldat, der nur gebrochen Deutsch sprach, aber offensichtlich das Kommando führte. Friedeward gab ihm seinen Personalausweis, sagte, dass sein Bruder einer der Verunglückten sei und dass er jemanden von der Werksleitung sprechen müsse. Es gäbe ungeklärte Fragen und seine Familie sei verzweifelt und sehr beunruhigt. Immer wieder schüttelte der Offizier ablehnend den Kopf und erst als Jacqueline ihn mit einem kleinen Lächeln und einer hilflosen Handbewegung darum bat, eingelassen zu werden, öffnete der Russe ein großes Buch, das auf einem Pult lag, blätterte darin und schrieb schließlich einen *propusk* aus, einen Passierschein.

Herr Polenz empfing sie, ein deutscher Mitarbeiter der Kaderabteilung der Wismut AG. Als er hörte, dass sie Angehörige eines der *Helden der Arbeit* seien, zeigte er sich sehr entgegenkommend und notierte sich Friedewards Fragen. Er bat die beiden, am nächsten Tag wiederzukommen, er dürfe die Fragen erst nach Rücksprache mit seinem Vorgesetzten beantworten. Die Wismut sei inzwischen zwar eine sowjetisch-deutsche Aktiengesellschaft, da sie jedoch zuvor der Verteidigungsindustrie der Sowjetunion, also dem Militär, unterstanden habe, unterlägen alle Vorgänge und Ereignisse, die in der Amtszeit von Generalmajor Malzew stattfanden, der militärischen Geheimhaltung. Er zeichnete den *propusk* ab und vermerkte, dass die Besucher am nächsten Tag um elf Uhr nochmals zu ihm vorgelassen werden sollten. Dann begleitete er sie zur Pforte und erkundigte sich, wie Hartwigs Eltern den Tod ihres Sohnes verkraftet hätten. Als er hörte, dass sie erst vierzehn Tag nach der Brandkatastrophe unter Tage und mehr als eine Woche nach der Beisetzung der Opfer davon erfahren hatten, versprach er nochmals, alles zu tun, um die Sache mit dem falschen Datum und Geburtsort aufzuklären. Zum Abschied gab er ihnen die Hand.

Am nächsten Tag erwartete Herr Polenz sie schon an der Pforte, ein Bündel Akten unter dem Arm. Gemeinsam gingen sie in einen leer stehenden Konferenzraum.

»Ich habe tatsächlich die Freigabe für die gewünschten Informationen bekommen«, sagte er, »nach diesem schweren Unglück tun wir alles, um zu helfen. Ich habe auch Siggi sprechen können, Siegfried Lorenz, der damals Obersteiger war, als Ihr Bruder zu uns kam, inzwischen ist er Rentner. Nach Aktenlage und den Auskünften von Siegfried Lorenz meldete sich Ihr Bruder am neunten Juni 1947 auf dem Arbeitsamt von Aue, wo ein Vertreter der Wismut entsprechend dem Befehl Nr. 131 der Sowjetischen Militäradministration Sachsen Freiwillige registrierte und für die verschiedenen Schächte einteilte.«

»Im Juni 1947 war Hartwig noch keine sechzehn Jahre alt. Wieso ließ die Wismut ein halbes Kind in den Schacht? Das ist doch verboten, soviel ich weiß.«

»Sie haben recht, Minderjährige dürfen das Werksgelände überhaupt nicht betreten. Aber Ihrem Bruder gelang es, den Vertreter der Wismut zu täuschen. Er war wohl für sein Alter recht groß und kräftig, er hat sich als Achtzehnjähriger ausgegeben.«

»Hat Ihr Mitarbeiter sich denn seine Papiere nicht zeigen lassen?«

»Das ist ein anderes Kapitel. Ihr Bruder hatte ihm und später auch Siggi erzählt, er sei Vollwaise, geboren und wohnhaft in Burgstädt. Seine Geburtsurkunde und andere Papiere seien im Krieg bei einem Bombeneinschlag vernichtet worden. Daraufhin schickte man ihn ins Objekt NullZwei, nach Oberschlema. Man wies ihm einen Platz im Arbeiterwohnheim zu, er meldete sich beim Schichtleiter, das war damals der Obersteiger Siegfried Lorenz, und bei unserer *Ispolnitelnoe rukowodstwo*, der Kaderabteilung der Wismut AG in Oberschlema, und bereits einen Tag später, am zehnten Juli, fing er in NullZwei als Bergjunge an. Bergjungen sind die Hilfskräfte, die die vollen Hunte über die eisernen Winkelschienen bis zum Aufzug zu trecken haben. Eine schwere Arbeit, ja, aber sie wird gut bezahlt.«

Hartwig eine Vollwaise? Friedeward war verstört. So unerträglich musste es also für den Bruder gewesen sein, dass er sämtliche Brücken zum Elternhaus abbrechen und ganz sichergehen wollte, dass der Vater ihn niemals finden konnte. Lieber in der ewigen Dunkelheit schuften, als jemals wieder den Siebenstriemer zu spüren.

»Er hat jahrelang Hunte durch den Schacht geschoben? Ich dachte, er war Wippermaschinist? Das stand jedenfalls in dem Schreiben vom Standesamt.«

»Nein, nein. Er war nur anfangs Huntstößer. Dann arbeitete er zwei Jahre als Hauer, das wird bei uns am besten bezahlt. Er hat gut gearbeitet, sein Vorarbeiter hielt große Stücke auf ihn. Der Obersteiger schlug ihn dann zu einer weiteren Qualifikation vor, so dass er bereits nach drei Jahren Wismut als Wippermaschinist eingesetzt werden konnte.«

»Könnte ich mit dem Vorarbeiter sprechen?«

»Ja, Sie können gerne mit Siggi sprechen. Er weiß Bescheid und würde sich Zeit nehmen. Allerdings meinte er, über Ihren Bruder wüsste Rosl mehr als er. Rosl ist die Rosl Pachulke, eine Bergmannswitwe, die jeder im Schacht nur Mama nennt, weil sie dreimal am Tag mit belegten Brötchen und Tee am Förderturm erscheint, um die Männer zu versorgen. Sie hätte sich auch um Ihren Bruder gekümmert, sagt Siggi, hätte aufgepasst, dass er die Finger vom *Kumpeltod* lässt, so heißt bei uns der Deputatschnaps, für den alle Kumpel Talons erhalten. Ja, wie gesagt, Sie können mit Siggi sprechen oder mit Rosl, ich habe beide informiert.«

»Und das Unglück, wie kam es dazu?«

»Die Untersuchungen sind noch nicht abgeschlossen. Was wir bisher wissen, stand alles in der Zeitung. Zu gegebener Zeit werden wir einen vollständigen Bericht veröffentlichen.«

Er fragte nochmals, ob sie mit Rosl Pachulke oder dem Obersteiger Siegfried Lorenz sprechen wollen. Friedeward sah Jacqueline an, dann schüttelte er den Kopf. Herr Polenz bat um den *propusk*, unterschrieb ihn und begleitete seine Besucher bis an die Pforte.

»Und wir haben geglaubt, Hartwig ist in Amerika«, sagte Friedeward im Zug nach Leipzig, »ich habe fast jeden Abend sehnsuchtsvoll an ihn gedacht, wollte ihm sogar hinterher. Ich dachte, er macht dort seinen Weg, wird reich, vielleicht sogar so ein richtiger amerikanischer Millionär. Stattdessen steckte er hier im Schacht und hat geschuftet. Aber für ihn war wohl alles besser, als in Heiligenstadt zu bleiben. Als weiter unter der Fuchtel meines Vaters zu leben.«

»Ja, einen Siebenstriemer würde ich auch gegen einen Schacht eintauschen wollen. Wann hat dein Vater dich damit zum letzten Mal geschlagen?«

»Weiß ich nicht mehr. Habe ich schon vergessen«, erwiderte er und wurde rot. Er wollte nicht darüber sprechen, er schämte sich, noch als Siebzehnjähriger verprügelt worden zu sein, in einem Alter, in dem Hartwig längst die Konsequenzen gezogen und das Elternhaus verlassen hatte.

Im September, drei Wochen nach dem Beginn des neuen Semesters, fuhr Wolfgang an einem Freitag mit seinem Vater nach Berlin. Als er am Sonntagabend zurückkehrte, erzählte er Friedeward, dass sie in Westberlin gewesen waren, im Heinrich-Schütz-Haus, der Kirchenmusikschule des Johannesstiftes in Spandau. Sein Vater habe ihn mit Ernst Pepping bekannt gemacht, der dort Harmonielehre und Kontrapunkt unterrichte und zusätzlich an der Musikhochschule Komposition lehre. Pepping sei in der Musikwelt von ähnlicher Bedeutung wie *Goethe-höchstselbst* bei den Germanisten. Sie hatten sich eine Weile unterhalten, dann hatte Wolfgang auf dem Flügel ein paar seiner einstudierten Stücke zu spielen und anschließend noch zwei ihm gänzlich unbekannte Stücke vom Blatt. Es sei alles gut gegangen, Pepping war zufrieden, versprach, sich persönlich beim Bischof um ein Stipendium für den ostdeutschen Kantorssohn zu bemühen, und dann könne er in vier Wochen an seine Schule wechseln.

»Ich gehe nach Westberlin, Friedl, ich kann bei Pepping weiterstudieren! Stell dir vor, bei Pepping! Das ist eine riesige Chance für mich.«

»Du willst nach Westberlin? Und ich?«

»Komm doch mit. Germanistik kannst du auch in

Berlin studieren. An der Humboldt oder an der Freien.«

Friedeward entsetzte der Gedanke, dass sein Wölfchen in eine andere Stadt ziehen wollte und sie sich nicht mehr jederzeit gegenseitig besuchen konnten. Selbst wenn sie sich jedes Wochenende sehen würden, es wäre eine Trennung, eine Entzweiung, wenn auch nur zeitweilig. Sie würden nicht mehr zusammen frühstücken und sich am Abend erzählen, was sie am Tag erlebt hatten, was ihnen zugestoßen war, und über ihre Erfolge und Niederlagen sprechen.

Friedeward fürchtete, dass es ein Abschied für immer werden könnte. Zu oft hatte er von Paaren gehört, die in verschiedenen Städten lebten und sich nur am Wochenende sahen. Im Lauf der Zeit hatte meist einer der Partner jemanden kennengelernt und dann den anderen sitzenlassen. So war es einigen Kommilitoninnen und Kommilitonen aus seinem Seminar ergangen, die zum Studieren ihren Heimatort verlassen hatten. Nein, Friedeward wollte nicht riskieren, Wolfgang zu verlieren, doch nach Berlin zu gehen, schreckte ihn. Dort kannte er keinen, niemand wusste etwas von ihm, er hatte noch achtzehn Monate Studium vor sich, und in dieser kurzen Zeit würde er sich an keiner der Berliner Universitäten einen Namen machen können. In Leipzig hatte er inzwischen eine herausragende Stellung, und *Goethe-höchstselbst* hatte ihm bereits angeboten, dass er nach dem Examen direkt mit seiner Dissertation beginnen könne. In Berlin dagegen war er ein unbeschriebenes Blatt, kein Dozent würde sich für ihn einsetzen. Ein Wechsel zu diesem Zeitpunkt wäre für ihn mehr als ungünstig, dort würde man ihn als Deutschlehrer verpflichten und in ein Provinznest wie Heiligenstadt stecken, eine akademische Laufbahn wäre damit in eine unerreichbare Ferne gerückt.

Natürlich verstand er Wolfgang. Der Name Pepping war auch ihm geläufig, bei ihm zu studieren bedeutete einen ungeheuerlich großen Schritt in Wolfgangs Karriere. Als Pepping-Schüler würde man ihn überall mit offenen Armen aufnehmen, in Ostdeutschland wie in Westdeutschland. Schüler von Pepping zu sein, das war in der Musikwelt wie ein Doktortitel in der Germanistik. Er konnte und durfte es seinem Freund nicht ausreden.

Die beiden Freunde waren hin- und hergerissen. Beiden war ein Studienabschluss mit Bestnoten so gut wie sicher und ihre Aussichten, nach dem Diplom gute Stellen zu bekommen, waren geradezu beneidenswert, doch dafür müssten sie in Kauf nehmen, sich nur noch am Wochenende zu sehen oder auch nur ein-, zweimal im Monat, denn auch am Samstag und Sonntag hatten beide häufig Verpflichtungen. In Leipzig gab es noch am Samstagvormittag Pflichtvorlesungen und beim Studententheater, das Friedeward seit einem Jahr kommissarisch leitete, wurden ab und zu an den Wochenenden zusätzliche Proben angesetzt, und für die Kirchenmusiker war der Sonntag der eigentliche Werktag, da konnte es passieren, dass Wolfgang sich am Vormittag zweimal an eine Kirchenorgel und abends für ein Konzert ein weiteres Mal an einen Flügel setzen musste.

Sie beratschlagten nächtelang. Beide hatten Bedenken und ihnen graute vor der Trennung, doch sie sprachen sich gegenseitig Mut zu und versicherten sich ihrer Liebe und unverbrüchlichen Treue – dies mit leicht ironischem Unterton, war die *unverbrüchliche Treue* doch eine Formulierung, die sie fast täglich in der Zeitung lasen oder bei Ansprachen der Universitätsleitung zu hören bekamen.

Ende Oktober fuhr Wolfgang nach Hakenfelde, einem Ortsteil von Spandau, um sein Studium an der Kirchenmusikschule im Johannesstift aufzunehmen. Er bekam ein Bett im Stift zugewiesen, in einem kleinen Zweierzimmer, das er sich mit einem Neunzehnjährigen aus Sassnitz teilen musste. Er war froh, wenn er sich freitags auf den Weg nach Leipzig machen konnte, um dieser Enge für zwei Tage zu entfliehen, und war unzufrieden über den Umstand, dass er dazu aber nur selten Gelegenheit hatte.

Sein Zimmerkamerad konnte nicht nach Hause fahren. Man hatte ihn im Juni 1953 in seiner Oberschule festgenommen, da er einen anonymen Protestbrief am Schwarzen Brett angeheftet hatte. Zusammen mit drei anderen Mitschülern musste er drei Tage im Untersuchungsgefängnis absitzen. Anschließend wurde er freigelassen, denn man hatte keinen Beweis für seine Urheberschaft erbringen können, doch da die Untersuchungen weitergehen würden, durfte er einstweilen Sassnitz nicht verlassen. Eine Woche später floh er über Potsdam nach Westberlin. Nun saß er in Spandau fest, keinesfalls durfte er über die Berliner Sektorengrenze in den Ostteil der Stadt gehen, denn dort drohte ihm nun eine mehrjährige Haftstrafe.

Wolfgangs sehr eingeschränkte Wohnverhältnisse in Berlin erlaubten es nicht, dass Friedeward ihn besuchte. Sie konnten sich nur in dessen Leipziger Zimmer treffen. An den Mittwochsvorlesungen konnte Wolfgang nicht mehr teilnehmen, bis Freitagabend und manchmal bis Samstagmittag hatte er Lehrveranstaltungen und erreichte häufig erst in der Nacht zum Sonntag den letzten Zug nach Leipzig.

Am zweiten Weihnachtsfeiertag verlobte sich Wolfgang mit Helga. Die Feier fand im engsten Familienkreis im Haus von Helgas Eltern in Leinefelde statt, außer der Familie waren nur zwei ihrer Freundinnen dabei. Friedeward war nicht eingeladen. Wolfgang hatte ihm vierzehn Tage zuvor von der Verlobung erzählt. Nach Wolfgangs Umzug hatte Helga auf einem Verlöbnis bestanden, da ihre Mutter sie bedrängte, die Verbindung offiziell und verbindlich zu machen. Sie meinte, ein junger Mann in einer fremden großen Stadt sei vielerlei Gefährdungen ausgesetzt, da sei ein kleiner Ring am Finger zur Erinnerung hilfreich.

Wolfgang berichtete seinem Freund bei ihrem Wiedersehen im neuen Jahr belustigt von der Familienfeier, von den Trinksprüchen, die auf sie ausgebracht worden waren, den Glückwünschen ihrer Eltern, die bereits etwas von Enkeln gefaselt hätten, und den wiederholten Aufforderungen, sich zu küssen. Friedeward hörte ihm beunruhigt zu.

»Und wie stellst du dir das vor? Wie soll das mit Helga weitergehen?«

»Wir sind verlobt, na und? Verlobt, das bedeutet doch gar nichts.«

»Und wenn sie auf eine Heirat drängt?«

»Ich bleibe verlobt, solange es geht. Und wenn es nicht zu vermeiden ist, dann heirate ich sie auch.«

»Aber wie willst du das denn anstellen?«

Wolfgang lachte, machte eine wegwerfende Handbewegung und meinte, das würde sich finden. Dann grinste er und sagte: »Das mit der Hochzeitsnacht kriege ich schon hin, wird schon nicht so schwierig sein. Und es ist allemal besser als der Siebenstriemer, oder?«

Friedeward war gekränkt von seiner Bemerkung und glaubte auch nicht, dass alles so leicht zu bewerkstelligen sei, wie Wolfgang sich das vorstellte. Doch Wolfgang blieb dabei, es würde sich alles irgendwie finden, wichtig sei allein, dass ihnen niemand auf die Schliche käme. Auf dem Bahnsteig verabschiedete er sich gut gelaunt von seinem Freund und stieg dann in den Zug nach Berlin.

In diesen Monaten verbrachte Friedeward viel Zeit mit Jacqueline und Herlinde. Er beneidete die beiden, da sie ihr Leben in derselben Stadt teilen konnten, sich nach wie vor gut verstanden, und die Sorgen der jeweils anderen ernst nahmen. Im Studententheater war er einer der wichtigsten Spieler und im siebten Semester inszenierte er mit seinen Kommilitonen das Stück *Der Lechner Edi schaut ins Paradies* von Jura Soyfer. Sie wurden damit zum Treffen der Studententheater nach Warschau eingeladen und zudem noch im selben Jahr nach Prag.

Trotz der zeitaufwändigen Theaterproben vernachlässigte er sein Studium keineswegs, er wollte als Jahrgangsbester abschneiden, was ihm auch gelang und ihn zuversichtlich stimmte, dass er sein Diplom mit Auszeichnung machen würde. In den ersten Monaten seines fünften Studienjahres, im letzten Semester, in dem er noch Lehrveranstaltungen besuchte, bevor er sich an seine Diplomarbeit zum Thema *Der Zeitungsroman – die Ästhetik der Fortsetzungsschreiber des 19. Jahrhunderts* machte, wurde ihm die Leitung des Seminars *Einführung in die Neuere deutsche Literatur* für die Erstsemester übertragen. Er freute sich über die Möglichkeit, selbst zu lehren, würde dies doch seine Stellung innerhalb der Seminargruppe wie an der Fakultät insgesamt festigen. Das Honorar dafür war geradezu lächerlich gering, dennoch war es ein willkommener Zusatzverdienst. Er wollte seine Sache gut machen, wünschte sich, dass seine Studenten ihn ebenso bewunderten, wie er *Goethe-höchstselbst* von Anfang an verehrt hatte. Profunde Kenntnisse waren dafür die erste Voraussetzung, und selbstsicheres Auftreten. Er durfte niemals Unsicherheit zeigen oder gar einen Fehler machen, denn das würden die Studenten sich merken. Unabdingbar war überdies, frei zu sprechen, und so ging er niemals unvorbereitet in eine Seminarstunde und hatte wie sein verehrter Chef nie mehr als einen kleinen Zettel bei sich, auf dem er lediglich Stichpunkte notiert hatte. Das freie Sprechen fiel ihm nicht leicht, er besaß nicht die Gelassenheit und Selbstsicherheit seines Professors, doch nötigte er sich, so wie sein verehrter *Goethe-höchstselbst*, niemals mehr als diesen kleinen Notizzettel mitzubringen und vor sich auf das Pult zu legen. Mit der Zeit half ihm die Erfahrung, er wurde selbstbewusster und brachte seine Ansichten und Lehrmeinungen temperamentvoll und mitreißend vor. Auf den Korridoren des Instituts trugen die Studenten bewundernd weiter, was sie in seinen Lehrveranstaltungen gehört hatten, und rühmten sein offenbar phänomenales Gedächtnis und sein scheinbar allumfassendes Wissen. Bald nannte man ihn ehrfurchtsvoll *kleiner Professor*, was sogar den Dozenten zu Ohren kam und Friedeward mehr als recht war.

Wolfgang kam immer seltener nach Leipzig, seine Verpflichtungen am Stift waren zahlreicher geworden, und häufig konnte er seinem Freund erst am Freitag mitteilen, dass er am Wochenende in Berlin bleiben musste und frühestens in einer Woche zu ihm kommen könne.

Als er wieder einmal absagte, setzte sich Friedeward

in die Bahn, um ihn in Berlin zu besuchen. Doch das Wochenende verlief nicht so, wie Friedeward es gehofft hatte, und er kehrte am Sonntagabend mit schlechter Laune zurück. Wolfgang hatte keine Zeit für ihn gehabt, ihn eher unwirsch als erfreut begrüßt, hatte nicht mit ihm in die Stadt fahren und ihm auch kein Quartier anbieten können. Die wenigen Gästezimmer des Stifts wurden an den Wochenenden immer schon lange im Voraus von den westdeutschen Eltern der Studierenden bestellt, die anreisten, um ihren Filius zu besuchen. Friedeward musste in einer Jugendherberge im Ostteil der Stadt um einen Bettenplatz bitten, da er für ein Zimmer im westlichen Teil nicht das richtige Geld besaß. Mit Wolfgang konnte er nur wenige Stunden zusammen sein, da sein Freund an dem Wochenende viermal in der Kirche zu spielen hatte und nur für wenige Stunden das Stift verlassen konnte. Doch auch bei diesen Spaziergängen mussten sie äußerst vorsichtig sein, durften sich nicht berühren oder gar küssen, auch wenn sie sich alleine wähnten. Wolfgang erzählte ihm, vor einem Jahr sei einer der Erzieher wegen Sodomie, wie es hieß, entlassen und angezeigt worden, da der bei unzüchtigen Handlungen mit einem Minderjährigen überrascht worden war. Seitdem herrsche im ganzen Stift ein unterschwelliges Misstrauen, und wenn man ihn bei einer einzigen zärtlichen Geste erwischen würde, so würde das für ihn das Ende seines Studiums bei Ernst Pepping bedeuten.

Am Sonntagabend lief Friedeward bedrückt allein zum Bahnhof, Wolfgang hatte keine Zeit, er saß zu dieser Stunde bereits wieder am Klavier und hatte für den musikalischen Rahmen bei einem Empfang des Stifts für den Bischof zu sorgen. Friedeward schwor sich, Wolfgang nie wieder in Berlin zu besuchen, solange sein Freund nicht ein eigenes Zimmer hatte.

Im Sommer 1957 fuhren Wolfgang und Helga nach Bulgarien, Wolfgangs Eltern hatten den Verlobten eine Urlaubsreise nach Burgas geschenkt, zwei Bahntickets und zwei Einzelzimmer in einer Familienpension direkt am Strand. Friedeward hatte sich bemüht, ebenfalls in Burgas oder in einem benachbarten Dorf ein Quartier zu bekommen, doch es gelang ihm nur, einen Zeltplatz vorzubestellen.

Er kam zwei Tage nach den Freunden in Burgas an. Wolfgang und Helga warteten in dem kleinen Provinzbahnhof auf ihn. Da es spät war und kein Bus mehr zum Zeltplatz fuhr, lud Wolfgang den Freund ein, bei ihm zu übernachten, er könne ihm mit Matratzenteilen aus Helgas und seinem Bettgestell ein ausreichend bequemes Nachtlager herrichten, so dass Friedeward in dieser Nacht seine Luftmatratze nicht auspacken und aufblasen musste. Gemeinsam gingen sie zuvor noch in eine größere Gaststätte, wo man draußen sitzen konnte. Sie kauften am Tresen eine Flasche bulgarischen Rotwein und für jeden eine halbe Melone und feierten ihr Zusammensein und die bevorstehenden Urlaubstage. Mit einem kleinen Schwips gingen sie zu Bett, Helga in ihr Zimmer, Wolfgang und Friedeward gemeinsam in das Nachbarzimmer. Die beiden jungen Männer unterhielten sich noch länger und lachten dabei laut und viel. Helga klopfte irgendwann an die Wand und bat die beiden um etwas mehr Ruhe.

Am nächsten Morgen fuhr Friedeward nach dem Frühstück mit dem Bus zum Zeltplatz, meldete sich beim Platzwart und bekam eine Grasfläche zugewiesen, auf der er sein Zelt aufschlagen konnte.

Sie verbrachten die gesamten drei Wochen zusammen, aßen gemeinsam zu Mittag und zu Abend, machten an einem Tag zu dritt einen Ausflug nach Nessebar, meistens aber lagen sie am Strand. Sie hatten einen ruhigen Platz in der Nähe der Steilküste für sich entdeckt, an dem sie sich täglich ein paar Stunden sonnten, ins Wasser gingen oder sich mit einem kleinen, zusammenklappbaren Brettspiel vergnügten.

Helga gefiel es, die Tage mit den beiden jungen Männern zu verbringen, die sie wie eine Prinzessin umsorgten, charmant und witzig waren, und sie genoss die Blicke der anderen jungen Frauen auf ihre beiden gut gewachsenen Begleiter. Wenn es abends später wurde als sonst, übernachtete Friedeward bei Wolfgang, was Helga ebenfalls gefiel, da sie dann am nächsten Morgen ein vergnügliches gemeinsames Frühstück erwartete.

Unbegreiflich war Helga allerdings, dass Friedeward den Urlaub ohne seine Verlobte Jacqueline verbrachte. Diese arbeitete seit einem Jahr als Dramaturgin am

Dresdener Theater, und die beiden sahen sich ohnehin nur selten. Friedeward geriet ins Stottern, als er erklärte, die Dramaturgen müssten früher aus der Spielzeitpause zurück, da sie den Spielplan vorzubereiten hätten und mit einem Theaterautor an einem Stück über das Eisenhüttenkombinat Ost arbeiteten, das spätestens Anfang September fertig sein musste, damit es am Geburtstag der Republik Premiere haben könne.

Tatsächlich jedoch war Jacqueline mit Herlinde in die Tschechoslowakei gereist, um mit ihr durch die Hohe Tatra zu wandern, doch davon konnte und wollte er Helga natürlich nichts sagen. Seine Lüge war ihm unangenehm, zumal Wolfgang unverschämt grinste, während er sie Helga auftischte, so dass er sich verhaspelte und Helga misstrauisch wurde, ihm schweigend zuhörte, keine weiteren Fragen stellte und sich schließlich mit seiner Auskunft zufriedengab. Später, als sie mit Wolfgang allein war, erkundigte sie sich, ob es in der Beziehung zwischen Friedeward und Jacqueline kriselte, aber er sagte, davon wisse er nichts.

Ende August nahm der frisch diplomierte Friedeward als Assistent des Germanistischen Seminars zum ersten Mal an einer Sitzung des Lehrkörpers teil, folgte aufmerksam den Ausführungen des Institutsleiters und schrieb, wie seine Kollegen, eifrig mit. Er bekam zwei Seminargruppen des neuen Studienjahres zugewiesen und wurde zum Ende der Sitzung aufgefordert, über

Thema und Stand seiner Doktorarbeit zu berichten, die er in drei Jahren einzureichen hatte. Er wollte, in einer Weiterführung seiner Diplomarbeit, über Bedeutung und Einfluss des französischen und des russischen Romans auf die deutsche Literatur des vergangenen Jahrhunderts schreiben, mit besonderem Augenmerk auf die deutschen Autoren Fontane, Raabe und Storm. Man nahm seine Ausführungen wortlos zur Kenntnis, der Institutsleiter nickte lediglich kurz, als Friedeward ihn erwartungsvoll und befangen ansah.

Auch Wolfgang hatte sein Studium an der Berliner Kirchenmusikschule erfolgreich abgeschlossen. Ernst Pepping hatte ihm angeboten, ein weiteres Jahr anzuhängen und bei ihm an der Hochschule für Musik seine Kenntnisse in Komposition, Harmonielehre und Kontrapunkt zu vertiefen, was er sofort annahm, zumal das Zusatzstudium mit einem einjährigen Stipendium verbunden war, er im Stift wohnen bleiben durfte und das gewonnene weitere Jahr nutzen konnte, um sich auf eine der ausgeschriebenen Stellen als Kantor zu bewerben. Nun, nach seinem Diplom, wies man ihm ein Einzelzimmer zu, doch Wolfgang wagte es dennoch nicht, seinen Freund über Nacht einzuladen. Die bedrückende Atmosphäre gegenseitiger Überwachung, die seit dem Missbrauchsvorfall im Stift herrschte, war immer noch spürbar, und Wolfgang wollte nichts riskieren.

Das ehemalige Vierergespann kam mittlerweile nur noch selten zusammen. Jacqueline hatte als Dramaturgin bei jenen Inszenierungen, an denen sie mitgearbeitet hatte, auch die Abenddienste bei den Vorstellungen zu übernehmen, so dass sie auch an den Wochenenden in Dresden bleiben musste. Wolfgang wohnte in Westberlin, hatte gleichfalls Verpflichtungen und kaum mehr als einmal im Monat zwei zusammenhängende freie Tage, um zu seinem Freund nach Leipzig zu fahren, und Friedeward und Herlinde lebten zwar in derselben Stadt und lehrten an derselben Universität, aber es gab weder für ihn noch für sie einen wirklichen Anlass, sich ohne die anderen zu treffen. Weihnachten verlebten alle bei ihren Familien, Wolfgang besuchte zudem Helga in Leinefelde. Erst zum Jahreswechsel konnten die Freunde nach längerer Zeit wieder ein paar Tage zusammen verleben.

Am Silvesterabend des Jahres 1957 stießen sie auf das gerade erlassene Strafrechtsänderungsgesetz an, wonach homosexuelle Handlungen unter Erwachsenen nicht mehr geahndet werden durften und ausstehende Prozesse einzustellen waren. Jacqueline spottete über Wolfgang, der nur in Leipzig ein freier Mann sein könne, dem aber in Westberlin nach wie vor Strafverfolgung drohe. Als Herlinde das Glas hob, warnte sie die Freunde aber, jetzt nicht leichtsinnig zu werden.

»Es ist ein Gesetz«, sagte sie, »ein wunderbares Gesetz, aber Gesetze schaffen ein Tabu nicht aus der Welt. In diesem Fall ist der Gesetzgeber weiter und fortschrittlicher als die Gesellschaft. Glaubt bloß nicht, dass mit der Streichung dieses Paragraphen auch die Ächtung ein Ende hat. Der Staat lässt uns in Ruhe, schön und gut, uns droht kein Prozess mehr, keine Gefängnisstrafe – aber machen wir uns nichts vor, wir bleiben die Parias im Land. Der Staatsanwalt kann uns nichts mehr anhaben, aber im Alltag, bei der Arbeit, wird sich kaum etwas ändern. Wo man uns nicht mehr offen an den Pranger stellen kann, wird man ganz subtil vorgehen. Bei Berufungen wird man uns benachteiligen, bei Ernennungen, überall da, wo andere über unser Fortkommen entscheiden, wird man uns still und leise sabotieren. Natürlich alles im Rahmen der herrschenden Gesetzeslage, keiner würde sich den Schuh anziehen, uns offen auszugrenzen. Man wird immer Gründe dafür ins Feld führen können, warum wir den Lehrstuhl, die Regieassistenz, das Kantorat nicht bekommen haben: fehlende Berufserfahrung, schlechter Führungsstil, ein mangelndes Bewusstsein fürs Kollektiv, und alle werden eifrig nicken. Machen wir uns nichts vor, Kinder.«

»Aber es ist doch ein Fortschritt«, wandte Friedeward ein.

»Jaja, durchaus«, erwiderte Herlinde. Dann sagte sie zu ihrer Freundin: »Und du, Jackie, du und Friedl, ihr solltet endlich heiraten. Es wäre besser für euch. Für uns vier. Trotz des netten Gesetzes.«

In den ersten Stunden des neuen Jahres einigten sich Jacqueline und Friedeward tatsächlich darauf, sich noch vor dem Spielzeitende und den Sommersemesterferien standesamtlich trauen zu lassen. Jacqueline war leicht angetrunken und prustete bei dem Gedanken, Friedls Ehefrau zu werden. Sie gab sich alle Mühe, auch Herlinde mit ihrem Gelächter anzustecken, doch die Freundin lächelte nur, die Heiterkeit der jüngeren Freunde schien ihr angesichts der nach wie vor ernsten Lage, in der sie sich befanden, unangebracht. Ihre Kassandrarufe vermochten jedoch kaum die gute Laune der drei Freunde zu trüben.

Am zweiten Sonntag im März klopfte es frühmorgens an Wolfgangs Zimmertür im Johannesstift. Die Klinke wurde wiederholt gedrückt, aber da die Tür von innen verschlossen war, ließ sie sich nicht öffnen. Eine Frauenstimme forderte ihn barsch auf, unverzüglich zu öffnen. Wolfgang, der leichtsinnig alle Vorsicht vergessen hatte und mit einem jungen Mann aus Friedenau im Bett lag, ging zur Tür und sagte, im Moment sei es für ihn unpassend und überhaupt sei es mehr als unhöflich, jemanden an einem Sonntagmorgen um sieben Uhr aus dem Bett zu holen.

»Das ist eine Unverschämtheit. Und nun gehen Sie!«, rief er verärgert durch die Tür.

»*KiSi,* Zimmerkontrolle. Öffnen Sie umgehend, oder ich lasse die Tür vom Hausmeister öffnen. Er wird sicher einen Zweitschlüssel haben.«

Wolfgang bedeutete seinem Gast, sich unter der Bettdecke zu verbergen, und öffnete dann die Tür einen Spalt breit. Eine Frau Ende vierzig mit einem streng gebundenen Dutt stand auf dem Flur und hielt ihm einen amtlich wirkenden Ausweis entgegen.

»*KiSi*«, wiederholte sie, »ich komme vom Kirchlichen Sicherheitsdienst und habe den Auftrag, Ihr Zimmer zu kontrollieren. Lassen Sie mich ein. Die Kontrolle dauert keine fünf Minuten, dann bin ich schon verschwunden, andernfalls drohen Ihnen Disziplinarmaßnahmen und ein Verweis aus dem Johannesstift.«

»*Kirchlicher Sicherheitsdienst*? Davon habe ich noch nie etwas gehört. Sind Sie von der Polizei?«

»Nein, wir sind der Sicherheitsdienst der Kirche. Aber wir haben alle Vollmachten, um sämtliche Einrichtungen der Kirche zu kontrollieren sowie alle kirchlichen Mitarbeiter.«

Wolfgang zögerte einen Moment, dann trat er beiseite und ließ die Frau ein. Sie warf einen Blick auf das Bett und die Bettdecke, die sich deutlich wölbte, und forderte die darunter verborgene Person auf, sich zu zeigen und auszuweisen. Der junge Mann streckte den Kopf hervor und sagte, er habe keine Ausweispapiere bei sich, er sei auf der Durchreise und sein Freund Wolfgang habe ihm für die Nacht ein Quartier angeboten, da er erst spät in Berlin angekommen sei.

»Sie sind nicht angemeldet. Im Hauptbuch in der Pförtnerloge steht nichts von einem Nachtgast.«

»Nein, es war schon spät, da wollte ich den Pförtner nicht herausklingeln«, wandte Wolfgang ein.

»Dafür ist der Pförtner da. Sie haben sich also eingeschlichen, Herr …«

»Lehmann. Fritz Lehmann.«

»Sie haben sich eingeschlichen, Herr Lehmann, das ist Hausfriedensbruch. Und ganz offensichtlich haben

Sie das Bett miteinander geteilt. Unzucht ist gesetzlich verboten und wird hier nicht geduldet.«

»Es ist nicht so, wie es für Sie den Anschein hat. Mein Freund hat hier nur übernachtet.«

»Herr Zernick, ich mache meine Meldung bei der Stiftsleitung, gebe an, was ich gesehen habe, über alles andere habe nicht ich zu entscheiden. – Und Sie, Herr Lehmann, ziehen Sie sich an, ich warte vor der Tür. Ich werde Sie zur Pförtnerloge begleiten, laut Hausordnung haben unangemeldete Personen kein Recht, sich ohne Begleitung im Stiftsgebäude zu bewegen. Danach werde ich die Stiftsleitung über diesen Vorfall informieren, und sie wird entscheiden, wie in dieser Sache zu verfahren ist.«

Die Frau ging mit energischen Schritten aus dem Zimmer und schloss krachend die Tür hinter sich.

»Und nun?«, fragte Wolfgangs Besucher grinsend und zog Hemd und Hose an, »jetzt steckst du ganz schön in Schwierigkeiten, was?«

Wolfgang sah verzweifelt seinen Besucher an, dann keuchte er: »Schwierigkeiten? Du hast vielleicht Nerven. Das wird mehr als nur Schwierigkeiten geben. Die werden uns anzeigen.«

»Mich nicht, ich bin fein raus«, meinte der Mann, der sich als Fritz Lehmann ausgegeben hatte, »ich gehe mit dieser Schreckschraube bis zur Pforte, aber dann haue ich ab. Mich kennt keiner, was kann mir da schon passieren. Ich knall der eine vor den Latz und bin weg. Ist die Eingangstür von innen verschlossen?«

»Weiß ich nicht. – Oder doch, den rechten Türflügel kann man von innen öffnen.«

»Alles klar. – Tschüss, Wölfchen.«

Er winkte ihm lächelnd zu, setzte dann aber eine zerknirschte Miene auf, als er aus der Tür trat und scheinbar folgsam und mit niedergeschlagenen Augen der Mitarbeiterin des Sicherheitsdienstes hinterhertrottete.

Sieben Stunden später eröffnete der Stiftsleiter Schneidt eine dringliche Sitzung der Fachbereichsleiter und der Direktion Erziehung. Die acht Herren hörten sich den Bericht der Frau mit dem strengen Dutt an, und nach einer wenig strittigen Diskussion beendeten sie mit einem einmütigen Beschluss bereits nach einer knappen halben Stunde ihre Zusammenkunft. Ernst Pepping bot an, Wolfgang Zernick persönlich über den Ausgang der Sitzung zu informieren.

Er suchte Wolfgang in dessen Zimmer auf und teilte ihm mit, man habe beschlossen, keine Anzeige zu erstatten. Wolfgang versuchte stotternd und mit hochrotem Kopf, dem geschätzten Professor zu erklären, dass nichts vorgefallen sei, was gegen Recht und Sitte verstoße, dass er jenem Freund nur habe helfen wollen, doch Pepping unterbrach ihn, sagte, dass er nichts davon hören wolle. Er und seine Kollegen seien mehr als enttäuscht darüber, dass Wolfgang sich in eine derart prekäre Lage gebracht habe, aber man wolle einem so talentierten Studenten seinen weiteren Weg nicht verbauen, und daher würde das Stift von einer Anzeige absehen. Er habe allerdings unverzüglich und das heiße, innerhalb der nächsten zwei Stunden, das Johannesstift zu verlassen, ihm sei auf Lebenszeit der Zutritt zum gesamten Stiftsgelände untersagt und die Stipendienzahlungen seien mit sofortiger Wirkung eingestellt. Das Studium an der Hochschule für Musik müsse er abbrechen, denn anderenfalls würde der Stiftsleiter die Hochschule über das Vorgefallene unterrichten. Er bitte Wolfgang, hier und jetzt einen Brief an den Leiter des Lehrstuhls zu schreiben und ihm auszuhändigen, in dem er diesem mitteile, dass er das Studium aus persönlichen Gründen abbrechen müsse.

»Es tut mir sehr leid für Sie, Herr Zernick«, sagte er, »aber wir sind in Westberlin, nicht in der Ostzone, wo das neuerdings nicht mehr strafbar ist. Sie dürfen nicht vergessen, dass Sie hier in einem kirchlichen Stift leben. Wären Sie nicht so außerordentlich begabt und beliebt bei uns Dozenten, säßen Sie jetzt auf der Polizeiwache. – So, und nun schreiben Sie den Brief, ich will ihn gleich mitnehmen. Und dann packen Sie. Sie müssen das Haus vor achtzehn Uhr verlassen. Das war alles, was ich für Sie erreichen konnte. Wir werden uns in der nächsten Zeit nicht mehr sehen, aber ich hoffe und erwarte, in den nächsten Jahren von Ihnen zu hören.«

Wolfgang übernachtete in einer Pension am S-Bahnhof. Am nächsten Morgen kaufte er sich zwei Lokalblätter, setzte sich in ein Café und studierte auf der Suche nach einem billigen Quartier die Annoncen. Ohne ein Stipendium musste er sehen, wie er mit dem wenigen Geld, das er noch hatte, zurechtkam, und zudem brauchte er eine Möglichkeit, jeden Tag ein paar Stunden an einem Flügel oder Klavier zu sitzen. In den östlichen Teil Berlins konnte er nicht gehen, denn er war seit einem Monat Bundesbürger und hatte seinen DDR-Ausweis bei der zuständigen Senatsdienststelle abgeben müssen.

Um die westdeutsche Staatsbürgerschaft hatte er sich bemüht, weil er nur so als Kantor Fuß fassen konnte. Er hatte sich bereits auf eine ganze Reihe frei werdender Kantorenstellen in verschiedenen Gemeinden beworben, und man hatte ihm immer freundlich Auskunft darüber gegeben, was man von ihm erwartete – neben dem sonntäglichen Orgelspiel im Hauptgottesdienst und in Konzerten sowie der musikalischen Begleitung von fast wöchentlich stattfindenden anderweitigen Veranstaltungen der Gemeinde fiele die Leitung der Kantorei in seine Verantwortung, die Wartung der Instrumente und die kirchenmusikalische Öffentlichkeitsarbeit –, doch sobald man ihn um seine Papiere bat und er einen

Ausweis des ostdeutschen Staates vorlegte, wurden seine Gesprächspartner zurückhaltender. Im Pfarramt Bruchsal erhielt er die Auskunft, der Stadtkämmerer würde vermutlich Bedenken gegen seine Berufung erheben, man bevorzuge *Steuerinländer,* da nur diese der Stadt und dem Staat ein Drittel ihres Gehalts zurückerstatten, während er nur in der Ostzone steuerpflichtig sei. Meistens jedoch sagte man ihm unter fadenscheinigen Begründungen ab, und er vermutete, dass die plötzliche Zurückhaltung bei all seinen anderen Bewerbungen den gleichen Grund hatte und er einen bundesdeutschen Pass benötigte, wenn er Kantor in Westdeutschland werden wollte. Er musste Bundesbürger werden, wenn er eine der gewichtigeren Kantorenstellen in dem zweiten deutschen Staat bekommen wollte.

Darüber hinaus reizte ihn die Unabhängigkeit. Endlich konnte er die Brücken zu alten Verpflichtungen hinter sich abreißen, konnte alte Abhängigkeiten beenden, die Mahnungen seiner Eltern hinter sich lassen und unter das skurrile Kapitel Helga einen dicken Schlussstrich ziehen, bevor diese Beziehung endgültig in eine Katastrophe führte.

Kurz entschlossen und ohne mit seinen Eltern oder Friedeward zu sprechen, hatte er daraufhin einen westdeutschen Pass beantragt, wodurch er nun in der DDR wegen Republikflucht straffällig geworden war. Er durfte die östlichen Sektoren Berlins nicht betreten, musste sämtliche Bahn- und Buslinien, die durch den Ostteil führten, meiden, da er nun auf den ostdeutschen Fahndungslisten stand und verhaftet werden konnte, sobald er den Boden des anderen deutschen Staates betrat. Westdeutschland konnte er nur noch mit dem Flugzeug erreichen, denn auch die Bahn durchquerte das ostdeutsche Staatsgebiet, und auf jeder Fahrt wurden sämtliche Passagiere von den Grenzpolizisten kontrolliert.

Dass er dadurch Friedeward noch seltener sehen würde, bekümmerte ihn, aber man konnte sich im westlichen Teil Deutschlands treffen. Und vielleicht war eine solche Phase in ihrer Beziehung auch positiv zu sehen, würde doch eine solch große räumliche Trennung ihre Beziehung auf die Probe stellen. Sie würden bald merken, ob ihre Liebe wirklich *unverbrüchlich* sei. Er war zuversichtlich, dass sein Freund seine Entscheidung nicht nur verstehen, sondern ganz und gar dahinterstehen würde.

In Waidmannslust fand er in der Nimrodstraße ein für ihn geeignetes Zimmer. In der Zeitungsannonce war es als geräumig und ruhig beschrieben worden, und die Vermieterin war eine Professorenwitwe, die bevorzugt an Musikstudenten vermietete. Zu seiner großen Freude stand im Wohnzimmer ein Flügel, auf dem der verblichene Physikprofessor seine Gattin begleitet hatte, wenn sie Lieder von Schubert, Zelter, Haydn und Schumann sang. Den Gesang hatte die Witwe bereits zehn

Jahre vor dem Tod des Ehemannes aufgegeben, da ihre Stimme, wie sie Wolfgang erklärte, altersbedingt ihre Festigkeit und Kraft eingebüßt habe, aber bis zu seinem Tod seien es die glücklichsten Stunden ihres Lebens gewesen, im Wohnzimmer zu sitzen und gemeinsam zu musizieren. Dass Wolfgang bei Ernst Pepping studiert hatte, nahm sie bewundernd zur Kenntnis, und als sie sich erkundigte, ob er bereit wäre, ihre Wohnung wieder mit Klaviermusik zu erfüllen, versprach er ihr, sich jeden Tag an den Flügel zu setzen, woraufhin sie beglückt ankündigte, sie würde ihm dafür jeden Morgen ein kostenloses Frühstück hinstellen.

Er hatte nun ein preisgünstiges Zimmer und einen Flügel, den er jederzeit nutzen konnte, wofür er auch noch morgens gratis verpflegt werden sollte. Wolfgang war überglücklich, innerhalb von zwanzig Stunden ein solches Juwel gefunden zu haben und endlich nicht mehr den strengen Regeln des Stifts und der Beaufsichtigung und Kontrolle mürrischer Pförtner zu unterliegen. Man weiß im Leben nie, wozu ein Unglück gut ist, dachte er und lächelte bei dem Gedanken, dass die Frau vom Kirchlichen Sicherheitsdienst ihm im Grunde geholfen hatte. Sein Diplom hatte er ja glücklicherweise bereits, und das Zusatzstudium hätte er ohnehin in wenigen Monaten abgeschlossen gehabt. Nun wollte er bei den Bewerbungen als Kantor etwas Tempo zulegen, nochmals an jene Kirchengemeinden schreiben, bei denen er sich erst kürzlich beworben hatte und die ihn möglicherweise nur abgelehnt hatten, weil er damals noch kein Steuerinländer war, und die ihn nun als Bundesbürger für die Stelle in Betracht ziehen würden. Vielleicht hatte er Glück, und die Kantorate waren noch nicht alle neu besetzt.

Seinen Eltern schrieb er, er habe das Zusatzstudium abgebrochen, um sich ganz auf die Stellensuche zu konzentrieren, er habe auch bereits ein Kantorat in einer großen Gemeinde in Aussicht. Er teilte ihnen mit, dass er aus dem Johannesstift ausgezogen sei und nun zur Untermiete bei einer Professorenwitwe wohne.

Auch an Helga formulierte er einen langen Brief, den er allerdings nicht gleich abschickte, sondern über fünf Tage hinweg immer wieder las, korrigierte und neu abfasste. Aus den drei Seiten wurden acht, dann zehn, schließlich gab er einen zweiseitigen Brief an sie auf, in dem er ihr weitschweifig mitteilte, er habe eine andere Frau kennengelernt, sich in diese verliebt und löse daher die Verlobung auf. Hatte er in den ersten Fassungen des Briefs noch inständig um ihr Verständnis geworben und darum, dass sie ihm verzeihen möge, so mangelte es diesem Brief nicht an Deutlichkeit und Härte. Er wollte es ihr klar und hart sagen, ihr jede Hoffnung auf einen Sinneswandel seinerseits nehmen, um ihr damit die Trennung letztlich zu erleichtern, da dann ihre Wut auf ihn schwerer wöge als ihr Schmerz über die Trennung.

Mit dem Brief an Friedeward tat er sich am schwersten. Er brauchte mehrere Anläufe, um ihm zu gestehen, dass er nie wieder nach Leipzig kommen könne, da man ihn andernfalls als Republikflüchtling verhaften würde. Und abermals bediente er sich der Lüge, dass er sich neu verliebt habe – diesmal allerdings nicht, wie er im Brief an Helga behauptet hatte, in eine Frau, sondern in einen Mann aus Westberlin.

»Aber wir sollten Freunde bleiben, Friedl. Das muss möglich sein«, bat er ganz zum Schluss.

Drei Tage später stand Friedeward vor seiner Wohnungstür in der Nimrodstraße, er war blass und aufgeregt. Wolfgang befürchtete eine lautstarke Auseinandersetzung, die er seiner Vermieterin nicht zumuten wollte, und überredete ihn zu einem Spaziergang im Waldpark und um den Steinbergsee. Friedeward verstand nicht, was das alles solle, wieso er sich von ihm trennen wolle, warum er nie etwas von jenem anderen Mann gesagt habe. Mehrfach brachte er dieselben Fragen und Vorwürfe auf, und auch Wolfgang drehte sich im Kreise, ersann Details über seinen vermeintlichen neuen Freund, bekräftigte, dass er ins östliche Deutschland nicht mehr fahren könne und ohnehin demnächst in Westdeutschland eine Stelle bekomme.

Friedeward war verzweifelt, er beschwor Wolfgang unter Tränen, ihre Liebe nicht zu verraten und ihn nicht so kaltherzig und grausam abzuservieren. Nach knappen zwei Stunden sagte Wolfgang, er müsse zurück in die Uni, sein Professor erwarte ihn.

In den nächsten Wochen erhielt Wolfgang regelmäßig Briefe von Friedeward, anfangs beantwortete er sie, schrieb ihm ein paar knappe Zeilen oder schickte ihm eine Ansichtskarte, doch das stellte er bald ganz ein. Friedewards Larmoyanz ging ihm auf den Wecker, mal überschüttete er ihn mit Klagen und mit sentimentalen Anekdoten, dann wieder beschimpfte er ihn und warf ihm vor, sein Leben zu zerstören. Mit der Zeit überflog Wolfgang die Briefe nur noch flüchtig, wenn überhaupt, und warf sie dann kopfschüttelnd weg.

Einige Zeit nach Friedewards Besuch erschien Wolfgangs Vater bei seinem Sohn. Er hatte von seinem Freund Ernst Pepping die tatsächlichen Hintergründe seines Umzugs erfahren, hatte kaum glauben können, was er hören musste, war tief erschüttert und verlangte, dass Wolfgang zu der Sache Stellung nahm, ihm dabei aber keine weiteren Lügen auftischte. Wolfgang war auf unbestimmte Art erleichtert, er wollte sich nicht mehr verstecken, nicht mehr schweigen oder Ausflüchte ersinnen. Er wollte sich endlich zu sich selbst bekennen, schließlich tat er nichts Unrechtes. Er gestand seinem Vater, dass er sich seit seiner Pubertät zu Männern hingezogen fühle und dass Pius Ringeling mit seinen Beschuldigungen seinerzeit durchaus recht gehabt hatte, er sei mit Friedeward mehr als nur befreundet gewesen.

»Und Helga?«, fragte sein Vater fassungslos, »weiß sie davon? Hast du es ihr gesagt? Ihr seid miteinander verlobt, und jetzt? Wie soll das zwischen euch beiden weitergehen?«

»Gar nicht. Ich habe die Verlobung aufgelöst. Ich habe ihr geschrieben und behauptet, dass ich mich an mein Gelöbnis nicht mehr gebunden fühle, weil ich jemand anders kennengelernt hätte.«

»Geschrieben? Das hast du ihr geschrieben! Du bist zu feige, es ihr ins Gesicht zu sagen! Nein, Wolfgang, ich verlange von dir, dass du zu ihr fährst und es ihr sagst. Dass du ihr erklärst, was gar nicht zu erklären ist. Mit einem Brief ist es nicht getan. So viel Anstand erwarte ich von dir.«

»Ich kann nicht fahren. Ich bin seit zwei Monaten Bundesbürger und gelte somit als republikflüchtig. Man würde mich verhaften. Und sie zu bitten, zu mir zu kommen, das erscheint mir unpassend.«

»Du bist abgehauen? Wieso besprichst du das nicht vorher mit uns? Was hast du neuerdings nur für ein seltsames Benehmen, Wolfgang? Du verlässt uns endgültig, und ich erfahre das so nebenbei? Was ist los mit dir, Junge?«

»Es ging nicht anders, Vater, es musste sein, weil ich hier sonst keine Kantorenstelle bekomme. Sie nehmen nur Steuerinländer, wie das heißt, und weil ich als DDR-Bürger hier keine Steuern zahlen muss, bringe ich also der Stadt nichts ein. Solche Leute nehmen sie nur, wenn sie sonst keinen finden. Und ich konnte nicht warten, konnte mich mit euch nicht besprechen, sonst wären alle freien Stellen weg gewesen.«

»Ach, Junge! Ich weiß gar nicht, wie ich das deiner Mutter sagen soll. Sie hat die Helga so ins Herz geschlossen und nun soll ich ihr erzählen, dass du mit einem Mann zusammen sein willst. Dass du geflüchtet bist und uns nie wieder besuchen kommen kannst. Sie wird völlig verzweifelt sein! Ach, mein Junge, was tust du nur?«

Helga hatte sich auf seinen Brief nicht bei ihm gemeldet, was Wolfgang sehr recht war. Im Juni wurde seine Bewerbung für die Marienkirche in Hamburg nach einem Vorspiel und zwei Gesprächen positiv beschieden, er bekam einen Vertrag ab September, der nach einer bestandenen viermonatigen Probezeit ab Januar 1959 unbefristet war. Er flog nach Hamburg, um eine kleine Zweizimmerwohnung zu mieten, kündigte für Ende August sein Zimmer bei der Witwe in der Nimrodstraße, ging mit seinem Arbeitsvertrag zur Bank, um einen Kredit für die Wohnungseinrichtung aufzunehmen, und machte sich daran, in Berlin seine Koffer zu packen.

Friedeward war nach dem letzten Gespräch mit Wolfgang in sich gekehrt und wurde wortkarg, vermied es, sich mit Freunden zu treffen, sah nur Jacqueline und Herlinde regelmäßig, selbst die Studenten seiner beiden Seminargruppen bemerkten, wie verschlossen und schweigsam er geworden war. Bei den Arbeitsgruppengesprächen erklärte er seine auffällige Zurückhaltung und gelegentliche Zerfahrenheit mit den Schwierigkeiten seiner Doktorarbeit, für die er tatsächlich jeden Tag in die Deutsche Bücherei ging und dort bis zur Schließzeit um zehn Uhr abends in einem der Lesesäle saß,

Fachbücher las und exzerpierte. Häufig jedoch starrte er nur gedankenschwer auf die Buchseiten, ohne eine Zeile zu lesen, und dachte an den ihm unbegreiflich mitleidslosen und verlorenen Freund, der nun fern von ihm in dem anderen deutschen Staat lebte und arbeitete, der dort mit einem neuen Gefährten zusammen war, mit ihm eine Wohnung teilte, mit ihm in Konzerte und Kinos, in Kneipen und Cafés ging und der keinen Gedanken mehr an ihn verschwendete. Wenn die Erinnerungen und die Sehnsucht übermächtig wurden, schrieb er ihm einen Brief, häufig mehrere Seiten lang, den er in seine Kollegmappe legte, ihn daheim nochmals durchlas und in ein Briefkuvert steckte, um ihn abzuschicken, oder ihn hoffnungslos mehrfach zerriss und in den Papierkorb warf.

Herlinde und Jacqueline sorgten sich um ihn, sie wussten, dass Wolfgang sich von ihm getrennt hatte und dass er verzweifelt war, bemühten sich, ihm zu helfen, und respektierten sein Bedürfnis, allein zu sein, sich seinem Kummer hinzugeben und jede Gesellschaft zu meiden, doch luden sie ihn, wenn Jacqueline in der Stadt war, wiederholt zu sich ein oder gingen mit ihm in eins der Leipziger Cafés, in das Corso oder in den Coffe Baum, um ihn aufzumuntern, aber auch, um die Lüge ihrer Verlobung am Leben zu halten.

Herlinde gelang es ein halbes Jahr später, für die beiden zwei nebeneinanderliegende kleine Wohnungen zu beschaffen. Beide Wohnungen waren Kontingentwohnungen des theaterwissenschaftlichen Instituts, doch über Umwege brachte sie es fertig, dass eine der beiden Wohnungen mit einer Kontingentwohnung der Germanisten getauscht werden konnte. Friedeward als Doktorand dort unterzubringen, war keine Schwierigkeit, für Jacqueline, die ja längst nicht mehr an der Uni war, musste Herlinde wiederum ein paar Strippen ziehen, bevor sie die Wohnung anmieten konnte. Sie wohnten nun zusammen im selben Haus und auf demselben Stockwerk, hatten getrennte Eingangstüren, auf denen aber beider Namen standen, J. Duehren und Fr. Ringeling. Die Zwischenwand hatten sie durchbrechen und dort eine verschließbare Tür einbauen lassen, so dass Friedeward die beiden Zimmer von Jacqueline nutzen konnte, wenn sie in Dresden war, und gelegentliche Besucher, Arbeitskollegen und Freunde, aber vor allem auch Wilhelmine und Pius Ringeling, überdies den Eindruck von einem tatsächlich zusammenlebenden Paar gewinnen mussten.

Bei einem dieser Besuche erzählte Pius seinem Sohn, er habe gerüchteweise gehört, der Sohn des Kantors Heinrich Zernick, der in den Westen gegangen war und an einer großen Hamburger Kirche dem Beruf seines Vaters nachging, habe dort Schwierigkeiten bekommen und stehe wohl kurz davor, gekündigt zu werden. Er sei in fragwürdige Gesellschaft geraten und man verdächtige ihn homosexueller Neigungen. Pius fixierte dabei seinen Sohn misstrauisch, offensichtlich gespannt auf dessen Reaktion, doch Friedeward gelang es, die Mitteilung scheinbar gelassen und desinteressiert aufzunehmen. Er erwiderte lediglich, dass sie sich in Leipzig bedingt durch ihre verschiedenartigen Studienfächer aus den Augen verloren hätten und er bisher nichts von Wolfgangs Flucht in den Westen und einer Anstellung in Hamburg gehört hätte.

Er konnte seinen Eltern nicht, so wie Wolfgang, offen gestehen, dass ihn Frauen nicht interessierten und er sich mehr von Männern angezogen fühlte. Sein Vater hatte ihm mit dem Siebenstriemer eingebläut, dass seine Art, zu begehren, eine Sünde sei, eine himmelschreiende Sünde, vor Gott wie vor den Menschen ruchlos und unentschuldbar, eine frevelhafte Neigung, eine dämonische, satanische Lust. Er glaubte nicht mehr an Gott, war, seit er Heiligenstadt und das Elternhaus verlassen hatte, niemals wieder in der Kirche gewesen, aber der Glaube an eine höhere Kraft, an eine übergeordnete Macht, gleichgültig ob man sie Gott oder Kosmos oder schlicht Natur nennt, war tief in ihm verwurzelt. Und ebenso hatte sich ihm seit seiner Kindheit eingebrannt, dass man nicht sündigen durfte, dass es Dinge gab, die nicht sein durften, die wider jede Moral waren. Wenn auch der Paragraph getilgt war, so lastete doch das Wissen um die eigene Sündhaftigkeit schwer auf ihm. Überhaupt waren Gesetze ja letzten Endes nur eine Vorgabe eines mehr oder weniger willkürlichen und fragilen Staates, und der Bereich der Moral stand völlig außerhalb dessen, was eine Regierung als Recht und als Unrecht erklärte. Schließlich gab es ja Sünden und selbst Todsünden, die ein Staat nicht strafte, nicht einmal ächtete, möglicherweise sogar als staatsbürgerliche Tugend schätzte, wie den Geiz und die Habsucht, aber das Gesetz, das in ihm wirkte, die einzig entscheidende Richtschnur seines Lebens, sagte ihm unzweideutiger als jeder Gesetzestext, was Recht und was Unrecht war. Und seine Liebe, sein Begehren war Unrecht, war gegen die Natur, beschämte und beschmutzte ihn.

Er musste schweigen, musste verschweigen, was keiner wissen durfte. Es wäre ihm unerträglich, vor seine Studenten zu treten und zu wissen, dass sie über ihn im Bilde waren. Sie achteten ihn mehr als die anderen Assistenten und selbst die Studenten des fünften Studienjahres bemühten sich, ihn als Mentor zu gewinnen. Die Kollegen und *Goethe-höchstselbst* sprachen mit großem Respekt über ihn, seine Ansichten zählten, seine wissenschaftlichen Arbeiten, die kleinen Aufsätze und Referate, wurden gelesen und mehrfach hatte er in Sitzungen des Lehrkörpers über seine Dissertation referieren dürfen. All dies wäre über Nacht dahin. Die Studenten würden nicht mehr voller Bewunderung zu ihm aufblicken und jedes seiner Worte eifrig notieren, sondern hinter seinem Rücken über ihn, die *Schwuchtel,* die *Tunte,* tuscheln. Seine Kollegen würden über ihn witzeln, als seien seine Leistungen plötzlich wertlos und lächerlich, und man würde ihn augenzwinkernd darauf hinweisen, dass seine Fürsorge für die männlichen Studenten nicht zu weit gehen dürfe. Nein, er konnte darüber nicht sprechen, diese Vorstellung war ihm unerträglich. Er musste weiterhin die Komödie aufführen, die zu spielen er gezwungen war, alles andere war für ihn ausgeschlossen. Er musste weiter mit Jacqueline das verliebte Paar mimen, hatte sie eines Tages zu heiraten, seinen Eltern und der Welt zuliebe, und musste sich irgendwann die Fragen nach den ausbleibenden Kindern anhören.

Am nächsten Morgen rief er im Dresdener Theater an und verlangte Jacqueline zu sprechen. Er gab wieder, was sein Vater ihm über Wolfgang erzählt hatte und wie er ihn dabei angesehen hatte, wie er darauf gelauert hatte, ihn zu entlarven. Seine Mutter hatte zudem beklagt, dass Jacqueline schon länger nicht mehr mit Friedeward bei ihnen in Heiligenstadt zu Besuch gewesen war und sie sie auch in Leipzig kaum mit antrafen. Friedeward war der Ansicht, sie müssten ihre Lügengeschichte wieder etwas mehr beleben – und die beste und überzeugendste Möglichkeit, die ihnen dafür zur Verfügung stand, war eine Hochzeit.

»Wenn wir zumindest ein Datum nennen, hätte ich

wieder eine Weile Ruhe vor misstrauischen Nachfragen. Und wir hatten doch eigentlich längst beschlossen, es durchzuziehen, es dann aber dauernd aufgeschoben ...«, meinte er.

Jacqueline wollte es sich in Ruhe überlegen, sie war zwar grundsätzlich einverstanden, wollte zuvor aber noch mit Herlinde sprechen.

»Und was schwebt dir als Termin vor?«

»Ist nicht so wichtig. In einem halben Jahr, in einem Jahr. Hauptsache, wir kündigen eine Hochzeit an, dann sind sie fürs Erste beruhigt.«

»Was hältst du von Weihnachten?«

»Nein, nicht in den Semesterferien. Irgendwann mitten im Semester. Ich will, dass es auch hier alle mitbekommen.«

»Gut. Ich spreche mit Herlinde, und ich begleite dich bei deinem nächsten Besuch. Mit deinem Vater komme ich schon klar.«

»Danke. Ich weiß es wirklich so sehr zu schätzen, dass du das für mich tust. Wenn ich sehe, wie unkompliziert es für dich in Dresden ist, werde ich immer ganz neidisch.«

»Am Theater ist das eben alles lockerer. Wir haben genügend Schwule und Lesben an Bord, das kümmert keinen. Ich muss mich nicht verstecken, das tue ich nur für dich und Herlinde.«

Sie heirateten im darauffolgenden Frühjahr, am ersten April 1960, einem Freitag, acht Tage nachdem Friedeward seine Doktorarbeit erfolgreich verteidigt und das höchste Prädikat erreicht hatte, ein summa cum laude. Der gesamte Lehrstuhl, alle Professoren, Dozenten und Assistenten, war bei der Verteidigung anwesend, auch viele seiner Studenten, im Großen Hörsaal war kein einziger Platz mehr frei, und als nach einer kurzen Pause der Dekan die Beurteilung verkündete, folgte ein langanhaltendes begeistertes Klopfkonzert.

Die Hochzeit mit Jacqueline fand in Sonnenberg statt, einem Stadtteil von Karl-Marx-Stadt, wo ihre Mutter wohnte. Friedewards Eltern waren angereist und seine Schwester mit ihrem Mann sowie Freunde des Ehepaares aus Leipzig. Nach der Zeremonie auf dem Standesamt – die Standesbeamtin war eine junge, unbeholfene Person, die Mühe hatte, die Namen richtig auszusprechen, Trauzeugen waren Herlinde und Heinrich Ferches, ein Arbeitskollege von Friedeward – feierte die kleine Gesellschaft in einem Gastraum des Wissmannhofes, wo man für die Nacht Zimmer gemietet hatte.

Jacquelines Mutter, Marianne Duehren, hatte Friedeward zuvor erst einmal bei einem Besuch in Leipzig gesehen, sie war leitende Ingenieurin im *Großdreh-maschinenbau 8. Mai* und hatte von ihrem ersten Mann und dem Vater ihrer einzigen Tochter den Namen angenommen und nach einer Ehe, die nur vier Jahre hielt, noch dreimal geheiratet. Sie lebte seit Jahren allein in dem schönen Geschosswohnbau *Wissmannhof*, wusste von der Neigung ihrer Tochter und ihrer Lebensgefährtin Herlinde und hatte, als die Tochter es ihr erzählte, nur gesagt: »Gut, Jackie, ist vielleicht besser so. Mit den Scheißkerlen ist ohnehin nichts anzufangen. Vielleicht wäre ich mit einer Frau auch besser dran gewesen.«

Sie billigte auch das Versteckspiel der Tochter, die angebliche Verbindung mit Friedeward und ihre Scheinehe, und war seiner konservativen Eltern wegen bereit, bei der »Posse«, wie sie sich ausdrückte, mitzuspielen. Mit Friedeward kam sie gut zurecht, seinen Eltern ging sie am Tag der Hochzeit aus dem Weg, da Pius Ringeling wiederholt beklagte, dass das junge Paar nur standesamtlich und nicht kirchlich heiratete.

»Eine Eheschließung muss vor Gott erfolgen«, sagte er bekümmert zu Marianne Duehren, nachdem sie ein erstes Glas Wein getrunken hatten und er darum gebeten hatte, dass sie sich duzen, »ohne kirchliche Weihe ruht kein Segen auf der Ehe.«

»Es sollte jeder nach seiner Fasson selig werden. Ich brauche keinen Altar und keinen Pfaffen«, erwiderte sie lächelnd, »in meiner Familie sind wir schon seit

Christi Geburt Atheisten, und ich bin überdies in einer Partei, die das auch nicht gern sieht.«

Pius Ringeling spitzte unzufrieden die Lippen. »Ja«, sagte er dann, »wir leben in gottlosen Zeiten und in einem gottlosen Land.«

»Hauptsache, wir haben Frieden. Sie und ich, Verzeihung, du und ich, wir haben zwei Kriege erleben müssen, zwei Weltkriege, da lebe ich lieber in einem gottlosen Land zu gottlosen Zeiten, als mit dem Segen der dazu immer bereiten Kirche noch einen dritten erleben zu müssen. Habe ich nicht recht, Pius?«

Beim Essen stand der Trauzeuge Heinrich Ferches nach dem Hauptgang auf, klopfte an sein Glas und bat um Ruhe. Dann holte er aus der Innentasche seines Anzugs einen Brief hervor und verlas die Glückwünsche des Leiters des Germanistischen Seminars. Der Ordinarius gratulierte seinem jungen Assistenten zur Eheschließung und teilte ihm mit, er werde vorfristig und außer der Reihe ab September zum Oberassistenten der Leipziger Germanistik befördert. Dann legte Heinrich Friedeward ein schwarzseidenes Gewand um, einen Rektorentalar aus dem achtzehnten Jahrhundert, den die Kollegen für ihn bei einer Auktion im Gebrauchtwarenhaus ersteigert hatten.

Marianne Duehren bemerkte, dass Pius Ringeling kaum etwas zu sich nahm, und erkundigte sich besorgt, ob ihm das Essen nicht schmecke oder ob er es nicht vertrage, aber der Studienrat erklärte abwehrend, er leide ab und zu unter einer heftigen Appetitlosigkeit, die einer Kriegsverletzung geschuldet sei.

Nach dem Essen bat Pius Ringeling seinen Sohn, mit ihm ein paar Schritte vor die Tür zu gehen, die frische Aprilluft würde ihm guttun. Besorgt erkundigte sich Friedeward nach seiner Gesundheit, doch sein Vater knurrte nur abweisend und sagte, die Kriegsverletzung melde sich wieder, in seinem Inneren brenne alles, die Luftröhre, die Lunge.

»So viele Jahre hatte ich Ruhe, nun fängt das wieder an. Das ist wohl das Alter. Aber ein Gutes hat es immerhin, wir haben eine Dringlichkeitsbescheinigung bekommen, mit der wir in einem Monat einen Telefonanschluss erhalten. Wenigstens dafür ist die kaputte Lunge gut.«

Er lächelte gequält, ergriff dann mit beiden Händen die Schultern seines Sohnes und sah ihm nachdrücklich in die Augen: »Friedeward, was ich dir sagen möchte – es ist heute für mich ein wirklich glücklicher Tag. Ich hoffe, ihr beide werdet irgendwann einmal vor den Altar treten, auf dass Gott eure Liebe segnet, doch diese Heirat gibt mir einen großen inneren Frieden. Ich war sehr beunruhigt, Friedeward. Dein Bruder Hartwig hat mein Leben vergiftet, und auch du hast mir schlimme Sorgen gemacht. Nächtelang habe ich Gott angefleht, dir den rechten Weg zu weisen. Ich habe dich gestraft, und es fiel mir von Mal zu Mal schwerer. Ich habe immer darunter gelitten, wenn ich euch züchtigen musste, aber ich weiß, es war richtig. Wer sein Kind liebt, der züchtigt es, sagt Gott. Und auch du, mein Sohn, hast so den richtigen, den gottgefälligen Weg gefunden. Ich bin darüber sehr glücklich, Friedeward, und ich denke, du auch. Habe ich recht? Denn wer will schon als Sünder durch die Welt gehen, verachtet von den anderen? Und wen könnte man mehr verabscheuen, als jemanden, der in Sünde lebt?«

Friedeward sah den alten Mann fassungslos an, trat einen Schritt zurück, um sich loszumachen und sagte ganz kalt: »Dich, lieber Vater, dich.«

Pius Ringeling erschrak und sah seinen Sohn entgeistert an.

»Aber Friedeward«, stammelte er, »Friedeward, wie kannst du nur so etwas sagen?«

»Gehen wir hinein, Vater, man wird uns vermissen.«

Er wandte sich um und ging, ohne seinen Vater weiter zu beachten, in den Gastraum zurück.

Als Jacquelines Mutter am späteren Abend zusammen mit der nur sieben Jahre jüngeren Herlinde vor dem Haus eine Zigarette rauchte, sagte sie zu ihr: »Da bist du nun als Jackies Ehefrau auch ihre Trauzeugin.«

»Nein, Marianne, das ist nicht ganz richtig. Ich bin als ihr Ehemann Jackies Trauzeugin.«

Sie lächelten, doch plötzlich schüttelten sich beide

aus vor Lachen und beruhigten sich erst, als Magdalena, Friedewards Schwester, hinzutrat und sich erkundigte, was es so Lustiges gäbe.

»Nein, Magdalena, wir freuen uns nur, dass dein Bruder nun nicht nur seinen Doktor hat, sondern auch eine feste Anstellung. Das ist für die Ehe eines jungen Paares doch ein gutes Fundament. So haben sie eine Sorge weniger.«

Gegen Mitternacht war Jacqueline ein wenig betrunken und fing an, kichernd über eheliche Pflichten zu spotten. Herlinde fiel laut lachend ein, und die beiden stießen prustend miteinander an. Doch plötzlich meinte die Freundin sehr ernsthaft, die Braut gehöre nun ins Bett, und zusammen mit Marianne brachte sie Jacqueline nach oben. Da diese sich weigerte, ins geschmückte Hochzeitszimmer zu gehen, und kreischend protestierte, brachten die Frauen sie ins benachbarte Zimmer von Herlinde, wo sie umgehend einschlief.

Am nächsten Tag fuhren sie nach Leipzig, fuhren dort drei Stationen gemeinsam mit der Straßenbahn, dann verabschiedete Friedeward sich von seiner Angetrauten und von Herlinde und stieg aus der Bahn. Entgegen seinem festen Grundsatz, sich in Leipzig, wo man ihn kannte, niemals mit einem Liebhaber einzulassen, zog es Friedeward an diesem Abend zum Waldplatz, wo er sich an einem bekannten Treffpunkt, einer Klappe, einen Stricher bezahlte.

Im Dezember 1960, drei Monate nachdem Friedeward offiziell Oberassistent geworden war, ließ der Institutsleiter ihn in sein Büro kommen und wollte wissen, ob er sich bereits Gedanken zu seiner Habilitationsschrift gemacht habe. Der Professor nickte zufrieden, als Friedeward dies bestätigte und ihm Thema und geplanten Umfang seines Vorhabens knapp darlegte. Er wollte seine Forschungen über den europäischen Zeitungsroman vertiefen, und dabei den Fokus auf Henry Nevilles Robinsonade *The Isle of Pines* richten, die im Grunde mehr eine längere Erzählung war als ein Roman und 1668 in drei Fortsetzungen im *Nordischen Mercurius* erschienen und damit der erste nachweisbare Abdruck eines Fortsetzungsromans war. In seiner Dissertation hatte Friedeward Nevilles Text bereits erwähnt, jedoch nur am Rande. Neville erzählt darin von den erotischen Abenteuern eines Mannes mit vier Frauen auf einer einsamen Südseeinsel, der daraus resultierenden Entstehung eines Stammes und der Dynamik, die sich unter den folgenden Generationen entwickelt. Mit jenem ersten Zeitungsroman, in deutscher Übersetzung *Die Insel der Fruchtbarkeit*, veränderten sich die Publikationsmodalitäten für Autoren, was wiederum Auswirkungen auf die Ästhetik der Texte hatte, die Wahl der Stoffe, die Erzählweise, den Stil, selbst auf die Haltung des Erzählers dem Leser gegenüber. Friedeward Ringeling wollte, wie er ausführte, zeigen, dass Henry Neville der erste Autor überhaupt war, dem das Schreiben zum Broterwerb diente. Seine Räuberpistolen – denn viel mehr waren die Texte nicht – hatten eine unmittelbare Wirkung auf die gesamte europäische Dichtung, die ohne diesen Einfluss noch in der klassischen Periode einen anderen Verlauf genommen haben würde.

»Sie sprechen Schiller an? Heine?«, erkundigte sich der Professor interessiert, aber unüberhörbar skeptisch.

»Nicht nur, aber auch Schiller, ja«, bestätigte Friedeward, »ich will die Auswirkungen auf die deutsche Literatur bis zum Ende des 19. Jahrhunderts zeigen, aber auch auf die französischen, spanischen und englischen Romane eingehen. Jener Henry Neville ist einer der geistigen Väter unserer bürgerlichen und spätbürgerlichen Literatur, bisher gänzlich unbeachtet und unbekannt. Mein Arbeitstitel lautet derzeit: *Der Zeitungsroman – seine Bedeutung und seine Auswirkungen auf die klassische deutsche und europäische Literatur.*«

Der Professor knurrte kurz: »Friedeward, vergaloppieren Sie sich bloß nicht. Ist ja eine interessante Theorie, aber wenn sie über die reine Spekulation hinaus tragfähig sein soll, müssen Sie mit starken Geschützen aufwarten.«

»Ich weiß.«

»Wann, denken Sie, legen Sie mir Ihre Arbeit vor?«

»In vier Jahren, spätestens in fünf. Sind Sie damit einverstanden, Herr Professor?«

»Gut, gut. Versuchen Sie, in vier Jahren fertig zu werden, so lange bin ich noch im Amt und kann Sie hier und da unterstützen. Die Flitterwochen dürften ja vorbei sein und Sie haben wieder Zeit für die Arbeit. Ich erwarte einiges von Ihnen.«

»Danke. Ich werde mich bemühen.«

Jacqueline sah er ein-, zweimal im Monat, sie kam nur noch selten nach Leipzig, da sie zusätzlich zu ihrer Arbeit am Theater den Jugendclub zu leiten hatte, eine Gruppe von jungen Leuten, die sich wöchentlich trafen, um im Malersaal oder der Probebühne ein Stück einzustudieren in der Hoffnung, über diesen Weg eine Karriere als Schauspieler beginnen zu können. Wenn sie nach Leipzig kam, wohnte sie bei Herlinde, und nur wenn sie abends ausgehen wollten, trafen sie sich zu dritt. Friedeward lebte alleine in der gemeinsamen Wohnung, er konnte Jacquelines Räume für sich nutzen, ließ es aber nie zu, dass Besucher ihren Teil der Wohnung betraten. Wenn er Gäste empfing und Jacqueline nicht ausnahmsweise ebenfalls Gastgeberin und also anwesend war, verschloss er die Verbindungstür.

In den Sommersemesterferien blieb er in Leipzig, gönnte sich keinen Urlaub, sondern nutzte die vorlesungsfreie Zeit, ging täglich in eine seiner beiden Lieb-

lingsbibliotheken, um ungestört an seiner Habilitationsschrift zu arbeiten.

Als er an einem Sonntagmorgen im August beim Frühstück das Radio anstellte, wurde er von der Nachricht
überrascht, dass in Berlin eine Mauer gebaut und die
Grenze zur Bundesrepublik von Armee und Polizei gesichert werde, ein Überqueren der Grenze sei damit
unmöglich, die DDR-Bürger seien, wie der Westberliner RIAS meldete, nunmehr Gefangene ihres Regimes.
Die Meldung erschien ihm unglaubwürdig, er stellte andere Sender ein, aber ausnahmslos alle berichteten aufgeregt nur noch von diesem Ereignis. Mit seiner Kaf-
feetasse in der Hand stellte er sich ans offene Fenster
und schaute auf die leere Straße, in der um diese Zeit
noch kein Auto zu sehen war, und dachte an Wolfgang,
der nun endgültig unerreichbar für ihn geworden war.

»Ade, Wölfchen«, sagte er laut, »leb wohl. Nun ist es
ein Abschied für immer.«

Er atmete tief durch und musste die Tasse abstellen.
Tränen traten ihm in die Augen.

Am ersten Tag des neuen Semesters diskutierten die Studenten innerhalb der Studiengruppe wenig kontrovers, im kleineren Kreis jedoch hell empört, die neuen Grenzsicherungen der Republik. Im engen Freundeskreis erzählte man sich von abenteuerlichen Fluchtversuchen, durch Abwasserkanäle, durch Flüsse, mittels falscher Papiere oder mit einer selbstgefertigten amerikanischen Uniform, selbst über die Ostsee wären Leute mit Schlauchbooten in Richtung Dänemark geflohen.

In den Büroräumen der Dozenten und bei den Sitzungen der Lehrkräfte sprachen alle nur verhalten über die neue Grenzsicherung. Die regierungsamtliche Bezeichnung *Maßnahmen des Ministerrats zur Sicherung der Republik* vermieden jedoch alle, doch ebenso die westdeutsche Bezeichnung *Mauer*, man sprach nur von der *neuen Lage* oder den *neuen Maßnahmen* und war erleichtert, dass Staat und Partei keine Zustimmungserklärung der Bevölkerung verlangt hatten, die den meisten schwergefallen wäre, obwohl eine Weigerung zu beruflichen Konsequenzen geführt hätte.

Im Oktober jedoch äußerte sich *Goethe-höchstselbst* dazu. Das Hochschulministerium hatte dem Leiter der Leipziger Germanistik mitgeteilt, sein Pass werde vorerst einbehalten, so dass er seine geplante Reise zu einem

Kongress in Wien nicht antreten könne. Im Festsaal der dortigen Universität sollte er das Hauptreferat halten, welches er bereits ausgearbeitet und nach Österreich geschickt hatte, da es am letzten Kongresstag den Teilnehmern als hochwertige französische Broschur übergeben werden sollte. Der Ordinarius tobte vor seinen Mitarbeitern, beschimpfte die Männer im Ministerium als Idioten, nannte die Mauer eine Absurdität aus der chinesischen Steinzeit, Mörtel und Steine hätte man besser für den Wohnungsbau einsetzen sollen. Die Dozenten und Assistenten bangten in den Tagen darauf um seinen Posten, doch hatte sein Wutanfall für ihn lediglich zur Folge, dass er bereits vier Monate später, im Februar 1962, zu einem Kongress nach Paris fahren konnte, die notwendigen Papiere waren ihm umgehend ausgehändigt worden. Dabei hatte sicher geholfen, dass der Schirmherr jener Wiener Tagung im Oktober der österreichische Bundeskanzler gewesen war und daher nach dem Reiseverbot für den Hauptredner und angesehenen Leipziger Germanisten die österreichische Republik bei der ostdeutschen Regierung offiziell Protest eingelegt hatte.

Im Januar des darauffolgenden Jahres erschien in der Universitätszeitung der Leserbrief eines Studenten, der sich über die unmäßigen und nicht zu bewältigenden Leistungsanforderungen am Institut für Germanistik beklagte, die jedes vernünftige Maß überschreite.

Auch sei der Kanon ihrer Pflichtlektüre mit völlig veralteten und überholten Texten vollgestopft, mit Texten von und über Autoren, die heute keiner mehr kenne und keiner mehr brauche. Auch die Vorlesungen zur neueren Literatur behandelten völlig überholten Stoff und folgten eher einer bürgerlichen Ästhetik denn der marxistischen Kultur- und Kunstwissenschaft. Der Verfasser des Leserbriefs empfahl, man möge sich doch lieber die Schriftenreihe zur neuen deutschen Literatur des Instituts für Gesellschaftswissenschaften zu Gemüte führen.

Der Student war kein Germanist, er studierte Journalistik und hatte als Zweitfach deutsche Literatur gewählt, weshalb er seit einem Jahr regelmäßig bei den Lehrveranstaltungen der Germanisten erschien. Der Leserbrief verursachte am gesamten Institut Unruhe, die Dozenten waren verärgert, und unter den Studenten wurde lebhaft diskutiert, ob seine Kritik gerechtfertigt sei oder nicht. *Goethe-höchstselbst* äußerte sich erstmals nach einer Woche zu diesem Brief. In einer Sitzung des Lehrkörpers befand er grimmig, diese Bankrotterklärung eines Banausen sei nicht einmal zu ignorieren. Man lachte und stimmte ihm zu, doch vierzehn Tage später wurden die Vorwürfe des Studenten in einem Artikel der Parteizeitung aufgenommen, in dem eine klassenkämpferische und praxisnahe Germanistik im ganzen Land gefordert und zum Kampf gegen Abweichler, Verwirrte und Verirrte aufgerufen wurde. Die Leipziger Germanistik wurde als Bastion bürgerlicher Lehrmeinungen und Schlupfwinkel der ewig Gestrigen angeprangert, die – verschlossen für Kritik und Selbstkritik – unveräußerliche Klassenpositionen verrieten und die Warnrufe wachsamer, revolutionärer Studenten systematisch unterdrückten. Der Ordinarius und Professor für Literaturgeschichte wurde direkt angegriffen. Es hieß, er strebe eine ästhetische Restauration an und eine revisionistische Abkehr vom Marxismus-Leninismus, man schrieb sogar von Handlangerdiensten, die er mit seinen idealistischen und reaktionären Theorien den imperialistischen Kriegstreibern des Nordatlantik-Paktes erbringe.

Die Stimmung am Germanistischen Institut war nach diesem verbalen Angriff seitens des zentralen Parteiorgans gereizt und gleichzeitig gedrückt, umso mehr, da kein Verfasser genannt war und der Artikel damit als ein nicht zu hinterfragendes, allerhöchstes Verdikt ausgewiesen war. Eine Sitzung jagte die andere, vereinzelt wurden Professoren und Dozenten auch ins Rektorat gerufen, einige gar nach Berlin ins Hochschulministerium.

Goethe-höchstselbst lief jeden Tag mit hochrotem Kopf durch die Gänge, war schlecht gelaunt und nicht ansprechbar. Der Angriff richtete sich, das wussten alle, vor allem gegen ihn, gegen seine Essays und regelmäßigen Rundfunkbeiträge zu den Neuerscheinungen des Buchmarkts, die in diesem Monat nicht ausgestrahlt wurden. Allen war klar, man wollte seinen Kopf, wollte ihn von seinem Lehrstuhl vertreiben. Hinter vorgehaltener Hand flüsterten die Assistenten, es sei schon ein Nachfolger benannt, ein Professor vom Berliner Gesellschaftswissenschaftlichen Institut, der auch einer der anonymen Verfasser des Artikels in der Parteizeitung sein sollte.

Einige Monate nach dem Erscheinen jenes Artikels teilte *Goethe-höchstselbst* in einer Sitzung mit, das Ministerium habe nach langem Hin und Her entschieden, dem Urteil des obersten Parteigremiums zu folgen und die Vorwürfe gegen ihn nicht weiter zurückzuweisen. Die unausweichliche Folge dieser Entscheidung sei, wie ja sicher allen bewusst sei, dass man ihm den Lehrstuhl und möglicherweise auch die Lehrbefugnis entziehen und ihn wohl zwangsweise emeritieren würde. De facto habe er bereits ein Veröffentlichungsverbot, jedenfalls habe der Rundfunk den Vertrag mit ihm gekündigt und der Akademie-Verlag habe die Veröffentlichung seines bereits vor sechs Monaten abgegebenen Manuskripts vorerst um ein Jahr verschoben. Er müsse leider davon ausgehen, dass seine gestrige Vorlesung zu Goethes *Torquato Tasso* und dem Staatsmann Antonio Montecatino wohl seine letzte Mittwochsvorlesung gewesen sei. Er bedankte sich bei allen Kollegen für die Jahre vertrauensvoller Zusammenarbeit und wünschte ihnen Glück und vor allem Rückgrat für die Zukunft.

»Ich verabschiede mich in weiser Voraussicht bereits heute von Ihnen. Vielleicht erteilt man mir ja schon morgen Hausverbot«, sagte er grimmig lächelnd. Dann bat er drei seiner Mitarbeiter, darunter Friedeward, noch jeweils um ein Gespräch unter vier Augen in seinem Büro.

Kaum war Friedeward in das Zimmer des Professors getreten, setzte er sogleich dazu an, sich über das große Unrecht zu echauffieren, das diesem wiederfuhr, aber der unterbrach ihn mit seiner typischen Handbewegung, einem ungeduldigen Wedeln der rechten Hand: »Lassen wir das. Reden wir von Wichtigerem.«

Er fragte ihn nach dem Stand seiner Habilitationsschrift, dann zog er drei Bücher aus der Schreibtischschublade und legte sie vor ihn auf den Tisch.

»Ich denke, die hier sollten Sie lesen, ein Engländer und zwei Amerikaner. Sie touchieren Ihr Thema, es wäre Ihrer Arbeit sicher zuträglich.«

»Danke. Darf ich sie mir ausleihen?«

»Ich verleihe keine Bücher. Ich bin keine Leihbibliothek. Die Bücher schenke ich Ihnen. Ich hätte sie mir gar nicht kaufen können, aber ich habe sie für den *New Yorker* und für die *Library Review* rezensiert. Es gibt zum Glück noch Publikationsorgane, die an meiner Meinung interessiert sind. Und hier bekommen

Sie noch ein Buch von mir, ein Belegexemplar von meinem Münchner Verlag. Es ist jene Arbeit, die vorerst hierzulande nicht erscheinen darf. Nehmen Sie die Bücher, Friedeward, und legen Sie zum Dank eine gute Habilitationsschrift vor.«

Daheim sah er, dass *Goethe-höchstselbst* eine Widmung für ihn in das Buch geschrieben hatte: *für Friedeward Ringeling, verbunden mit Hoffnungen und Erwartungen.* Die Widmung war mit dem Datum »3. Juli 1963« versehen.

Zwei Monate später, an einem Montagmorgen, hörte er im Institut, *Goethe-höchstselbst* habe die Republik verlassen und in München eine Erklärung zu seiner Flucht abgegeben, die am Vortag in den Spätnachrichten der Tagesschau verlesen worden sei. Friedeward war zu Tode erschrocken, ging in sein Büro, das er sich mit zwei anderen Assistenten zu teilen hatte, die bereits an ihren Schreibtischen saßen und ihn nur mit einem Kopfnicken grüßten. Einer der beiden sah auf.

»Hast du ihn gestern im Fernsehen gesehen? Oder im Radio gehört?«

»Nein«, sagte Friedeward, »ich habe es eben erst erfahren.«

»Mein Gott, jetzt stecken wir im Schlamassel. Was wird bloß werden? Aus dem Institut? Aus uns?«

Keiner sagte etwas, alle drei wühlten, ohne aufzusehen, in ihren Papieren.

Friedeward fragte nicht, was *Goethe-höchstselbst* den westdeutschen Journalisten gesagt hatte, er ahnte es und er wollte nichts davon wissen, geschweige denn mit jemandem darüber sprechen. Er war seinem Doktorvater und Mentor eng verbunden gewesen, war, was alle im Institut wussten, sein Liebling und Protegé, zweifelsohne würde man sich ihn vorknöpfen. Man würde ihm unterstellen, von den Fluchtplänen gewusst zu haben, und wissen wollen, ob er ihm möglicherweise dabei geholfen habe. Auf jeden Fall würde man darauf dringen, dass er sich von seinem verehrten Lehrmeister lossagt, er müsste sein Tun verurteilen, nicht allein seine Flucht, sondern man würde erwarten, dass er alles, was dieser je gesagt oder verfasst hat, verdammt und als unwissenschaftlich brandmarkt. Seine vor Jahren vorgelegte Dissertationsschrift würde man erneut nach Abweichungen von der nun vorgegebenen Linie durchleuchten, und wenn er eines Tages seine Habilitationsschrift ablieferte, würde man sie Satz für Satz prüfen, um bürgerliche oder sonstige feindliche Haltungen aufzuspüren. Zu oft hatte er in der Zeitung die gehorsamen und beflissenen Ergebenheitsadressen von Mitarbeitern und Untergebenen gewichtiger Persönlichkeiten gelesen, wenn diese sich überraschend in den Westen abgesetzt hatten. Mit mehr oder weniger aufrichtigen Loyalitätsbekundungen versuchten dann die früheren Kollegen des Geflüchteten ihre Haut zu retten.

Mittags erhielten er und seine Kollegen eine schriftliche Mitteilung aus dem Sekretariat, dass der Parteisekretär für den nächsten Tag eine Vollversammlung einberufen habe. Um dreizehn Uhr hätten sich ausnahmslos sämtliche Institutsangehörigen, auch die Studenten, in der Aula einzufinden, ein unentschuldigtes Fernbleiben würde Konsequenzen nach sich ziehen. Die drei Assistenten lasen das Schreiben schweigend. Sie sahen sich kurz an, sagten aber nichts.

Daheim überlegte Friedeward, ob er die Bücher des Professors nicht verstecken sollte, doch er wusste nicht, wo er sie hinbringen sollte, und zudem würde man ihn erst recht als Mitwisser verdächtigen, wenn man entdeckte, dass er den Besitz dieser Bücher verheimlichen wollte.

Am nächsten Morgen um neun Uhr klingelte ein Bote des Instituts und übergab ihm eine Notiz von Fräulein Schwärzger, der Chefsekretärin, die ihn bat, sie umgehend aufzusuchen. Das Wort *umgehend* hatte sie zweimal unterstrichen.

Mit unguten Vorahnungen setzte sich Friedeward auf sein Fahrrad, er fürchtete, man wolle ihn noch vor der Vollversammlung abstrafen, ihm möglicherweise seine Oberassistenz nehmen, die er ja nur dank *Goethe-höchstselbst* vor der Zeit hatte antreten können, oder ihn gar nötigen, sein Habilitationsvorhaben aufzugeben. Als er das Sekretariat betrat, erhob sich Fräulein Schwärzger, eilte ihm entgegen und teilte ihm voll Bedauern mit, seine Mutter habe angerufen, sein Vater sei ins Krankenhaus gebracht worden, es stehe schlecht um ihn, sehr schlecht. Der Arzt habe gesagt, er werde die Intensivstation nicht mehr lebend verlassen.

»Fahren Sie, Herr Doktor Ringeling, fahren Sie sofort zu Ihren Eltern. Ich gebe hier allen Bescheid. Ihr Vater liegt im Sterben, da ist alles andere unwichtig.«

Friedeward nickte nur, rannte hinaus, fuhr zurück und war eine halbe Stunde später am Bahnhof und bestieg den nächsten Zug nach Heiligenstadt.

Seine Mutter war daheim, als er eintraf, und fing sofort an zu weinen. Sie erzählte ihm, dass der Vater kaum mehr ansprechbar sei, da ihm schmerzstillende Injektionen verabreicht würden, wodurch er nur halb bei Bewusstsein sei und nicht verständlich sprechen könne. Das vor Jahrzehnten eingeatmete Giftgas habe seine Luftröhre porös gemacht, sie könne bei jeder heftigen Bewegung, bei jedem Druck oder Stoß, reißen. Der Zerfall der Lunge sei unaufhaltsam, die Schmerzen würden zunehmen, er würde langsam ersticken. So habe es ihr der Chefarzt erklärt. Es gebe keinerlei Therapiemöglichkeit und eine Besserung seines Zustands sei nicht zu erwarten. Der Tod wäre eine Erlösung für ihn. Dann versagte ihr die Stimme, und sie schluchzte nur noch.

Er fuhr allein ins Krankenhaus, saß eine Stunde am Bett des Vaters, der reglos dalag und nicht ansprechbar zu sein schien. Er wurde künstlich ernährt, angeschlossen an einen Tropf und zwei Geräte, die irgendetwas aufzeichneten. Friedeward sprach mit einer Ärztin, die ihn ermutigte, dennoch mit dem Vater zu sprechen, seine Hände zu nehmen, das könne er durchaus noch spüren. Friedeward kam ihrer Aufforderung nach, doch eher aus Pflichtgefühl denn aus echtem Bedürfnis. Es schien ihm vergebliche Liebesmüh zu sein, die halb geöffneten Augen zeigten keinerlei Reaktion. Er fühlte sich auch nicht wohl dabei, den Vater, vor dem er sich jahrzehntelang geängstigt und den er für seine Härte immer verabscheut hatte, zu berühren.

An Friedewards drittem Tag in Heiligenstadt war der Zustand seines Vaters unverändert. Vom Haus der Eltern aus rief Friedeward Fräulein Schwärzger im Institut an, sie erkundigte sich nach seinem Vater und erzählte ihm, dass es im Institut drunter und drüber gehe und keiner von ihnen wisse, ob sie ihre Position behalten könnten. Einigen Mitarbeitern habe man geraten, von sich aus zu kündigen, um so einem Disziplinarverfahren und einer Parteistrafe zu entgehen. Sie sagte, er solle am besten bei seinem Vater bleiben, solange es nötig sei, Leipzig sei derzeit für Leute wie ihn ein gefährliches Pflaster. Er bat sie, Heinrich Ferches die Heiligenstädter Telefonnummer zu geben mit der Bitte, ihn anzurufen.

Zwei Stunden später meldete sich Heinrich Ferches. Er rief von der Hauptpost aus an, vom Institut aus mit ihm zu telefonieren, wäre zu heikel, sagte er. Dann berichtete er, dass derzeit die Heilige Inquisition Gericht halte, jedem werde die Gretchenfrage gestellt, jeder müsse nun entweder den Alten verteufeln oder komme umgehend ins Fegefeuer. Nur zwei der Kollegen hätten tapfer die Lehrmeinungen ihres ehemaligen Vorgesetzten verteidigt, er selbst konnte bisher noch drum herumreden, als Sprachwissenschaftler müsse er sich ja nicht zu Literaturtheorien äußern.

»Übrigens, das *Sanctum Officium* hat einen Großinquisitor gefunden, und er kommt nicht, wie wir es erwartet haben, vom Gesellschaftswissenschaftlichen Institut. Es ist einer von uns.«

»Von uns? Ein Germanist?«

»So ist es. Nun rate, wer.«

»Keine Ahnung. Eine solche Schweinerei würde ich keinem von uns zutrauen. Sag's mir.«

»Es ist Schuhmann.«

»Nein. Nein, ausgeschlossen. Heinrich, du willst mich auf den Arm nehmen! Unser Schuhmann, das ist völlig unmöglich. Der hat doch voriges Jahr beim Alten promoviert.«

»Ebendarum. Und deshalb glaubte dieser Judas wohl, er sei als sein letzter Doktorand besonders gefährdet, und ließ sich daher rasch als päpstlicher Sonderbeauftragter zum Aufspüren von Ketzern gewinnen. Das wird seiner Karriere nicht abträglich sein.«

»Schuhmann, das fasse ich nicht.«

»Er fand heraus, dass sein ehemaliger Doktorvater für die historisch-politische Bedeutsamkeit der DDR-Literatur kein Verständnis aufbringen konnte und sie daher denunziatorisch ›rot angestrichene Gartenlauben‹ nannte. Dieser Herr Professor, sagte er wortwörtlich in der Institutssitzung vor uns allen, leide unter einer

Geschmacksverirrung in die fauligen Gefilde der spätbürgerlichen Literatur.«

»Aber wieso, Heinrich? Hat man ihn dazu gezwungen? Schuhmann ist doch kein Idiot.«

»Gezwungen? Ja, vielleicht mit einer vorgehaltenen
Mohrrübe. Für mich ist dieser Mann gestorben, und
zwar für alle Zeit.«

»Und wie geht es weiter?«

»Ich weiß es nicht. Keiner weiß es. Bleib in deinem
Heiligenstädtchen, solange du kannst. Ich jedenfalls
wünsche deinem Vater noch ein langes Leben, damit
du nicht so bald zurück im Institut bist. Es wird noch
immer nach Häretikern gefahndet, die man zu exkom-
munizieren hat. Du solltest Leipzig vorerst meiden,
Friedeward.«

Sein Vater starb eine Woche später, einen Tag bevor
man ihn von der Intensivstation auf die Palliativstation
verlegen wollte, da das Klinikum das Intensivbett benötigte und man sich nicht in der Lage sah, für den Patienten noch etwas zu tun. Er war nicht mehr zu Bewusstsein gekommen, und Friedeward, der ihn jeden
Tag besuchte, konnte nicht ein Wort mit ihm sprechen.
Er setzte sich bei jedem seiner Besuche für eine Stunde
neben ihn, nahm seine Hand, wischte ihm mit dem
Handtuch über die Stirn und die Wangen und erinnerte
sich mit Trauer und Wut seiner Kindheit, der Jahre im
Hause dieses Mannes, der nun hilflos und erbarmungs-

würdig vor ihm lag, ein fast durchscheinendes Männchen, das jeder Windzug umwerfen konnte. Friedeward betrachtete ihn kalt und mitleidlos, nichts verband ihn mit diesem Mann, er konnte keine Sympathie für ihn aufbringen, empfand keine Liebe, keine Zuneigung, kein Mitgefühl. Es war sein Vater, der vor ihm lag, der vor seinen Augen starb, er war von ihm erzogen worden, geprägt worden, im Guten wie im Schlechten, und er war es auch, der ihn in die schlimmste Verwirrnis seines Lebens gestürzt hatte.

Auf dem Totenschein der Klinik war vermerkt, dass Pius Ringeling, geboren am zweiten Oktober 1901, am vierundzwanzigsten September 1963 an den Spätfolgen seiner im Ersten Weltkrieg erlittenen Schwefellost-Vergiftung verstorben sei.

Friedeward blieb noch einige Tage in Heiligenstadt und unterstützte seine Mutter. Seine Schwester konnte Mann und Kind nicht länger alleine lassen und reiste ab, versicherte aber, zur Beerdigung wieder zurück zu sein. Friedeward begleitete seine Mutter zum Priester und zur Friedhofsverwaltung und wählte mit ihr beim einzigen Beerdigungsinstitut von Heiligenstadt einen Sarg und den Grabschmuck aus. Abends saßen sie beisammen und benachrichtigten Freunde und Verwandte, schrieben Briefe und tätigten Anrufe.

»Hast du ihn eigentlich geliebt, Mutter?«, erkundigte er sich an einem dieser Abende.

Seine Mutter sah ihn erschrocken an.

»Aber Junge«, sagte sie, »ich war mit ihm verheiratet. Ich war seine Frau.«

»Ja, aber hast du ihn geliebt?«

»Ich verstehe dich nicht, Friedeward. Ich war seine Ehefrau, wie kannst du da eine solche Frage stellen!«

»Mutter, er war mein Vater, aber ich glaube nicht, dass er mich geliebt hat. Ich glaube, er hat keinen von uns geliebt, weder mich noch Hartwig oder Magdalena. Ich hoffe, er hat dich geliebt, aber vielleicht konnte er das auch gar nicht, jemanden lieben.«

»Und du? Hast du deinen Vater geliebt?«

»Ich habe ihn gehasst. Für mich war er immer der Mann mit dem Siebenstriemer. Und das wird er immer bleiben.«

»Dein Vater war ein sehr strenger Mann, streng gegenüber allen anderen, vor allem aber gegen sich selbst. Er war wahrhaft gottesfürchtig, das findet man heute nur noch selten bei einem Menschen. Streng, gottesfürchtig und gerecht, mein Junge. Und er war kein glücklicher Mann, das hatte mit dem Krieg zu tun, mit der Vergiftung, aber es lag auch in seiner Natur. Du willst wissen, ob ich ihn liebe, ob ich ihn geliebt habe. Nun, ich habe ihn geachtet, wenn du verstehst, was ich damit meine. Und das ist vielleicht mehr wert als Liebe.«

»In der Bibel heißt es, die Liebe aber sei das Höchste. Von Achtung steht da nichts.«

»Spotte nicht, Friedeward. Es hat deinen Vater und auch mich immer sehr bekümmert, dass du in Glaubensdingen so nachlässig bist. Gott verachtet und straft die Spötter wie die Ungläubigen.«

»Nein, Mutter, ich bin sicher kein Spötter. Dafür fehlte mir der Spaß in meiner Kindheit und Jugend, dafür ging es in diesem Haus allzeit zu streng zu. Ich wäre gern ein Spötter geworden, stattdessen wurde ich nur ein wissenschaftlicher Oberassistent, der an seiner Habilitationsschrift sitzt, und in der wird es nicht spöttisch zugehen, sondern streng wissenschaftlich. Sehr, sehr streng, so wie ihr es mir beigebracht habt.«

»Ich mache uns jetzt einen Tee, mein Junge, ich bin müde.«

»Für mich nicht, Mama. Ich nehme mir ein Bier aus dem Eisschrank, ist dir das recht?«

»Nur zu, du bist hier zu Hause.«

In der Friedhofskapelle versammelten sich am Freitag der folgenden Woche nur wenige Trauergäste. Magdalena war mit ihrem Mann Karl und mit Gundula gekommen, die mittlerweile ihr Abitur gemacht hatte und sich wie die Mutter und Großmutter zur Krankenpflegerin ausbilden ließ. Unter den Trauergästen waren außerdem einige ehemalige Kollegen von Pius Ringeling und drei Ehepaare aus der Nachbarschaft. Jacqueline konnte nicht kommen, sie hatte eine Bauprobe für einen

248

erkrankten Regisseur zu leiten, hatte aber ihrer Schwiegermutter versprochen, sie bald zu besuchen und sie zu Pius' Grab zu begleiten.

Zwei Tage nach der Beerdigung fuhr Friedeward nach Leipzig zurück, ging noch am selben Abend bei Heinrich Ferches vorbei, um sich nach der Situation und Stimmung am Institut zu erkundigen, bevor er am nächsten Morgen dort erscheinen würde. Er erfuhr, dass voraussichtlich ein Schüler von Frings Ordinarius und Institutsleiter würde, was wohl die beste Lösung sei, da man befürchtet hatte, dass ein Scharfmacher vom Institut für Gesellschaftswissenschaften den Laden übernehmen würde, um ihn auf Vordermann zu bringen. Vier Kollegen hätten von sich aus bereits gekündigt und waren damit einer Degradierung zuvorgekommen. Zwei von ihnen würden als Deutschlehrer arbeiten, die anderen wollten versuchen, andernorts an einer Universität unterzukommen.

»Und du?«, erkundigte sich Friedeward, »musstest du eine Erklärung gegen den Alten unterschreiben?«

»Nein«, Heinrich grinste, »dieser Kelch ist an mir vorübergegangen. Ich habe in der Vollversammlung erklärt, ich verstünde nur etwas von Sprache, von Literatur hätte ich keine Ahnung und von Literaturtheorie schon gar nicht. Und das haben drei andere genauso gemacht, und wir sind alle damit durchgekommen.«

»Und wie sieht es für mich aus?«

»Gut, Friedeward. Du warst vierzehn Tage nicht da, und jetzt hat sich der Sturm etwas gelegt. Es war wirklich übel, wie sie sich hier gegenseitig an den Kragen gegangen sind, die Beschuldigungen waren heftig und jetzt schämen sie sich dafür. Hier herrscht ziemliche Katerstimmung. Ich denke, keiner will diesen stinkenden Mist noch einmal aufrühren. Sie werden dich in Ruhe lassen.«

Heinrich Ferches' Vermutung erwies sich als richtig. Die Kollegen kondolierten ihm, fragten, wie es ihm nach dem Tod des Vaters gehe, und alle umschifften das heikle Thema. Auch in sämtlichen Vorlesungen und Seminaren, Sprechstunden und Konferenzen – keiner verlor ein Wort über den Republikflüchtigen, keiner wollte neues Unheil heraufbeschwören, es war, als habe es *Goethe-höchstselbst* am Germanistischen Seminar nie gegeben. Friedeward setzte seine Arbeit fort, vereinbarte mit den Studierenden zusätzliche Termine, um die ausgefallenen Stunden nachzuholen, und saß wie in den Jahren zuvor nahezu täglich in einem Lesesaal der Deutschen Bücherei, bis diese abends schloss. Der Akademie-Verlag hatte bereits Interesse an einer Publikation bekundet, obgleich der zuständige Lektor noch keine Seite zu lesen bekommen hatte. Doch Friedewards Ruf eilte ihm voraus, und die Erwartungen an seine Habilitationsschrift waren hoch.

Trotz seiner zahlreichen Verpflichtungen fand er neben seinem Habilitationsvorhaben immer die Zeit, das Studententheater, dessen Leitung er mit seiner Promotion abgegeben hatte, zu unterstützen. Er half, wo es galt, Wege auf höheren Hierarchiestufen zu ebnen und trieb im Rektorat wie im Rathaus finanzielle Mittel für sie auf. Den Ensemblemitgliedern galt er als beratender Freund und *spiritus rector*, er war bei Proben ein gern gesehener Gast, man schätzte sein Urteil und seine Ideen. Mit seinem Engagement für die Studenten setzte er bewusst und für alle sichtbar eine Tradition fort, die sein verehrter einstiger Lehrer begonnen hatte. Dabei gab Friedeward jedoch stets Acht, die Zusammenarbeit stets professionell zu halten, und Abstand gerade zu den jungen Männern zu wahren.

Im Februar 1965 reichte er sein Habilitationsgesuch beim Dekan der Philologischen Fakultät ein, und bereits zwei Monate später wurde sein öffentlicher Vortrag im vollen Großen Hörsaal mit einem begeisterten Klopfkonzert gefeiert und er durfte mit Fug und Recht seine baldige Berufung als Professor erwarten. Seine Fakultät wollte ihn keinesfalls an eine andere Universität verlieren, man hoffte darauf, Friedeward Ringeling als Professor am eigenen Institut zu sehen, doch es sollte noch gut eineinhalb Jahrzehnte dauern, ehe er tatsächlich berufen wurde. Da er kein Mitglied der Staatspartei war, erhielt jener ein Jahr jüngere Mitbewerber, der sich seinerzeit vehement von *Goethe-höchstselbst* distanziert und Anschuldigungen gegen ihn erhoben hatte, vor Friedeward eine Professur, was in der gesamten Fakultät für schlechte Stimmung sorgte. Wiederholt musste die Sekretärin anonyme Schmähschriften gegen diesen vom Schwarzen Brett entfernen.

Anfang der Siebzigerjahre entdeckten Studenten auf der Suche nach einem geeigneten Studentenclub die Reste der Moritzbastei, des vierhundert Jahre alten Teils der Stadtbefestigung, die mittlerweile im Zentrum der Stadt lag und nach dem damaligen Kurfürsten benannt worden war. Nach dem Zweiten Weltkrieg hatte man dort Trümmer und Schutt der bombardierten Stadt aufgehäuft, und wenige Jahre später erinnerte nur noch ein mit wilden Sträuchern und kleinen Bäumen überwachsener Hügel an den einstigen Bau. Mit Hilfe ihres geschätzten Mentors Friedeward Ringeling gelang es den Studenten, die Universitätsleitung und den Stadtrat von ihren Plänen zu überzeugen, und tatsächlich konnten sie ein Jahr später mit den Arbeiten beginnen. In Zehntausenden unbezahlten Arbeitsstunden schafften sie Schutt und Trümmer aus dem unterirdischen Gewölbe und nach fünf Jahren, am ersten Dezember 1979, konnte ein erster Bauabschnitt als Club genutzt werden. Das gesamte Objekt wurde erst nach weiteren drei Jahren fertiggestellt und galt bald als größter und schönster Studentenclub Europas.

Doch sosehr Friedeward sich in diesen Jahren immer wieder für die Studenten eingesetzt hatte – an einer Sache scheiterte er: In seiner Vorstellung wäre eines der

unteren Gewölbe der ideale Aufführungs- und Proben-
raum für das Studententheater, und er hätte gerne gesehen, dass man es dem Theater dauerhaft zur Verfügung
stellte. Doch bei der Entscheidung um die Nutzung
der Räumlichkeiten stimmten mehr als siebzig Prozent
der Beteiligten dafür, diese ausschließlich als Club und
gastronomisch zu nutzen, da man nur so die dringend
benötigten Gelder für einen unabhängigen Betrieb der
Bastei beschaffen könne.

Seine Habilitationsschrift war innerhalb von vier
Jahren außer im deutschen Original noch in drei Übersetzungen erschienen, neben einer polnischen waren eine
französische und eine englisch-amerikanische publiziert
worden, was Friedewards Ansehen im In- und auch
im Ausland weiter förderte, ihm an der Universität
eine unvergleichliche Souveränität gab und seine Position nahezu unangreifbar machte. Anfangs wurden seine
Dienstreiseanträge ins westliche Ausland dennoch abschlägig beschieden, da er, wie ihm bedeutet wurde,
nicht Mitglied der Partei war und daher nicht gewähr-
leistet sei, dass er sich im Ausland aktiv für die Frie-
denspolitik seiner Regierung einsetzen werde. Als er
jedoch von der Universität Boston eingeladen wurde,
am dortigen Germanistischen Seminar eine dreimona-
tige Gastprofessur zu übernehmen, wendete sich das
Blatt. Der Kulturattaché der amerikanischen Botschaft
in Ostberlin überbrachte ihm die Einladung im Namen

der Universität persönlich. Er hatte selbst in Boston Germanistik studiert, hatte Friedewards Habilitationsschrift und weitere Artikel von ihm gelesen, und schätzte ihn so sehr, dass er bei seiner alten Alma Mater angeregt hatte, ihn einzuladen. Friedeward dankte ihm für die Einladung, die er gerne annehmen wolle, gab aber zu bedenken, dass seine Aussichten, diesen Aufenthalt genehmigt zu bekommen, weitaus besser seien, wenn die Einladung direkt über die Botschaft erfolgen würde. Der Kulturattaché musste diesen Gedanken bedauernd zurückweisen, er würde damit fahrlässig die Grenzen seines Kompetenzbereichs überschreiten, versprach jedoch, sich um eine Lösung zu bemühen.

Fünf Tage später überbrachte ein Bote der Botschaft Friedeward ein Schreiben, in dem ihm der Kulturattaché mitteilte, dass er das Vergnügen habe, ihm eine Einladung der Universität Boston, einer der besten seines Landes, zu übergeben. Die Botschaft würde es sich als Ehre anrechnen, dem weltweit geschätzten Germanisten bei dieser Reise behilflich zu sein, Professor Ringeling möge sich, wann immer dies erforderlich sei, an ihn wenden.

Ringeling stellte den Antrag auf eine vierteljährige Befreiung von seinen Verpflichtungen an der Universität sowie auf ein Arbeitsvisum für die USA. Die Genehmigung der Universität bekam er nach vier Wochen, das Visum konnte er sechs Wochen später bei der US-Konsularabteilung in Empfang nehmen.

Nach seiner Rückkehr aus Boston wurden ihm weitere Auslandsreisen grundsätzlich genehmigt, und da er ein umworbener Redner auf internationalen Germanistenkongressen war, reiste er nun zwei- bis dreimal im Jahr nicht nur in die östlichen Metropolen, sondern auch nach Rom, Paris und London.

Bei seiner ersten Reise in die Bundesrepublik im Jahre 1977 – er hatte in Aachen ein Referat zu halten – machte er einen Abstecher nach Köln, da er erfahren hatte, dass Wolfgang Zernick dort als Kantor arbeitete. Er hatte ihn von Aachen aus angerufen, Wolfgang war erfreut gewesen, seine Stimme zu hören, doch ihr Treffen in einem Braustübchen am Kölner Hauptbahnhof verlief seltsam unbeholfen. Sie sahen sich nach mehr als zwanzig Jahren zum ersten Mal wieder, beide hatten sich verändert, waren keine Studenten mehr, sondern Männer mittleren Alters. Wolfgang trug einen schmalen Wangenbart und sein Haar war bereits leicht ergraut. Sie umarmten sich kurz, sprachen über die vergangenen Jahre und ihre beruflichen Erfolge und Schwierigkeiten. Wolfgang deutete an, dass er zwei Mal in Verdacht geraten sei – ein Mitglied des Kirchengemeinderates in Tübingen hatte ihn angezeigt sowie eine eifrige Kirchgängerin und Hausfrau in Siegen –, doch er sei jedes Mal mit einem blauen Auge und einem Wohn- und Arbeitsplatzwechsel davongekommen, beide Richter hätten mehr als deutlich ihr Desinteresse daran durchblicken lassen, einen volljährigen Mann wegen »Unzucht« zu verurteilen.

Als sie sich nach drei Stunden mit einem Wangenkuss trennten, war beiden klar, dass sie sich nie wiedersehen würden und auch nicht wiedersehen wollten. Und obgleich Friedeward lächelte, schmerzte ihn der Abschied von Wolfgang.

Die Auslandsreisen waren ihm eine willkommene Abwechslung. Sie erweiterten seinen Horizont, und der persönliche Kontakt und Austausch mit den Kollegen bereicherte seine Arbeit. Auch war er im Ausland unbesorgter, mit einem Mann ins Bett zu gehen. Man begegnete sich, verbrachte etwas Zeit miteinander, und das war auch schon alles. Keine Peinlichkeiten, keine Telefonanrufe, kein Drama. Zwei Schiffe, die sich in der Nacht begegneten, mehr nicht.

Auf den Kongressen selbst konnten fast alle Beiträger Deutsch, der Austausch fiel also nicht schwer. Manche der Vorträge und Gespräche fanden jedoch auch auf Englisch statt, und Friedeward hatte Mühe, zu folgen. Zu lange lag der Englischunterricht bei seinem Vater zurück, und es mangelte ihm an Sprachpraxis. Und außerhalb der Konferenzräume, im Hotel oder auf der Straße, half ihm mitunter auch sein gebrochenes Englisch nicht weiter, was manchmal zu skurrilen Situationen führte. So brachte ihm eines Tages der Pförtner der Wohnanlage einer der Pekinger Universitäten, wo er untergebracht war, einen Hund in sein Zimmer, der kochfertig und mit abgezogenem Fell in einer Plastiktüte steckte und den er angeblich bestellt hatte.

Doch es lag nicht immer nur an den Sprachkenntnissen, wenn es im Ausland zu Verständigungsproblemen kam. Friedeward erzählte seinen Freunden, dem *Tabakskollegium*, wie die kleine Runde sich selbst nannte, eine Anekdote aus Wien, dabei ganz offensichtlich über sich selbst belustigt. Er hatte zum ersten Mal das Hotel Sacher betreten und am Tresen nach dem für ihn bestellten Zimmer gefragt, woraufhin er von einem der livrierten Herrn auf das überschwänglichste begrüßt wurde.

»Habe die Ehre, Herr Professor«, sagte der Rezeptionist zu ihm und nahm Haltung an, »das Hotel Sacher ist hocherfreut, dass der Herr Professor bei uns Quartier nimmt.«

Friedeward war von dem herzlichen Empfang überrascht und erkundigte sich, woher er ihn kenne. Er vermutete, der Portier habe einst bei ihm studiert, da er gelegentlich von einem seiner früheren Studenten angesprochen wurde, die er aber nach zehn, zwanzig Jahren nicht mehr erkannte, da sie nicht mehr die lebhaften jugendlichen Gesichter hatten, sondern ihr jetziges Auftreten den beruflichen Erfolg und ihre saturierte bürgerliche Existenz ausstrahlte.

Der Mann in der feinen Livree blickte ihn verwirrt an, da er seinerseits die Frage nicht verstand. Es dauerte einige Sekunden, ehe Friedeward und der Rezeptionist sich darüber verständigt hatten, dass die Begrüßung keinem Erkennen oder Wiedererkennen geschuldet war, sondern ein besonderes und Sacher-gemäßes ehrenvolles Willkommen war.

»Ein Herr Professor, das ist doch das Allermindeste«, befand der Portier.

Friedeward erklärte, dass er tatsächlich ein Professor sei, woraufhin der Rezeptionist hocherfreut schien.

»Exzellenz, was für eine Ehre. Ich werde die Chefin unverzüglich darüber unterrichten, dass wir heute einen echten Professor in unserem Hause haben. Es ist uns eine Ehre.«

Das *Tabakskollegium* bestand aus einem kleinen Kreis von Professoren und Dozenten verschiedener Fachrichtungen, der Romanistik, der Geschichtswissenschaft, der Medizin, der Psychiatrie, der Mathematik und der Ethnologie, unter ihnen der Prorektor und die beiden engeren Freunde Friedewards, der Physiker Dieffenbach und der Mathematiker Cornelius. Man traf sich einmal im Monat im Coffe Baum, Frauen waren nicht zugelassen, da folgte die Runde den überkommenen Regeln des Kollegiums, doch genossen die Herren es, in der mehrstöckigen Gaststätte von der sehr attraktiven dreißigjährigen Uschi bedient zu werden. An jedem dritten Donnerstag im Monat war der große Tisch in einer der oberen Etage der mehrstöckigen Gaststätte für den Kreis reserviert, abgeschirmt von den anderen Gästen, und die Männer hielten sich diesen Abend nach Möglichkeit frei, um kein Treffen zu versäumen. Man tauschte sich über die Ereignisse an der Universität aus, spottete freimütig über den Bürgermeister, die Landespolitik und die Politiker in Berlin und war darum bemüht, einander in Sottisen und zynischen Bemerkungen zu übertreffen.

Ihre Gespräche waren nicht für fremde Ohren bestimmt und schon gar nicht sollten Studenten mitbekommen, wie ihre Professoren und Dozenten in privater Runde über den Staat und seine Vertreter herzogen, zumal einige der Herren Mitglieder der Partei waren und innerhalb ihrer Institute ihre gelegentlichen kritischen Einwände sehr viel zurückhaltender formulierten. Die beiden Kellner, die sie abwechselnd oder auch gelegentlich gemeinsam bedienten – neben der munteren Uschi noch ein junger Mann Ende zwanzig, der sich von den Gästen im Coffe Baum stets als *Sir Charles* ansprechen ließ –, wussten um den Wunsch nach Diskretion und sperrten an jedem dieser Donnerstage den oberen Gastraum mit dem Hinweisschild *Geschlossene Gesellschaft* für alle anderen Gäste und sorgten insbesondere dafür, dass allen Studenten der Zugang zu dieser Etage der Gaststätte verwehrt war.

Uschi war gebürtige Leipzigerin und sprach zum Vergnügen der Runde ein unverfälschtes breites Sächsisch, sie war schlagfertig und wortgewandt, ihre gelegentlich missglückte und recht schiefe Wortwahl erfreute die Professorenrunde ebenso wie ihr reizvoller Anblick. Der junge Sir Charles stammte aus der Leipziger Vorstadt, einem Stadtteil von Dresden. Er sprach jenes um Hochdeutsch bemühte Sächsisch der Elbestadt, das in Leipzig als *Gewandhaus-Sächsisch* verspottet wurde, ein doppelter Schmäh, da man sich nicht nur über das Bestreben um eine feinere Aussprache belustigte, sondern nebenbei darauf verwies, dass man selber ein Gewandhaus vorzuweisen habe, während die jahrhundertealte Residenzstadt ohne ein solches auszukommen hatte. Uschi wie Sir Charles umsorgten ihre Gäste äußerst aufmerksam, wussten sie doch, dass sie von jedem der Herren ein üppiges Trinkgeld kassieren würden.

Sir Charles, der so genannt werden wollte, weil ihm die Bezeichnung *Ober* oder *Kellner* missfiel, war im Unterschied zu der unerschrockenen Uschi so ehrfuchtsvoll wie verschwiegen und behandelte die Runde mit der Höflichkeit eines britischen Butlers. Augenblicklich zur Stelle, wenn er verlangt wurde, übersah er kein Detail am Tisch, war bei einem Missgeschick umgehend mit Servietten behilflich und seinem geschulten Blick entging kein leeres Glas. Friedeward schien, äußerlich ähnele er dem verlorenen Freund, hatte er doch ungefähr das Alter von Wölfchen, als dieser ihn verlassen hatte, und seine Augen, seine Mundpartie, sein Lachen ließen Erinnerungen in Friedeward aufkommen, die für ihn ebenso lustvoll wie schmerzlich waren.

Wenn die anderen Männer mit Uschi schäkerten und sich zu Anzüglichkeiten hinreißen ließen, passierte es gelegentlich, dass einer von ihnen augenzwinkernd zu ihm sagte, es sei doch jammerschade, wie viel Friedeward entgehe. Manche hielten ihn für einen Hagestolz, einen eingefleischten Junggesellen, doch seine Freunde und ihm nahestehende Kollegen ahnten längst, dass er sich für Frauen nicht interessierte. Entweder war es ihnen selbst wie Schuppen von den Augen gefallen, oder ihre Ehefrauen, die ein feineres Sensorium dafür besaßen, hatten sie darauf gebracht. Doch sie gingen diskret und respektvoll mit seinem Geheimnis um und konnten gut verstehen, dass er damit nicht hausieren gehen wollte. Während sie, vom Alkohol ermuntert, der Kellnerin gern ein reichliches Trinkgeld zukommen ließen, steckte Friedeward Sir Charles stets unauffällig einen größeren Geldschein zu.

An einem dieser Abende dankte dieser ihm nicht nur höflich, sondern Friedeward schien es, als habe der junge Mann mit zwei Fingern seine Hand gestreichelt. Er sah ihm überrascht in die Augen, und Sir Charles erwiderte seinen Blick.

Zwei Tage später ging Friedeward allein in den Coffe Baum, stieg die engen Treppen der Gaststätte empor, bis er den jungen Kellner entdeckte.

»Guten Abend, Sir Charles. Wo bedienen Sie heute?«

»Ich habe wieder den oberen Bereich. Setzen Sie sich bitte an den reservierten Tisch.«

»Hatten Sie mich erwartet?«, fragte Friedeward überrascht.

»Nicht direkt, Herr Professor, wir halten immer ein, zwei Tische in Reserve. Für besondere Gäste. Für Gäste wie Sie, lieber Herr Professor Ringeling.«

Die beiden verabredeten sich. Sir Charles, der eigentlich Moritz Karsunke hieß, besuchte Friedeward in dessen Wohnung und sehr rasch entstand eine enge und herzliche Beziehung zwischen den beiden Männern. Friedeward war anfangs überrascht, wie dürftig Moritz' Allgemeinbildung war und wie wenig er von Geschichte und Kultur wusste. Sämtliche Wissensgebiete außerhalb der für seine gastronomische Ausbildung relevanten waren für ihn böhmische Dörfer. Moritz hatte mit sechzehn Jahren die Oberschule in Dresden verlassen, danach eine Lehre als Kellner begonnen, die er jedoch infolge einer heftigen Auseinandersetzung mit seinem Vater nach einem Jahr abbrach, um nach Leipzig zu gehen, wo er seitdem als ungelernter Kellner sein Geld verdiente, anfangs im Thüringer Hof, bis ihm zwei Jahre später im Coffe Baum eine besser bezahlte Stelle angeboten wurde.

Friedeward war bemüht, den geistigen Horizont seines jungen Freundes zu erweitern, nötigte ihn, eine

Wochenzeitung für Kultur, Politik und Kunst zu lesen sowie von ihm ausgewählte Bücher, wobei er darauf achtete, ihn nicht mit zu hohen Ansprüchen zu entmutigen. Moritz' umfassende, geradezu universelle Unbildung erschreckte ihn immer wieder aufs Neue, und er war von sich selbst überrascht, dass er mit einem derart unbedarften Mann befreundet war. Von seinem Wölfchen trennten diesen Moritz Karsunke Welten, mit ihm gab es keinerlei intellektuellen Austausch, keinerlei geistige Anregung ging von ihm aus, er besaß nicht Wolfgangs Witz, war zu keinem kühnen Gedanken in der Lage und musisch wie musikalisch war der Junge ein Depp, wie Friedeward sich eingestehen musste. Nein, die Freundschaft mit Sir Charles, seine Zuneigung zu ihm beruhte allein auf dessen Jugend und den äußerlichen Ähnlichkeiten mit dem einstigen Freund, die allerdings wirklich erstaunlich waren und ihn mit seinen eigenen Bedenken bezüglich seiner Zuneigung zu dem Kellner versöhnten. Andererseits beunruhigte ihn der Gedanke, der junge Mann würde ihn nicht um seiner selbst willen schätzen und lieben, sondern andere Gründe könnten für ihn ausschlaggebend sein, sich mit einem Mann einzulassen, der fünfundzwanzig Jahre älter war als er selbst. Diese Befürchtung wies Moritz zwar lachend und unter lautem Protest zurück, aber Friedeward wurde den Gedanken dennoch nie ganz los.

Er hatte ihn gefragt, ob er ihn Moritz nennen solle,

denn Sir Charles erschien ihm dann doch ein wenig albern. Der Freund erwiderte, er solle doch einen Namen für ihn wählen, der nur für sie beide bestimmt war. Friedeward musste nicht lange überlegen.

»Wäre dir Wölfchen recht?«

»Wölfchen? Ja, gefällt mir. War das mal ein guter Freund von dir?«

»Ja. Aber das ist lange her. Da warst du noch ein Kind.«

»Ich habe nichts dagegen. Und wie darf ich dich nennen? Im Coffe Baum bleibt es natürlich bei dem Herrn Professor, aber wenn wir alleine sind, passt das ja nicht. Und Friedeward klingt schon sehr steif.«

»Woran denkst du?«

»Ich weiß nicht. Wie wäre Friedl?«

»Friedl? Nun ja, warum nicht. Ganz unter uns ist mir der Name recht. Wölfchen und Friedl, warum nicht!«

Sie sahen sich einmal in der Woche, immer in der Wohnung von Friedeward, da Moritz zur Untermiete wohnte. Friedeward erlaubte ihm sogar, sich in Jacquelines Zimmern einzurichten, da sie diese ohnehin schon lange nicht mehr nutzte. Sie war in Dresden offenbar unabkömmlich und bei ihren seltenen Besuchen in Leipzig wohnte sie bei Herlinde. Den Freunden vom *Tabakskollegium* verschwieg er seine Beziehung mit dem Kellner, im Coffe Baum nannte er sein Wölfchen wie alle anderen stets *Sir Charles* und achtete darauf, mit keiner Geste die engere und intime Beziehung zu verraten, auch dann noch, als die Kollegen längst ahnten, dass die beiden ein Paar waren.

An der Universität nannte man ihn weiterhin *kleiner Professor*, wenn auch die Studierenden diese Bezeichnung lediglich von älteren Semestern übernommen hatten, ohne zu wissen, woher dieser Spitzname rührte, zumal er einen Meter achtzig groß war. Friedeward störte sich nicht daran, weckte der Spitzname doch Erinnerungen an seinen ehemaligen hochverehrten Professor, dem er sich auch nach Jahrzehnten noch verbunden fühlte.

Gemeinsam mit dem befreundeten Physiker Dieffenbach und dem Mathematiker Cornelius hatte Friedeward eine öffentliche Vorlesungsreihe ins Leben gerufen, bei der im großen Hörsaal der Medizinischen Fakultät jeweils am Samstagnachmittag die jüngsten wissenschaftlichen Forschungsergebnisse unterschiedlicher Disziplinen einem breiten Publikum in einer verständlichen Sprache nahegebracht wurden. Außer den Studenten waren auch die Bürger der Stadt zu diesen Vorlesungen eingeladen, so dass auch viele ältere Leute im Hörsaal zu sehen waren. Diese Reihe knüpfte bewusst an die legendären Mittwochsvorlesungen an, aber sowohl die Initiatoren wie auch die Vortragenden hüteten sich, auf diese Tradition hinzuweisen.

Friedeward hatte noch immer keine Berufung auf

einen Lehrstuhl, sie verzögerte sich wiederholt, die Begründungen für das Ausbleiben seiner längst fälligen Professur wurden zunehmend absurder, bis schließlich der Rektor im Hochschulministerium energisch seine Berufung verlangte, da er sich anderenfalls als Leiter einer Universität unglaubwürdig mache. Und so war Friedeward im Frühjahr 1980 endlich Inhaber eines Lehrstuhls am Germanistischen Seminar.

Im November 1981 erhielt Friedeward eine Einladung nach Wien für März des kommenden Jahres. Die Republik Österreich plante eine Germanistentagung zu Ehren von *Goethe-höchstselbst*, Anlass war dessen fünfundsiebzigster Geburtstag. Als Höhepunkt der Tagung war eine Matinee im Burgtheater vorgesehen, in der der Jubilar mit dem *Großen Österreichischen Staatspreis* ausgezeichnet werden sollte. Der Kultusminister hatte sich bei *Goethe-höchstselbst* erkundigt, wen er sich als Laudator wünschte, und zu Friedewards großer Freude hatte sein alter Professor seinen Namen genannt. Das österreichische Ministerium fragte also bei ihm an, ob er die Laudatio halten wolle und ob es ihm möglich wäre, am Sonntag, dem einundzwanzigsten März, im Burgtheater zu sein. Er sagte umgehend zu, reichte den Reiseantrag ein und zweifelte nicht einen Augenblick daran, dass man ihm den Reisepass ausstellen würde. Völlig überraschend teilte man ihm jedoch mit, dass sein Antrag für eine Dienstreise nach Österreich abschlägig beschieden wurde, sein Auftritt in Wien sei unerwünscht und entspräche nicht den Interessen des Staates.

Friedeward war vollkommen fassungslos, er legte umgehend Protest ein und wies in einem zweiten Schreiben vierzehn Tage später auf den Umstand hin, dass der österreichische Bundespräsident persönlich an der Ehrung teilnehmen werde und ein Ausreiseverbot für ihn zu einer von keiner Seite gewünschten Störung der zwischenstaatlichen Beziehungen führen müsse. Er bat dringend um eine Klärung der Angelegenheit, denn er werde in jedem Fall die Laudatio verfassen. Und würde er sie nicht persönlich halten dürfen, so werde ein Stellvertreter seine Rede verlesen, und bei der Gelegenheit wäre es unumgänglich, dass ein gewiss großes und bedeutsames Publikum über das ihm erteilte Reiseverbot unterrichtet werde.

Anfang Januar teilte ihm das Außenministerium mit, ein Vertreter des Staatssekretärs werde ihn aufsuchen, Friedeward möge einen passenden Termin vorschlagen. Er tat, wie ihm geheißen, und fünf Tage später erschien ein jüngerer Mann im Sekretariat, stellte sich als Mitarbeiter des Ministeriums vor und sagte, Professor Ringeling erwarte ihn. Der junge Mann wirkte blasiert und arrogant, zugleich aber auch unbeholfen. Er sprach Friedeward mit Magnifizenz an, was dieser hastig von sich wies, und der junge Mann entschuldigte sich, die Universität samt ihren Gebräuchen und Titeln sei ihm fremd.

Dann machte er sich daran, ihm die Gründe für die Verweigerung einer Reisegenehmigung zu erläutern. Das Ministerium sei der Ansicht, dass die Ehrung im März einem Staatsfeind der DDR gelte, der nach seiner Republikflucht nichts unterlassen habe, jenen Staat, der ihn in Amt und Würden gebracht habe, zu verleumden. Und nun solle das Ministerium den österreichischen Staat auch noch dabei unterstützen, ein Loblied auf einen erklärten Gegner des Staates zu singen? Da nehme man lieber in Kauf, dass die Österreicher darüber verschnupft seien, dass man ihnen den Sänger jenes Lobliedes vorenthalte.

Friedeward hörte sich die Ausführungen mürrisch an, erwiderte, die Haltung des Ministeriums sei völlig absurd, von einem derart verdienstvollen Wissenschaftler als Staatsfeind zu sprechen, sei geradezu grotesk. Er könne nur raten, diese skurrile Entscheidung, mit der sich die Republik international der Lächerlichkeit preisgebe, zu überdenken. In vierzehn Tagen würde er das österreichische Kultusministerium über sein Reiseverbot in Kenntnis setzen, sofern sein Antrag bis dahin nicht positiv beschieden worden sei. Der jüngere Mann wollte noch etwas entgegnen, doch Friedeward fiel ihm ins Wort, der Herr möge mit seinen Vorgesetzten sprechen, er habe ihm nichts weiter zu sagen.

Vier Tage später meldete sich ein weiterer Beauftragter des Ministeriums bei ihm, ein älterer Mann, der sich als Dr. Morschke vorstellte und Friedeward zu Beginn des Gesprächs zu verstehen gab, er würde dessen Bedenken teilen und die Entscheidung seines Ministeriums bedauern. Er habe mit dem zuständigen Staatssekretär gesprochen und erreicht, dass der Professor nach Wien reisen könne, das Ministerium verlange lediglich einen Bericht von ihm über den Verlauf der Reise und die in Wien erfolgten Gespräche, um über mögliche staatsfeindliche Akte in Kenntnis gesetzt zu werden.

»Einen Reisebericht?«, fragte Friedeward irritiert, »was stellen Sie sich darunter vor?«

»Nun, lediglich eine kurze Darstellung Ihres Auftritts und der Gespräche. Das Übliche eben.«

»Pardon – aber soll ich etwa für Sie den Spitzel spielen? Ich bin kein Denunziant.«

»Wer redet denn davon, Herr Professor! Solche Reiseberichte liefern der Dienststelle wichtige Informationen. Das ist reine Formsache.«

»*Dienststelle*? Ich bin Professor, meine *Dienststelle* ist die Universität, und die verlangt keine Reiseberichte von mir. Ich habe auch niemandem etwas zu berichten.«

»Doch, uns, dem Ministerium. Uns, die wir Ihnen den Reisepass aushändigen sollen. Aber bitte, sehen Sie das völlig entspannt. Sie berichten, was Sie berichten wollen. Das ist alles Ihnen überlassen, wichtig ist allein, dass der unersättliche Rachen der Bürokratie mit einem Bericht gefüttert wird.«

»Das ist mir überhaupt nicht recht. Sie bringen mich damit in große Bedrängnis. Nein, schlagen Sie sich das aus dem Kopf. Ich berichte nicht über vertrauliche Gespräche und Treffen. Und über alles andere kann sich Ihre Behörde in der Presse informieren.«

Der ältere Mann – er war zehn Jahre älter als Friedeward – seufzte und wiederholte, dass der Staatssekretär darauf bestehe, es gäbe da keinerlei Spielraum und er rate ihm, einen solchen Bericht abzuliefern.

»Die Entscheidung liegt ganz bei Ihnen, Herr Professor. Sie teilen nur mit, was Sie verantworten können. – Wollen Sie allein fahren oder mit Ihrer Frau?«

Friedeward sah ihn irritiert an: »Ich fahre allein. Aber wieso fragen Sie?«

»Nun, gewöhnlich stellen Ihre Kollegen den Antrag, in Begleitung ihrer Ehefrau zu fahren. Sie stellten jedoch keinen Reiseantrag für ihre Frau, das fiel uns auf.«

»Meine Frau arbeitet in Dresden am Theater. Sie ist dort sehr beschäftigt, sie hat kaum Zeit, eine mitreisende Gattin zu spielen.«

»Ja, natürlich. Das dachten wir uns.«

»Das dachten Sie sich? Was soll das denn heißen? Was geht Sie das überhaupt an? Das ist doch eine Angelegenheit, die nur meine Frau und mich betrifft. Oder?«

Friedeward war unvermittelt in einen scharfen Ton verfallen, etwas gefiel ihm nicht an diesem Dr. Morschke.

Seine Bemerkung, das kaum unterdrückte Lächeln ärgerten ihn. Was wollte dieser Kerl von ihm? Was wollte er ihm zu verstehen geben, das man von ihm wisse?

Dr. Morschke lächelte ihn nun ganz unverstellt an: »Sehr verehrter Herr Professor Ringeling, wir müssen uns nichts vormachen. Wir sind gut über Sie unterrichtet, und ich versichere Ihnen, wir haben tiefstes Verständnis für Sie. Mehr noch, wir sind Ihnen gerne dabei behilflich, Ihre kleine, nun sagen wir, *Besonderheit* weiterhin in einen Mantel des Schweigens gehüllt zu lassen. Und sollte irgendein dummes Gerücht aufkommen, nun, wir sind in der Lage, es bereits im Keim zu ersticken.«

Friedeward sah ihn voller Verachtung an: »Ich denke, Sie gehen jetzt.«

Er wies mit der Hand zur Tür. Dr. Morschke stand auf, verabschiedete sich mit einem Kopfnicken, drehte sich aber nochmals zu Friedeward um.

»Bitte geben Sie uns in den nächsten acht Tagen Bescheid, wie Sie sich entschieden haben. Und, wie gesagt, wir sind in der Lage, Ihnen zu helfen.«

»Mir zu helfen oder mir zu schaden, verstehe ich das richtig?«

Mit einem Verzeihung heischenden Lächeln schüttelte sein Besucher den Kopf: »Was denken Sie nur von uns? Wofür halten Sie uns?«

»Wofür ich Sie halte?«, brauste Friedeward auf, »je

denfalls nicht für einen Beamten des Außenministeriums. Sie sind doch einer von diesen Typen von …«, er unterbrach sich, schluckte die Worte hinunter und biss die Zähne aufeinander.

»*Ministerium des Inneren*, wollten Sie sagen?«, erkundigte sich Dr. Morschke lächelnd, »ja, da haben Sie recht. Meine Abteilung unterstützt die Kollegen des Außenministeriums in allen Fragen der Sicherheit.«

»Also sind Sie von der Staatssicherheit.«

»Wie gesagt, *Ministerium des Inneren*«, korrigierte ihn Dr. Morschke nachdrücklich.

Friedeward wartete schweigend, bis sein Besucher aus der Tür war. Eine Woche später teilte er dem Ministerium mit, er würde fahren und anschließend den erbetenen Reisebericht schicken. In den Worten jenes Dr. Morschke und mehr noch in seinem Verhalten, der Art seines Auftretens hatte eine unüberhörbare Drohung mitgeschwungen, und er wusste, diese Leute könnten ihm schaden, ihm das Leben zur Hölle machen, ihn vernichten. Er wollte nicht willfährig erscheinen, sie aber auch nicht gegen sich aufbringen, zudem war ihm die Vorstellung unerträglich, am einundzwanzigsten März nicht im Burgtheater zu sein, um seine Laudatio auf den verehrten Lehrer und Mentor zu halten. Dass dieser unter all seinen Schülern ausgerechnet ihn ausgewählt hatte, bedeutete ihm sehr viel.

Die Reise nach Wien – er fuhr mit der Bahn über Prag –
war angenehm und der Aufenthalt mehr als erfreulich.
Die international besetzte Tagung hatte ein gutes Niveau, viele der Redner gingen auf die Lebensleistung
des Geehrten ein, und nach Friedewards Laudatio –
er sprach fast eine halbe Stunde im gut gefüllten Burgtheater über den geschätzten Lehrer – wurde er in der
Dankesrede von diesem in den höchsten Tönen gelobt.
Es gab ein Festessen in einem Palais des Bundeskanz-
lers und für den folgenden Abend wurde er von seinem
alten Professor in die Wiener Oper eingeladen.

Sie trafen sich drei Stunden vor Beginn der Vorstellung im kleinen Café des Sacher. Der Professor kam allein, er begrüßte Friedeward überaus herzlich, sprach
ihn mit seinem Vornamen an und bestand darauf, dass
Friedeward ihn gleichfalls mit seinem Vornamen, Hans,
ansprechen solle. Endlich waren sie unter vier Augen
und konnten sich gegenseitig erzählen, wie es ihnen seit
ihrer letzten Begegnung ergangen war. Diese Stunden im
Café waren die einzigen, in denen Friedeward mit seinem verehrten Professor allein war und mit ihm über
Leipzig und die Ereignisse nach dessen Verschwinden
aus der Sachsenmetropole sprechen konnte. Er berichtete dem alten Herrn beflissen von den Irrungen und

275

Wirrungen, die seine Flucht seinerzeit am Institut ausgelöst hatte, wer damals zu ihm gehalten hatte, wer dagegen eifrig bemüht gewesen war, seine eigene Haut zu retten oder gar die Chance genutzt hatte, durch Ergebenheitsadressen voranzukommen und daher bereit war, den ehemaligen Ordinarius zu verurteilen und zu schmähen.

Vieles war dem Professor schon damals zu Ohren gekommen, aber immer nur bruchstückhaft. Friedeward erzählte von den personellen Veränderungen der vergangenen Jahre und den wiederholt durchgeführten Hochschulreformen, die auch bei der Germanistik zu Umstrukturierungen und fatalen Verwerfungen geführt hätten. Auch hier schien der Professor über alles genauestens im Bilde zu sein, häufig nickte er nur grimmig und nie zeigte er sich erstaunt oder fragte genauer nach.

»Und Sie, Friedeward, bleiben Sie in Leipzig?«, erkundigte er sich schließlich, »oder wollen Sie an eine andere Uni wechseln? Gar im Westen bleiben?«

Friedeward sagte, dass er in Leipzig gut arbeiten könne und von den Studenten geschätzt werde, seine weiteren Aufstiegschancen jedoch seien minimal, da er nicht in die Partei eintreten wolle und damit eine Grundvoraussetzung für eine Institutsleitung nicht erfülle, doch unterhalb dieser Schwelle habe er viele Freiheiten und sich eine solide Stellung verschaffen können.

»Gut, Friedeward, sehr gut. Bleiben Sie dabei. Sie

wären ein wunderbarer Institutsleiter, aber die damit verbundenen Aufgaben würden Sie in Teufels Küche bringen. Bleiben Sie in Leipzig, solange es irgendwie geht. Die Studenten brauchen Sie. Sie brauchen einen integren Lehrer, und das sind Sie, Friedeward. Bleiben Sie auf Ihrem Posten. Hierzulande fließen auch nicht Milch und Honig. Hier würde man Sie lediglich als Konkurrenz ansehen, Ihnen fehlen die Beziehungen, und im engen Geflecht von Vertraulichkeiten und Abhängigkeiten kann man sich leicht verheddern. Der ganze über Jahre gewachsene Klüngel. Dieser wuchernde Nepotismus. Die *Vetterleswirtschaft*. Wenn es irgend geht, bleiben Sie«, riet er Friedeward, und sein Ton war unversehens bitter und zornig geworden.

Er bestellte für seinen jüngeren Kollegen noch einen Wein, er selbst trank nur Kräutertee, dann bezahlte er großzügig die gesamte Rechnung, und die beiden Männer gingen zum Opernhaus hinüber. Friedeward bemerkte amüsiert, dass sein alter *Goethe-höchstselbst* zufrieden registrierte, dass er von anderen Opernbesuchern erkannt und respektvoll mit einem Kopfnicken gegrüßt wurde, was er seinerseits scheinbar geflissentlich übersah oder höchstens mit einem leichten Lächeln erwiderte.

Auf der Rückfahrt setzte er sich in den Speisewagen und kam dort, von dem Aufenthalt in der österreichischen Metropole heiter gestimmt und gut gelaunt, unversehens auf den Einfall, das offizielle Programm als Reisebericht abzugeben. Der Gedanke schien ihm kühn, doch angemessen zu sein, er holte seinen Füllfederhalter hervor und übertrug in seiner gleichmäßigen, schwungvollen Handschrift das gesamte Programm aus seinen Unterlagen, samt Uhrzeiten und den angegebenen Pausen, auf einen Briefbogen. Er setzte das Wort *Reisebericht* darüber und unterschrieb mit Namen und Datum.

Zurück in Leipzig, meldete er sich nicht wie verabredet bei jenem Dr. Morschke, sondern wartete dessen Anruf ab, ließ ihn ins Institut kommen und übergab ihm lächelnd das Blatt Papier. Dr. Morschke überflog den angeblichen Bericht und schien zufrieden zu sein.

»Wunderbar, Herr Professor«, sagte er, »wie es scheint, haben Sie nicht mehr als das offizielle Programm zu berichten.«

Friedeward nickte und sagte, der Bericht sei korrekt und vollständig.

»Gut«, erwiderte Dr. Morschke, »wir brauchten einen Bericht von Ihnen, und wir haben ihn bekommen. Danke. Danke für Ihre Bereitschaft. Ich hoffe auf eine weitere gute Zusammenarbeit.«

Diese lächelnd dahingesagte Bemerkung versetzte Friedeward einen Schlag. Er hatte gehofft, den Mann zu verärgern, doch diesem war offenbar nur an seiner

Willfährigkeit gelegen, die er mit diesem albernen Papier nun in der Hand hielt.

»Es gibt für mich keinen Grund, mit Ihnen zusammenzuarbeiten. Leben Sie wohl und behelligen Sie mich nicht weiter.«

Tatsächlich meldete sich in den Folgejahren weder dieser Dr. Morschke noch irgendein anderer Mitarbeiter des Außenministeriums oder von welcher Behörde auch immer wieder bei ihm. Sein angeblicher Reisebericht oder sein klares und entschiedenes Auftreten schienen ihn vor derlei Besuchen und beleidigenden Zumutungen wirksam zu schützen.

Seine Lehrtätigkeit an der Universität gestaltete sich zu seiner Zufriedenheit, er war an seinem Institut wie beim Lehrkörper der gesamten Universität angesehen, auch in der Stadt kannte und schätzte man ihn, was vor allem seiner öffentlichen Vorlesungsreihe am Samstagnachmittag geschuldet war, deren Renommee dem Bürgerstolz der Leipziger schmeichelte. Mit Jacqueline und Herlinde traf er sich selten, kaum mehr als einmal im Monat. Jacqueline war die Woche über in Dresden beschäftigt und ihre Arbeit am Theater nötigte sie häufig, auch an den Wochenenden dort zu bleiben, so dass sie selten nach Leipzig fahren konnte und Herlinde sie regelmäßig in Dresden besuchte.

In seinem Freundes- und Kollegenkreis hatte man sich daran gewöhnt, dass er selbst bei gesellschaftlichen Anlässen allein erschien und man ihn auch im Theater oder in der Oper nur sehr selten mit seiner Frau sah. Friedeward legte weiterhin größten Wert darauf, seine Neigung geheim zu halten. Er versuchte nicht, sich zu verstellen, gab nicht vor, sich für Frauen zu interessieren, aber das Verheimlichen war ihm zur zweiten Natur geworden, und er hatte nicht vor, jemals aus der Deckung zu kommen.

Seinen Freunden galt Friedeward als verlässlicher Kamerad, auf dessen Loyalität und Hilfe man stets bauen konnte, und er war ihnen ein welterfahrener Zeitgenosse, dessen Sicht auf tagespolitische Ereignisse gelegentlich durchaus überraschend war, doch vermochte er diese stets durchdacht und präzise zu begründen. Freilich galt er ihnen als ein wenig verschroben und aus der Zeit gefallen, seine kleinen Besonderheiten und Vorlieben wurden belächelt, doch der feine Spott hinter seinem Rücken war stets wohlmeinend und sogar achtungsvoll.

Auch bei seinen Studenten war er ausnehmend beliebt. Sie bewunderten und verehrten ihn, da er nicht nur ungewöhnlich klug und belesen war, sondern auch hilfsbereit, er stand stets gerne für ein Gespräch, ein *Privatissimum*, wie Friedeward es nannte, zur Verfügung.

Friedeward liebte es, zu korrespondieren. Tag für Tag schrieb er mindestens zwei Briefe an Kollegen im In- und Ausland, an Redakteure wissenschaftlicher Zeitungen, und er korrespondierte mit ehemaligen Studenten, die nun selbst an Universitäten oder Schulen unterrichteten. Er verschloss seine Briefe stets mit Siegellack, den er in verschiedenen Farben besaß, in den er seinen schweren, silbernen Siegelring drückte, den er allerdings nicht am Finger trug, sondern zusammen mit dem Lack in einem schwarzen Holzkästchen verwahrte. Den alten Ring hatte er in einem Antiquitätenladen erworben, weil auf ihm lediglich zwei Buchstaben schwungvoll eingraviert waren, ein F und ein R, was nach Auskunft des Antiquars Fridericus Rex bedeuten und auf den ursprünglichen Besitzer, den Preußenkönig Friedrich II., verweisen würde. Er, der Antiquar, habe für dieses kostbare Stück eine Expertise eingeholt, die Friedrich den Großen als Eigentümer des Rings unzweifelhaft benenne, wodurch sich bei einem solchen Unikat auch der etwas hohe Preis rechtfertige. Friedeward war nach dieser Erklärung noch mehr an dem Ring interessiert, trug dieser doch auch seine Initialen. Er ließ ihn für sich zurücklegen und brachte eine Woche später die geforderte Summe.

In seiner sicheren und gleichmäßigen Handschrift schrieb er die Adresse und den Absender auf die Kuverts, um anschließend und nach einem bedächtigen Blick in sein Holzkästchen eine Stange Siegellack auszuwählen. Mit Hilfe einer Kerze erhitzte er den Lack und ließ ihn auf die Rückseite seiner Briefe tröpfeln, um dann behutsam und mit einem Gefühl von Zufriedenheit seinen Ring in den farbigen und noch heißen Klecks einzudrücken. Die Farben seiner Siegellackstangen, ihr Geruch, der sich beim Erhitzen verstärkte, und das Ergebnis, ein mit dem Siegel seiner Initialen verschlossener Briefumschlag, stimmten ihn heiter, und er hatte in der Vergangenheit daher gern Zeit und Geld geopfert, um diesen Lack aus Spanien und später aus den Niederlanden zu beziehen, bevor auch in Leipzig ein Geschäft für Zeichenbedarf die Lackstangen im Sortiment führte.

Wenn er einen Brief ab und an nicht direkt in den Kasten warf, sondern, da er noch Marken kaufen wollte, am Schalter aufgab, stieß er bei den Postangestellten auf Unverständnis für seine Vorliebe, Briefe zu versiegeln. Sie befanden, das Siegel verschandle das Kuvert, und er musste ihnen lang und breit erläutern, dass diese Art des Briefverschlusses in früheren Zeiten gang und gäbe gewesen sei, bevor sie bereit waren, den Brief anzunehmen. Sie konnten jedoch nicht umhin, ihn darauf hinzuweisen, dass sich durch das Gewicht des Siegellacks das Porto wesentlich erhöhe, doch das schreckte Friedeward nicht ab.

Im September 1988 feierten er und eine Reihe befreundeter Kollegen ihren Freund Carsten Johannes Cornelius, dem endlich, mit achtundfünfzig Jahren, die längst verdiente außerordentliche Professur zugesprochen worden war. Der Rektor hatte dafür lange im Ministerium geworben, sich nun endlich durchsetzen können und hatte damit die angedrohte Kündigung des geschätzten Mathematikers endgültig abwenden können. Das Ministerium hatte sich jahrelang geweigert, ihm eine Professur zuzuerkennen, da Cornelius ihnen politisch zu subversiv erschien und er in seinen Vorlesungen nicht davon abließ, offen Kritik am gesellschaftlichen System zu üben, und damit in den Köpfen seiner Studenten »staatsfeindliches Gedankengut« pflanzte. Doch die Zeiten hatten sich geändert, die Anträge auf Entlassung aus der Staatsbürgerschaft und auf eine Ausreise ins westliche Deutschland mehrten sich enorm, der Staat vermochte nicht mehr, rigid und unbesorgt um die Folgen seine Forderungen und Ansprüche durchzusetzen, und bemühte sich um einen weniger repressiven Kurs, der eine immer aufsässiger werdende Bevölkerung von offen vorgetragener Kritik abhalten sollte.

Diese Veränderungen deuteten auf Umbrüche, gaben Hoffnung, ließen eine Erregung entstehen, die in

Jahresfrist zu aufregenden, stürmischen Zeiten führte. Leipzig wurde von größeren Unruhen erfasst als die anderen Städte des Landes, Woche für Woche versammelten sich montags Demonstranten in der Innenstadt, und mit jedem Mal wurden es mehr. Waren es anfänglich bereits Tausende, so liefen schließlich Zehntausende den Stadtring entlang, viele von ihnen waren eigens aus anderen Gegenden des Landes zur dieser Protestkundgebung angereist. Die lokalen und staatlichen Sicherheitsorgane gerieten zunehmend unter Druck. Anfang Oktober kam das Gerücht auf, Polizei und Armee hätten den Auftrag erhalten, die Demonstration mit aller Macht, notfalls unter Waffeneinsatz, aufzulösen und sie damit für alle Zeiten zu beenden. Aus dem Klinikum St. Georg hörte man, die Ärzte seien angewiesen worden, Betten zu räumen und diese für die zu erwartenden Verletzten bereitzuhalten. Die Stimmung in der Stadt war erfüllt von äußerster Gereiztheit und der Angst vor den möglichen Gewalttätigkeiten am bevorstehenden Montagabend.

Als Friedeward am neunten Oktober im Institut eintraf, erfuhr er, dass zwölf seiner Studenten in den Morgenstunden aus ihren Betten geholt und verhaftet worden waren. Er sagte daraufhin seine Lehrveranstaltungen für diesen Tag ab und machte sich auf den Weg zum Polizeipräsidium, um sich nach seinen Studenten zu erkundigen und sich für sie einzusetzen. Erst nach mehr als drei Stunden war man bereit, ihm die Strafanstalt zu nennen, in die man die jungen Leute verbracht hatte, sowie den Namen des zuständigen Staatsanwalts. Am späten Nachmittag gelang es Friedeward schließlich, den Staatsanwalt dazu zu bringen, die Studenten aus Mangel an Beweisen aus der Untersuchungshaft zu entlassen. Die Studenten bedankten sich überschwänglich, dann verabschiedeten sich alle voneinander und verabredeten sich für den Abend. Wie jede Woche würde Friedeward sich mit ihnen gemeinsam den Demonstranten anschließen. Für ihn gehörte es zur Pflicht und Verantwortung eines Lehrers, sich bei drohender staatlicher Gewalt vor seine Zöglinge zu stellen.

Zurück im Institut, stürzte seine Sekretärin auf ihn zu und teilte ihm mit, Professor Masur habe bereits dreimal angerufen und ihn verlangt, er möge umgehend zurückrufen, es sei dringend. Friedeward ließ sich verbinden, berichtete dem Dirigenten, dass er den ganzen Tag auf dem Polizeipräsidium und im Untersuchungsgefängnis verbracht habe, um einige seiner Studenten aus der Haft zu befreien, was ihm schließlich gelungen sei. Er erkundigte sich, was Masur von ihm wünsche, und der Gewandhauskapellmeister erzählte, er habe mit einer Gruppe von Gleichgesinnten einen Aufruf zur Gewaltlosigkeit verfasst, der in den Kirchen im Anschluss an die Montagsgebete verlesen und zudem über den Stadtfunk vor und während der Demonstration ausgestrahlt werde. Man hätte ihn gern als einen der Unterzeichner gewinnen wollen, nun sei es jedoch zu spät, er habe den Apell bereits einem Mitarbeiter von Radio Leipzig auf Band gesprochen. Die beiden Männer verabschiedeten sich tief besorgt, zu frisch waren die Erinnerungen an das Massaker auf dem *Platz des Himmlischen Friedens* in Peking wenige Monate zuvor, und beide befürchteten für Leipzig ein ähnliches Szenario.

Als Friedeward sich abends dem Versammlungsort näherte, war er überwältigt. Eine riesige Menschenmenge hatte sich eingefunden und setzte sich langsam und ruhig in Bewegung. Die Ordnungskräfte standen bereit, man gab ihnen aber keinen Anlass, einzugreifen. Die Stimmung war gespannt, aber friedlich, allein die ruhige Bekundung der eigenen Unzufriedenheit mit Staat und Regierung ließ in den Demonstranten das erhebende Gefühl aufkommen, bereits gesiegt zu haben.

In wenigen Wochen erodierte der Staat, löste sich auf, schwand dahin, und ungläubig verfolgten seine Bürger, wie plötzlich möglich war, was kurz zuvor noch undenkbar schien. Erleichterung und Euphorie brachen sich Bahn, doch auch die Sorge um die Zukunft. Einst vage Hoffnungen formten sich zu Erwartungen, plötzlich war es greifbar, das andere Leben in einem gerechten, einem demokratischen Staat, in dem jeder nach seiner Fasson leben und glücklich werden könnte.

Auch an der Universität kam es zu tiefgreifenden Veränderungen. Das Rektorat musste geschlossen zurücktreten, an den einzelnen Fakultäten wurden Kündigungen ausgesprochen und eingereicht, und die gesellschaftswissenschaftlichen Institute sorgten sich um ihren Fortbestand. Den allzu staatsnahen Einrichtungen drohte die Abwicklung und ihre Professoren und Dozenten fürchteten die Arbeitslosigkeit und den damit verbundenen Verlust ihrer Reputation. Es wurde ein Interimsrektor ernannt und kurz darauf, unter großer Zustimmung der Dozenten und Studenten aller Fakultäten, der erst drei Jahre zuvor zum Professor ernannte Carsten Johannes Cornelius zum ordentlichen Rektor der Universität gewählt. Cornelius war einer der Mitbegründer der *Initiativgruppe zur demokratischen Erneuerung der Universität*, nun hatte er als Rektor die Aufgabe und die Pflicht, diese Erneuerung gemäß den Vorgaben der neuen Landesregierung in Dresden durchzusetzen. Seinen Freunden, die ihn zuvor gedrängt hatten, den Posten des Rektors anzunehmen, gestand er bereits nach sechs Monaten in seinem neuen Amt, er bereue es, den Verlockungen der Macht gefolgt zu sein, denn was Dresden, was der Minister von ihm erwarte und verlange, sei nichts anderes, als für eine ganze Reihe von Entlassungen zu sorgen.

Im Jahr darauf kaufte Friedeward seine und Jacquelines Wohnung, die nun, im Zuge der Abwicklung der städtischen Wohnungsgesellschaft, bevorzugt den Mietern zum Kauf angeboten wurde. Er dachte daran, Moritz zu adoptieren, damit dieser im Falle seines Todes die Wohnung erben würde. Den jungen Mann belustigte der Gedanke, in seinem Alter noch adoptiert zu werden, doch Friedeward verwies darauf, dass andernfalls Jacqueline alleinige Erbin sei, die jedoch selbst eine Wohnung in Dresden besäße und ausreichend versorgt sei.

»Tu, was du nicht lassen kannst, Friedl, ich bin mit dem zufrieden, was ich habe. Meinetwegen musst du mich nicht adoptieren.«

Beim monatlichen Tabakskollegium im Coffe Baum traf man sich nach den Umbrüchen weiterhin, auch wenn drei der Professoren in den vorzeitigen Ruhestand geschickt worden waren und nun als Pensionäre zu den Donnerstagabenden erschienen. Cornelius, der neue Rektor, hatte sich allerdings aus ihrer Runde verabschiedet, seine Pflichten erlaubten ihm ein solches Vergnügen nicht mehr, die Anweisungen und Dekrete aus Dresden bescherten ihm einen Zwölf-Stunden-Tag, an allen sieben Tagen der Woche. Friedeward gestand er, dass ihn weniger die physische Arbeit erschöpfe als der psychische Druck, dem er sich ausgesetzt sehe und dem er in keiner Weise gewachsen sei.

»Evaluieren, abschmelzen, Rückbau, das sind heutzutage die Aufgaben eines Rektors. Ich habe Tausende Kollegen und Mitarbeiter zu entlassen«, klagte er dem Freund.

»Tausende?«

Friedeward war bestürzt.

»Ja, Tausende. Nach den ministeriellen Vorgaben haben wir unseren Standard auf das bundesdeutsche Niveau herunterzufahren. Die Fakultäten sollen abgeschmolzen, mehr als jeder zweite Mitarbeiter entlassen werden, Professoren, Dozenten, Bibliothekare … Das stellt man sich in Dresden unter einer demokratischen Erneuerung der Universität vor. Nein, das ist unzumutbar.«

»Und wer muss gehen? Die Funktionäre, die Mitarbeiter der Staatssicherheit, die Gesellschaftswissenschaftler?«

»Die natürlich an erster Stelle. Aber das ist nicht einmal ein Viertel der Abzuwickelnden. Wir hatten hier ja nicht nur Funktionäre, sondern Fachkräfte, die der Universität ihr Leben lang gedient und zum Teil die Revolution mitgetragen haben. Ich habe gute Leute zu entlassen, verdienstvolle Dozenten und Professoren. Und ich schicke sie alle in die Arbeitslosigkeit. Denn was, bitte, soll ein fünfzigjähriger Pädagogikdozent, eine fünfzigjährige Linguistin auf dem sogenannten freien Markt? Die braucht dort keiner, das sind Wissenschaftler, gut ausgebildete Lehrer und Forscher, die nichts anderes können. Wie denn auch? Wir beide, Friedeward, was könnte der hochgerühmte freie Markt mit uns beiden anfangen? Nichts!«

Zwei Monate nach seinem Gespräch mit Friedeward musste Cornelius seinem Freund Dieffenbach, Professor für theoretische Physik, mitteilen, dass die Universität ihn nicht weiterbeschäftigen könne, der vorgegebene Stellenplan erzwinge von ihm auch diese Stellenkürzung, er teile es ihm bereits zu diesem Zeitpunkt mit, also ein Vierteljahr bevor es offiziell würde, damit Dieffenbach sich umgehend andernorts bewerben könne. Die Entscheidung sei gefallen, er könne nichts für ihn tun. Dieffenbach hatte dies bereits kommen sehen, kannte er doch vergleichbare Fakultäten an den westlichen Universitäten, die wesentlich schlechter ausgestattet waren und ein sehr viel ungünstigeres Zahlenverhältnis der Zahlen von Studierenden und Dozenten aufwiesen als seine eigene Fakultät. Er hatte bereits mit einem Kollegen die Möglichkeiten erwogen, in Sachsen eine Firma für Photovoltaikanlagen zu gründen, und war zuversichtlich, was seine berufliche Zukunft betraf. Er besaß die Großherzigkeit, seinen Freund Cornelius zu trösten, der verzweifelt darüber war, seinen Freund entlassen zu müssen.

Am ersten Junitag des Jahres 1993, einem Dienstag, erreichte ein Schreiben der Landesregierung das Rektorat der Leipziger Universität, in dem das Ministerium den Rektor darüber unterrichtete, man habe in der Außenstelle der Behörde des Bundesbeauftragten für die Unterlagen des Staatssicherheitsdienstes ein Dokument gefunden, das die Zusammenarbeit von Herrn Professor Friedeward Ringeling mit diesem Dienst zweifelsfrei belege. Er werde daher als Inoffizieller Mitarbeiter dieses Dienstes eingestuft und müsse nach einer gründlichen und umgehenden Untersuchung aus seinem Arbeitsvertrag entlassen werden, da er wahrheitswidrig in zwei eidesstattlichen Erklärungen jede Zusammenarbeit und sogar jeden Kontakt mit Mitarbeitern des Ministeriums für Staatssicherheit bestritten hatte. Eine Kopie jenes Dokuments lag dem Brief bei, es handelte sich um den von Friedeward unterschriebenen Reisebericht für das Außenministerium, auf dem neben seiner Unterschrift ein Stempel des Ministeriums für Staatssicherheit zu sehen war mit einem Datum und einer Aktennummer sowie der von fremder Hand eingetragenen Bemerkung, dass der Führungsoffizier, ein Herr Dr. Morschke, von einer weiteren Kontaktaufnahme mit F. R. abrate.

Rektor Cornelius ließ sich wenige Minuten nach Erhalt des Briefs mit dem Germanistischen Seminar verbinden und bat Friedewards Sekretärin, ihm auszurichten, er möge umgehend ins Rektorat kommen.

Eine Stunde später erschien Friedeward bei ihm, Cornelius zeigte dem Freund das Schreiben des Ministers, woraufhin Friedeward ihm die ganze Geschichte um jene Wien-Reise erzählte, auch von der angedeuteten Drohung, seine Homosexualität publik zu machen. Cornelius, der etwas in der Richtung geahnt hatte, versicherte ihm, damit sei diese Geschichte vom Tisch, er werde mit dem Minister telefonieren und alles aufklären. Falls ein Telefonat nicht ausreiche, so werde er persönlich mit ihm sprechen, da er ohnehin in vierzehn Tagen im Ministerium in Dresden zu erscheinen habe. Erleichtert verabschiedete er sich von Friedeward, der leicht benommen das Rektorat verließ. Nun wusste also auch Cornelius Bescheid. Sein Leben lang hatte Friedeward darauf geachtet, seine Neigung zu verbergen, bei den heimlichen Verabredungen am Waldplatz und den flüchtigen Treffen bei Aufenthalten in anderen Städten war er stets darauf bedacht gewesen, nie mit Männern in Kontakt zu kommen, die auch nur am Rande mit seinem Umfeld zu tun haben könnten. Und nun holte ihn diese Sache von damals wieder ein.

Daheim angekommen, schrieb er an seinen früheren Freund. Er hatte aus der Ferne Wolfgangs berufliches Fortkommen verfolgt und wusste, dass er derzeit Kantor in Köln war. Er bat ihn um ein Treffen an irgendeinem Ort, in Köln, in Leipzig, in Berlin oder sonst wo, es sei existenziell notwendig und der Freund schulde ihm einen Freundesdienst.

Cornelius' Telefonat mit dem Minister blieb erfolglos, da dieser den Entscheidungen der Behörde des Bundesbeauftragten zu folgen habe und deren auf das Sorgsamste geprüften Befunde nicht, wie er sagte, in den Wind schlagen dürfe.

Vierzehn Tage später fuhr Carsten Cornelius zum Minister und rief noch von Dresden aus Friedeward an. Er habe gute Nachrichten, sagte er, Friedeward möge am nächsten Vormittag bei ihm vorbeischauen.

Friedeward ging mit gedämpften Erwartungen und in gedrückter Stimmung ins Rektorat. Er war bekümmert, dass sich »sein Wölfchen« nicht bei ihm gemeldet hatte – denn Wolfgang Zernick war lebenslang sein einziger wirklicher Freund geblieben, keine spätere Bekanntschaft hatte je wieder diese Innigkeit mit sich gebracht, diesen beglückenden Gleichklang, diese Leichtigkeit im Beisammensein.

Cornelius teilte ihm mit, er habe den Minister über den kompletten Hergang aufklären können, er habe ihm von dem dreisten Erpressungsversuch dieses Dr. Morschke erzählt und ihn von Friedewards weißer Weste überzeugen können. Eine Entlassung sei damit vom Tisch, der Minister bitte lediglich um ein Schreiben, in dem Friedeward selbst ihm jenen Anwerbungsversuch mit sämtlichen Details schildere. Der Minister werde sein Schreiben als vertraulich einstufen und so gut wie möglich unter Verschluss halten.

»Ich soll das aufschreiben, Carsten?«

»Ja, und bitte lückenlos.«

»Ich soll mich hinsetzen und schreiben, dass ich schwul bin? Das kann ich nicht. Das ist völlig ausgeschlossen.«

»Es ist und bleibt vertraulich. Niemand wird dieses Schriftstück je zu sehen bekommen. Und der Minister braucht es, wenn er dem Entscheid der Behörde des Bundesbeauftragten nicht folgen will.«

»Kannst du mir das garantieren, Carsten, dass nie jemand dieses Schreiben in die Hand bekommen wird.«

Der Freund antwortete nicht gleich, sondern sah ihn nur an. Dann schüttelte er leicht den Kopf: »Nein, Friedeward, das kann ich dir nicht garantieren. Er hat mir versprochen, es keinem zu zeigen. Aber wenn es für ihn eng werden sollte, wenn die Behörde gegen seinen Entscheid protestiert, wenn ein Journalist deinen Reisebericht in die Hand bekommt und aufjault oder einer dieser wildgewordenen Bürgerrechtler, dann wird er nicht eine Sekunde zögern und deinen Brief hervorholen, um sich zu rechtfertigen. Um zu beweisen, dass du nicht Täter, sondern Opfer bist. Denn so sieht unsere neue Klassengesellschaft aus, es gibt die Klasse der Täter und die der Opfer. Er wird deinen Brief der Öffentlichkeit vorlegen, um seinen Posten zu retten, seinen Hals.«

»Genau das befürchte ich, denn wozu sonst braucht er ein solches Schreiben. – Nein, Carsten, nein, das kann ich nicht. Das will ich nicht. Das werde ich nie tun.«

Sein Freund redete auf ihn ein, beschwor ihn, dem Wunsch des Ministers nachzukommen, denn andernfalls werde er ihn auf dessen Geheiß entlassen müssen.

»Mein Gott, Friedeward, es ist doch nichts dabei, und es ist doch auch längst keine Straftat mehr. Tu dir den Gefallen und schreib es auf. Tu *mir* bitte den Gefallen. Du wirst sehen, selbst wenn es publik werden sollte, wie viele Leute dich dann umso mehr schätzen.«

Friedeward schüttelte ununterbrochen den Kopf und atmete hörbar. Dann starrte er schweigend vor sich hin.

»Nein, Carsten«, sagte er dann, »keinesfalls. Ich werde nie wieder einen Schlag mit dem Siebenstriemer hinnehmen. Aber ich werde auch nicht zulassen, dass mein Leben und alles, was ich erreicht habe, mit Füßen getreten wird. Ich lasse es nicht zu. Niemals.«

Nach diesen Worten umarmte er Cornelius mit einem um Verzeihung bittenden Lächeln, drehte sich um, verließ das Rektorat und eilte nach Hause.

Am nächsten Tag wurde im Dresdner Theater ein Eilbrief für Jacqueline abgegeben, es war ein Schreiben von Friedeward. Umgehend brach sie das Siegel auf und öffnete den Umschlag. Das Erste, was sie aus dem Brief herauszog, waren drei zusammengeheftete Blätter, Friedewards Testament, sowie die amtliche Bestätigung seines im Frühjahr eingegangenen Antrags auf eine Volljährigenadoption von Moritz Karsunke. An das Testament war ein handschriftlicher Zettel geheftet, auf dem Friedeward ihr mitteilte, dass er ihr seine Bibliothek und seinem Freund und Adoptivsohn Moritz Karsunke die kleine Geldsumme auf seinem Konto sowie die Eigentumswohnung hinterlasse. Er bat sie, als seine Ehefrau für eine reibungslose Erbübergabe zu sorgen. Er habe sein Testament vordatiert, um potentielle Zweifel an seinem Gesundheitszustand gar nicht erst aufkommen zu lassen, diese Notiz möge sie daher umgehend vernichten. In einem zweiten, beiliegenden, ebenfalls versiegelten Brief bat er sie, umgehend in die ehemals gemeinsame Wohnung nach Leipzig zu kommen, sie möge diese jedoch nicht alleine betreten, sondern in Begleitung von Rettungsdienst und Polizei, da er sich, wie er sich ausdrückte, »in einem sehr unbeholfenen Zustand« befinde. Der Brief endete mit den Worten: »Ich danke dir, Jacqueline. Verzeih mir. Ich hatte keine andere Wahl. Friedeward. Leipzig, am 18. Juni 1993.«

Eine Stunde später saß Jacqueline im Zug nach Leipzig. Sie ging zu dem der Wohnung am nächsten gelegenen Polizeirevier, legte dem Revierleiter Friedewards Brief vor und bat darum, ihr Begleitung mitzuschicken. Der Leiter wollte wissen, wieso sie gewiss sei, dass es sich um einen Suizid handle, und sie sagte, eine kleine Formulierung in seinem Brief mache es gewiss, zudem kenne sie ihren Mann.

In Begleitung von zwei Polizisten in Zivil ging sie zu ihrer Wohnung. Sie hatte Mühe, sofort den richtigen Wohnungsschlüssel zu finden, zu selten hatte sie ihn in den vergangenen Jahren benutzt. Die beiden Beamten baten sie, vor der Tür zu warten, und gingen allein in die Wohnung. Nach fünf Minuten baten sie Jacqueline herein. Sie sagten ihr, sie hätte richtig vermutet, ihr Mann liege leblos in der Badewanne, alles deute auf einen Selbstmord hin, er habe sich die Pulsadern geöffnet, die Spurensicherung sei bereits informiert und auf dem Weg, ebenso ein Rettungswagen. Sie fragten, ob sie den Leichnam ihres Ehemannes sehen wolle, es sei allerdings kein schöner Anblick. Doch Jacqueline wollte ihn sehen, und nachdem ihr die Beamten eingeschärft hatten, nichts zu berühren, auch den Toten nicht, damit es für die Spurensicherung keine Komplikationen gäbe, öffneten sie ihr die Tür zum Badezimmer.

Friedeward lag in der Wanne, eingehüllt in seinen weißen Bademantel, der rötlich verfärbt war. Eine geöffnete Rotweinflasche stand auf dem Wannenbord und ein halb gefülltes Weinglas. Daneben war ein winziges Medizinfläschchen zu sehen, dem Etikett nach stammte es aus den Niederlanden, und ein kleines Gemüsemesser, gerundet wie eine winzige Sichel. Friedeward wirkte gelöst, sein Gesichtsausdruck war fast heiter, der Mund war leicht geöffnet, sein Kinn berührte die Wasseroberfläche.

Jacqueline starrte einige Augenblicke auf den Toten, dann wandte sie sich um und ging aus dem Bad.

Die Polizisten erkundigten sich, ob ihr etwas Ungewöhnliches aufgefallen sei, im Bad oder in den anderen Räumen, und sie sagte: »Ja, es ist aufgeräumt. Sein Arbeitszimmer hat nie so ausgesehen. Hier türmten sich Bücher und Manuskripte, auf dem Schreibtisch gab es keinen Quadratzentimeter, auf dem nicht etwas lag, Stifte, Briefe, Papier, Zeitungsausschnitte. Mein Mann muss stundenlang, vielleicht tagelang aufgeräumt haben.«

»Wir fanden eben diesen Brief. Sie können ihn lesen, aber fassen Sie ihn bitte nicht an.«

Sie ging zum Tisch. In Friedewards schöner, gleichmäßiger Schrift stand dort lediglich: *Des allen müd bin ich gegangen. Friedeward Ringeling. Leipzig, am 18. Juni 1993, 22:30.*

Die Polizisten wiesen sie darauf hin, dass die Spurensicherung ein paar Stunden benötigte, so lange dürfe sie sich nicht unbegleitet in der Wohnung aufhalten. Sie erwiderte, sie werde zu einer Freundin gehen, bei ihr auch übernachten, und könne ihnen daher den Wohnungsschlüssel überlassen. Man verabredete sich für den nächsten Vormittag, sie würde ins Polizeirevier kommen, um ihren Schlüssel abzuholen und um die Ergebnisse der Untersuchungen zu erfahren.

Sie traf sich in der Stadt mit Herlinde, den Abend verbrachten sie in deren Wohnung, sie sprachen über Friedeward, erinnerten sich an Wolfgang und an die schöne Zeit, die sie zu viert verbracht hatten.

Am nächsten Morgen ging Jacqueline zum Revier, hörte, dass die Leiche in die Gerichtsmedizin verbracht worden sei und sicherlich in den nächsten drei Tagen nicht freigegeben werde. Eine erste Untersuchung habe ergeben, dass der Verstorbene vermutlich vor dem Selbstmord ein hierzulande nicht zugelassenes Barbiturat, ein kurz wirkendes Hypnotikum namens *Thiopental*-Pulver, eingenommen habe und dadurch wohl schmerzfrei eingeschlafen sei. Genaueres werde erst der Laborbefund ergeben. Sie bedankte sich, lief dann ein wenig benommen durch die Stadt und kaufte sich einen Seidenschal. Für dreizehn Uhr hatte sie sich mit Herlinde im Café Corso verabredet, danach wollte sie mit den Kollegen im Theater telefonieren, um abzusprechen, wer in den kommenden Tagen für sie einspringen könne, da sie sicherlich zwei, drei Tage in Leipzig sein müsse, um die Beerdigung vorzubereiten und die behördlichen Notwendigkeiten zu regeln.

Jacqueline wartete vor dem Eingang des Cafés auf Herlinde. Drinnen saßen ältere Frauen an den Fenstertischen, Witwen, die *Leipziger Lerchen* aßen, Kaffee tranken und unablässig aufeinander einredeten. Im hinteren Teil saßen die Studenten bei Kaffee und Wodka. Jacqueline fragte Herlinde, wohin sie sich setzen wollten, an einen der vorderen Tische oder nach hinten, und Herlinde meinte, sie wolle sich keinesfalls zu den alten Weibern setzen, da verstehe man sein eigenes Wort nicht.

Bevor Jacqueline ihr berichten konnte, was man ihr im Polizeirevier gesagt hatte, überraschte die Freundin sie mit der Mitteilung, Rektor Cornelius habe an diesem Morgen in einem offenen Brief an den Minister mit sofortiger Wirkung sein Amt niedergelegt. Er habe Kopien dieses Schreibens per Boten an sämtliche Fakultäten verschickt, eine Freundin habe sie vor einer Stunde angerufen und es ihr vorgelesen, es hänge am Schwarzen Brett. Cornelius habe dem Minister mitgeteilt, er fühle sich von der Landesregierung missbraucht, die Hochschulen würden heute wieder von oben nach unten regiert, Wissenschaft werde über bürokratische Exzellenzwettbewerbe geplant, aus Geldnot werde fragwürdigste Auftragsforschung favorisiert. Der unselige Abwicklungsbeschluss der sächsischen Landesregierung habe eine gesunde und intakte Hochschullandschaft vernichtet, die Universität sei in die Hände von Liquidatoren gefallen, der eingesetzte Gründungsdekan der Juristischen Fakultät habe sich wie ein Kolonialoffizier aufgeführt. Die gleichen Fehler hätte schon die zu

Recht untergegangene DDR gemacht, doch was die SED-Diktatur nie gewagt hätte, nämlich das Eigentum der Universität anzutasten, die Immobilien, Grundstücke, Wälder, das erlaube sich die neue Staatsregierung, sie enteigne und verkaufe Universitätseigentum. Über Jahrhunderte hätten Leipziger Bürger diese Universität, die nach Heidelberg die älteste Deutschlands sei, in ihren Testamenten bedacht und ihr Immobilien überlassen. Doch die Staatsregierung verkaufe nun diese Gebäude, die ihr gar nicht gehörten, sie verscheuere sie regelrecht. Das Universitäts-Hochhaus sei von der Regierung für sechzehn Millionen Mark an eine Bank verscherbelt worden, die es kurz darauf für das Doppelte veräußert habe. Die Universität sei schlicht enteignet worden, obwohl sie selbst zu DDR-Zeiten immer als Besitzer im Grundbuch eingetragen gewesen sei. Anstatt eine demokratische Erneuerung der Universität zu gestalten, hätte er siebentausend Mitarbeiter entlassen müssen, siebentausend von ursprünglich zwölftausend, und es seien Leute darunter, die dieser Universität einst Glanz verliehen und maßgeblich die Wende mit vorbereitet hätten. Der Tod von Friedeward Ringeling sei für ihn der Tropfen, der das Fass zum Überlaufen gebracht habe. *Nicht mehr mit mir*, stand in der letzten Zeile seines Schreibens.

»Das hat er tatsächlich in einem offenen Brief geschrieben? Ganz schön kühn, unser Cornelius.«

»Ja, und die Aufregung ist entsprechend groß. Mein Gott, Jackie, das wird eine riesige Beerdigung werden. Eine Demonstration geradezu. Wie willst du das schaffen?«

»Du kannst mir dabei helfen, Herlinde.«

»Ja schon, aber wie? Du bist offiziell seine Frau, die Leute würden sich wundern, was ich mit seiner Beerdigung zu tun habe. Ich bin ja bloß eine Freundin. Wir wollen doch wohl nicht, dass Friedewards Geheimnis jetzt gelüftet wird. Er würde sich im Grabe umdrehen, bevor er darin liegt.«

»Du musst mir helfen, und es ist mir völlig gleichgültig, was die Leute dann von mir oder von uns denken. Friedeward hat sich ein Leben lang versteckt, das war es, was ihn das Leben kostete. Lass die Leute denken und schwatzen, was sie wollen. Wir werden uns nicht mehr verstecken. Jetzt gehen wir los, Herlinde. Wir fliegen los.«

»Fliegen? Mein Gott, ich bin fünfundsiebzig, ich habe üble Arthrose und humple nur noch durch die Stadt, und du wirst in drei oder vier Jahren in Rente gehen. Wie sollen wir da fliegen?«

»Scheiß auf deine Arthrose«, sagte Jacqueline lachend, »komm, Herlinde, wir fliegen los.«

Und bei diesen Worten beugte sie sich vor und küsste die Freundin. Herlinde wehrte sich und versuchte, sie zurückzustoßen, doch Jacqueline hatte eine Hand um ihren Kopf gelegt und drückte ihre Lippen fest auf ihren Mund. Studenten am Nebentisch wurden auf sie aufmerksam, stießen sich belustigt an und begannen, begeistert auf den Tisch zu klopfen. Am benachbarten Tisch saß eine Gruppe von Mädchen, die lachend gleichfalls mit ihren Fingerknöcheln auf den Tisch trommelten. Herlinde stieß ihre Freundin mit aller Macht zurück, sah erschrocken in die strahlende Runde der auf sie blickenden Studenten und atmete heftig. Die Studenten der anderen Tische fielen in das Klopfkonzert ein, obgleich sie keine Ahnung hatten, für wen sie klopften und wer wofür geehrt wurde. Der alte, stets mürrische Kellner erschien in der Küchentür, blickte missmutig auf den ausgelassenen Kreis seiner Gäste und verschwand kopfschüttelnd. Herlindes Entsetzen legte sich und sie begann zu lächeln. Dann schmiegte sie ihren Kopf an Jacquelines Schulter.

»Mein Gott, Jackie, wir fliegen«, flüsterte sie.

Ihre Augen schlossen sich so langsam, als wolle sie diese nie wieder öffnen: »Wir fliegen, Jackie, wir fliegen.«

Mit einer Hand fasste sie nach Jacquelines Wange, streichelte sie und hauchte: »Mein Gott, ist das schön.«